田允庆 \ 主编

中国近代文学名著青少年无障碍阅读丛书

冰心文学作品精选

繁星·春水

成都时代出版社

图书在版编目（CIP）数据

冰心文学作品精选：繁星·春水／田元庆主编．—成都：成都时代出版社，2011.11
（中国近代文学名著青少年无障碍阅读丛书）
ISBN 978-7-5464-0538-4

Ⅰ．①冰… Ⅱ．①田… Ⅲ．①诗集—中国—现代 Ⅳ．①I226

中国版本图书馆 CIP 数据核字（2011）第 211101 号

冰心文学作品精选：繁星·春水
BINGXIN WENXUE ZUOPIN JINGXUAN：FANXING · CHUNSHUI
田元庆　主编

出 品 人　段后雷　罗　晓
责任编辑　蒋雪梅
责任校对　田　华
装帧设计　锦程文化
责任印制　莫晓涛

出版发行　成都传媒集团·成都时代出版社
电　　话　（028）86621237（编辑部）
　　　　　（028）86615250（发行部）
网　　址　www.chengdusd.com
印　　刷　四川省南方印务有限公司
规　　格　700 mm×1000 mm　1/16
印　　张　15.75
字　　数　290 千
版　　次　2011 年 11 月第 1 版
印　　次　2011 年 11 月第 1 次印刷
书　　号　ISBN 978-7-5464-0538-4
定　　价　25.80 元

目 录

散文卷

小说卷

诗歌卷

散文卷

我做小说，何曾悲观呢

导读：

本文作于一九一九年十一月五日，最初发表于北京《晨报》一九一九年十一月十一日第五版。作者之前所写的一些小说，因为是以揭示当时社会和家庭中存在的问题为主要内容，所以被称为“问题小说”。在当时，作者的家人和一些读者都觉得她做的文章过于悲观，并形容她的小说是“满纸秋声”，父母甚至担心她的思想进入到消极的一面去，害怕这种消极会消磨掉她往日的壮志。鉴于种种误会的声浪，作者在这篇文章里做了次澄清，她在此道出了她做“问题小说”的原因。她做那样一些甚是悲观的小说，并不是为了宣扬悲观的情绪，而是为了警醒世人，使得人们能从小说的沉痛中得到教训，进而去寻求改良之策。

昨天下午四点钟，放了学回家，一进门来，看见庭院里数十盆的菊花，都开得如云似锦，花台里的落叶却堆满了，便放下书籍，拿起灌壶来，将菊花挨次的都浇了，又拿了扫帚，一下一下的慢慢去扫那落叶。父亲和母亲都坐在廊子上，一边看着我扫地，一边闲谈。

忽然仆人从外院走进来，递给我一封信，是一位旧同学寄给我的，拆开一看，内中有一段话，提到我做小说的事情。他说，“从《晨报》上读尊著小说数篇，极好，但何苦多作悲观语，令人读之，觉满纸秋声也。”我笑了一笑，便递给母亲，父亲也走近前来，一同看这封信。母亲看完了，便对我说，“他说得极是，你所做的小说，总带些悲惨，叫人看着心里不好过，你这样小小的年纪，不应该学这个样子，你要知道一个人的文字，和他的前途，是很有关系的。”父亲点一点头也说道，“我倒不是说什么忌讳，只怕多做这种文字，思想不免渐渐的趋到消极一方面去，你平日的壮志，终久要销磨的。”

我笑着辩道：“我并没有说我自己，都说的是别人，难道和我有什么影响。”母亲也笑着说道，“难道这文字不是你做的，你何必强辩。”我便忍着笑低下头去，仍去扫那落叶。

五点钟以后，父亲出门去了，母亲也进到屋子里去。只有我一个人站到廊子上，对着菊花，因为细想父亲和母亲的话，不觉凝了一会子神，抬起头来，只见淡淡的云片，拥着半轮明月，从落叶萧疏的树隙里，射将过来，一阵一阵的暮鸦咿咿哑哑的掠月南飞，院子里的菊花，与初生的月影相掩映，越显得十分幽媚，好像是一幅绝妙的秋景图。

我的书斋窗前，常常不断的栽着花草，庭院里是最幽静不过的。屋子以外，四围都是空地和人家的园林，参天的树影，如同曲曲屏山。我每日放学归来，多半要坐在窗下书案旁边，领略那“天然之美”，去疏散我的脑筋。就是我写这篇文字的时候，也是帘卷西风，夜凉如水，满庭花影，消瘦不堪……我总觉得一个人所做的文字和眼前的景物，是很有关系的，并且小说里头，碰着写景的时候，如果要摹写那清幽的境界，就免不了用许多冷涩的字眼，才能形容得出，我每次做小说，因为写景的关系，和我眼前接触的影响，或不免带些悲凉的色彩，这倒不必讳言的。至于悲观两个字，我自问实在不敢承认呵。

再进一步来说，我做小说的目的，是要想感化社会，所以极力描写那旧社会旧家庭的不良现状，好叫人看了有所警觉，方能想去改良，若不说得沉痛悲惨，就难引起阅者的注意，若不能引起阅者的注意，就难激动他们去改良。何况旧社会旧家庭里，许多真情实事，还有比我所说的悲惨到十倍的呢。我记得前些日子，在《国民公报》的《寸铁》栏中，看见某君论我所做的小说，大意说：《独憔悴》小说，便对我痛恨旧家庭习惯的不良……我说只晓得痛恨，是没有益处的，总要大家努力去改良才好。

这“痛恨”和“努力改良”，便是我做小说所要得的结果了。这样便是借着“消极的文字”，去做那“积极的事业”了。

就使于我个人的前途上，真个有什么影响，我也是情愿去领受的，何况决不至于如此呢。

但是宇宙之内，却不能够只有“秋肃”，没有“春温”，我的文字上，既然都是“苦雨凄风”，也应当有个“柳明花笑”。

不日我想作一篇乐观的小说，省得我的父母和朋友，都虑我的精神渐渐趋到消极方面去。方才所说的，就算是我的一种预约罢了。

一只小鸟

——偶记前天在庭树下看见的一件事

导读：

本文初载于一九二〇年八月二十八日《晨报》。文章的前半部分，作者以轻快的笔调描写了小鸟的美好。小鸟的羽翼未丰，不能远飞，稚嫩的它站在了枝子上，唱出了优美的自然之歌。整个画面是那么的和谐，那么的美好。然而在文章的后半部分，孩子们因为喜欢上了小鸟的歌声，于是决定捉住它。孩子们是喜爱小鸟的，但恰恰是他们的这种喜爱伤害了它，从此再也不能听到小鸟优美的歌声了。

读罢此文，小鸟的歌声是否在你心中回荡？通篇文章充盈着诗一般的意境，作者用自然的语言描绘了自然的场景，以她一颗拥有着爱的心诉说着一个因爱而生出痛的故事。其中所讲的道理值得人们深思。

有一只小鸟，它的巢搭在最高的枝子上，它的毛羽还未曾丰满，不能远飞；每日只在巢里啁啾着，和两只老鸟说着话儿，它们都觉得非常的快乐。

这一天早晨，它醒了。那两只老鸟都觅食去了。它探出头来一望，看见那灿烂的阳光，葱绿的树木，大地上一片的好景致；它的小脑子里忽然充满了新意，抖刷抖刷翎毛，飞到枝子上，放出那赞美“自然”的歌声来。它的声音里满含着清—轻—和—美，唱的时候，好像“自然”也含笑着倾听一般。

树下有许多的小孩子，听见了那歌声，都抬起头来望着——

这小鸟天天出来歌唱，小孩子们也天天来听它，最后他们便想捉住它。

它又出来了！它正要发声，忽然嗤的一声，一个弹子从下面射来，它一翻身从树上跌下去。

斜刺里两只老鸟箭也似的飞来，接住了它，衔上巢去。它的血从树隙里一滴一滴的落到地上来。

从此那歌声便消歇了。

那些孩子想要仰望着它，听它的歌声，却不能了。

“无限之生”的界线

导读：

本文初载于一九二〇年四月十三日《晨报》第七版。“生”与“死”一直以来都是人们探究的话题，千百年来，不少人都在谈论“生”和“死”，因此有了一些不同的生死观念。本文作者借已故友人之口道出了她自己的对生死的感悟，这种对生死的认识暗合了一些宗教的生死观。作者指出，“生”与“死”并不是从无到有和从有到无的过程，无论是在生之前还是在死之后，“我”都是存在着的，“我”有着“无限之生”。“生”与“死”不过仅是从我们平常所认识到的“有限之生”通往“无限之生”的界限。

我独坐在楼廊上，凝望着窗内的屋子。浅绿色的墙壁，赭色的地板，几张椅子和书桌；空沉沉的，被那从绿罩子底下发出来的灯光照着，只觉得凄黯无色。

这屋子，便是宛因和我同住的一间宿舍。课余之暇，我们永远是在这屋里说笑，如今宛因去了，只剩了我一个人了。

她去的那个地方，我不能知道，世人也不能知道，或者她自己也不能知道。然而宛因是死了，我看见她病的，我看见她的躯壳埋在黄土里的，但是这个躯壳能以代表宛因么！

屋子依旧是空沉的，空气依旧是烦闷的，灯光也依旧是惨绿的。我只管坐在窗外，也不是悲伤，也不是悚惧；似乎神经麻木了，再也不能迈步进到屋子里去。

死呵，你是一个破坏者，你是一个大有权威者！世界既然有了生物，为何又有你来摧残他们，限制他们？无论是帝王，是英雄，是……一遇见你，便立刻撇下他一切所有的，屈服在你的权威之下。无论是惊才，绝艳，丰功，伟业，与你接触之后，不过只留下一抔黄土！

我想到这里，只觉得失望，灰心，到了极处！这样的人生，有什么趣味？纵然抱着极大的愿力，又有什么用处？又有什么结果？到头也不过是归于虚空，不但我是虚空，万物也是虚空。

漆黑的天空里，只有几点闪烁的星光，不住的颤动着。树叶楂楂槭槭的响着。微微的一阵槐花香气，扑到阑边来。

我抬头看着天空，数着星辰，竭力的想慰安自己。我想：何必为死者难过？何必因为有“死”就难过？人生世上，劳碌辛苦的，想为国家，为社会，谋幸福，似乎是极其壮丽宏大的事业了。然而造物者凭高下视，不过如同一个蚂蚁，辛辛苦苦的，替他同伴驮着粟粒一般。几点的小雨，一阵的微风，就忽然把他渺小之躯，打死，吹飞。他的工程，就算了结。我们人在这大地上，已经是像小蚁微尘一般，何况在这万星团簇，缥缈幽深的太空之内，更是连小蚁微尘都不如了！如此看来，……都不过是昙花泡影，抑制理性，随着他们走去，就完了！何必……

想到这里，我的脑子似乎胀大了，身子也似乎起在空中。勉强定了神，往四周一看——我依旧坐在阑边，楼外的景物，也一切如故。原来我还没有超越到世外去，我苦痛已极，低着头只有叹息。

一阵衣裳鸲鹍的声音，仿佛是从树杪[①]下来，接着有微渺的声音，连连唤道：“冰心，冰心！”我此时昏昏沉沉的，问道：“是谁？是宛因么？”她说：“是的。”

我竭力的抬起头来，借着微微的星光，仔细一看，那白衣飘举，荡荡漾漾的，站在我面前的，可不是宛因么！只是她全身上下，显出一种庄严透彻的神情来，又似乎不是从前的宛因了。

我心里益发的昏沉了，不觉似悲似喜的问道：“宛因，你为何又来了？你到底是到哪里去了？”她微笑说：“我不过是越过‘无限之生的界线’就是了。”我说：“你不是……”她摇头说：“什么叫作‘死’？我同你依旧是一样的活着，不过你是在界线的这一边，我是在界线的那一边，精神上依旧是结合的。不但我和你是结合的，我们和宇宙间的万物，也是结合的。”

我听了她这几句话，心中模模糊糊的，又像明白，又像不明白。

这时她朗若曙星的眼光，似乎已经历历的看出我心中的癥结。便问说：“在你未生之前，世界上有你没有？在你既死之后，世界上有你没有？”我这时真不明白了，过了一会，忽然灵光一闪，觉得心下光明朗澈，欢欣鼓舞的说：“有，有，无论是生前，是死后，我还是我，‘生’和‘死’不过都是‘无限之生的界线’就是了。”

她微笑说：“你明白了，我再问你，什么叫作‘无限之生’？”我说：“‘无限之生’就是天国，就是极乐世界。”她说：“这光明神圣的地方，是发现在你生前呢？还是发现在你死后呢？”我说：“既然生前死后都是有我，这天国和极乐世界，就说是现在也有，也可以的。”

她说："为什么现在世界上，就没有这样的地方呢?"我仿佛应道："既然我们和万物都是结合的，到了完全结合的时候，便成了天国和极乐世界了，不过现在……"她止住了我的话，又说："这样说来，天国和极乐世界，不是超出世外的，是不是呢?"我点了一点头。

她停了一会，便说："我就是你，你就是我，你我就是万物，万物就是太空：是不可分析，不容分析的。这样——人和人中间的爱，人和万物，和太空中间的爱，是昙花么？是泡影么？那些英雄，帝王，杀伐争竞的事业，自然是虚空的了。我们要奔赴到那'完全结合'的那个事业，难道也是虚空的么？去建设'完全结合'的事业的人，难道从造物者看来，是如同小蚁微尘么?"我一句话也说不出来，只含着快乐信仰的珠泪，抬头望着她。

她慢慢的举起手来，轻裾飘扬，那微妙的目光，悠扬着看我，琅琅的说："万全的爱，无限的结合，是不分生——死——人——物的，无论什么，都不能抑制摧残他，你去罢，——你去奔那'完全结合'的道路罢!"

这时她慢慢的飘了起来，似乎要乘风飞举。我连忙拉住她的衣角说，"我往哪里去呢？那条路在哪里呢?"她指着天边说，"你迎着他走去罢。你看——光明来了!"

轻软的衣裳，从我脸上拂过。慢慢的睁开眼，只见地平线边，漾出万道的霞光，一片的光明莹洁，迎着我射来。我心中充满了快乐，也微微的随她说道："光明来了!"

一九二〇年九月四日

① 树杪（miǎo）：树梢。

圈 儿

导读：

本文初载于一九二〇年十二月《燕京大学季刊》第一卷第四期文中，作者由印度哲学而得来关于“圈儿”的感悟。人会经历“生，老，病，死，忧悲，苦恼”，而这些组成了一个圈儿困住了我们，当我们切实感受到它们的时候，会慌乱彷徨，很多人会因为害怕而坐以待毙，但是这并不能帮助我们走出困境。能帮助我们走出去的就只有站起来，忍受痛苦，努力朝着正确的方向走下去。

在作者的想象中，这样的圈儿被实体化了，它并没有想象中那么可怕，经过圈中人的忍耐与努力之后，它会有裂缝，只要跳出了它，外面等着的就是光明和希望。

读《印度哲学概论》至：“太子作狮子吼：‘我若不断生，老，病，死，忧悲，苦恼；不得阿耨多罗三藐三菩提[①]，要不还此。’”有感而作。

我刚刚出了世，已经有了一个漆黑严密的圈儿，远远的罩定我，但是我不觉得。

渐渐的我往外发展，就觉得有它限制阻抑着，并且它似乎也往里收缩——好害怕啊！圈子里只有黑暗，苦恼悲伤。

它往里收缩一点，我便起来沿着边儿奔走呼号一回。结果呢？它依旧严严密密的罩定我，我也只有屏声静气的，站在当中，不能再动。

它又往里收缩一点，我又起来沿着边儿奔走呼号一回；回数多了，我也疲乏了，——圈儿啊！难道我至终不能抵抗你？永远幽囚在这里面么？

起来！忍耐！努力！

呀！严密的圈儿，终竟裂了一缝。——往外看时，圈子外只有光明，快乐，自由。——只要我能跳出圈儿外！

前途有了希望了，我不是永远不能抵抗它，我不至于永远幽囚在这里面了。

努力！忍耐！看我劈开了这苦恼悲伤，跳出圈儿外！

① 阿耨（nòu）多罗三藐三菩提：这是梵文的译音，意思是无上正等正觉。是只有佛才能够拥有的能力。

我

导读：

本文初载于一九二〇年十二月《燕京大学季刊》第一卷第四期。“我”，在日常生活中用得多么频繁的一个字啊！作者在这里对“我”产生了怀疑。在作者看来，“我”会以多种形态出现，“我”会在不同的时刻拥有不一样的心境。“我”时而“清夜独坐”，时而“周旋世界”，“我”在“众人目中口中”，“我”在“我自己心中”。这么多的“我”令作者不由得生出了疑问：这所有的“我”会是同一个“我”吗？庆幸的是在疑问之后作者并没有陷入混乱，而是认为可以将这么多不同的“我”联合为同一的“我”。这允许了“我”的多样性的存在，只有这样的“我”才是一个完整的“我”。

照着镜子，看着，究竟镜子里的那个人，是不是我。这是一个疑问！在课室里听讲的我，在院子里和同学们走着谈着的我，从早到晚，和世界周旋的我，众人所公认以为是我的：——究竟那是否真是我，也是一个疑问！

众人目中口中的我，和我自己心中的我，是否同为一我，也是一个疑问！

清夜独坐的我，晓梦初醒的我，一年三百六十五天之中偶然有一分钟一秒钟感到不能言说的境象和思想的我，与课室里上课的我，和世界周旋的我，是否同为一我，也是一个疑问。

这疑问永远是疑问！这两个我，永远不能分析。

既没有希望分析他，便须希望联合他。

周旋世界的我呵！在纷扰烦虑的时候，请莫忘却清夜独坐的我！

清夜独坐的我呵！在寂静清明的时候也请莫忘却周旋世界的我！

相顾念！相牵引！拉起手来走向前途去！

笑

导读：

本文初载于一九二一年一月《小说月报》第十二卷第一期，是冰心的成名之作。作者一生信奉“爱的哲学”，此文就是其典型的代表作。文章仅用了短短的几百字，营造出的意境却胜似千言万语。三幕场景，三幅自然而美丽的画面，托出了三个伴着鲜花的笑。这无比和谐的笑道出了无尽的美。随着作者诗意而凝练的叙述，那一个个纯洁的笑逐一来到读者的眼前，是那么的耀眼，那么的美好，仿佛不染世尘。这被作者串联起来的笑，如梦似幻，它正以一种暖融融的方式传递着爱。

雨声渐渐的住了，窗帘后隐隐的透进清光来。推开窗户一看，呀！凉云散了，树叶上的残滴，映着月儿，好似萤光千点，闪闪烁烁的动着。——真没想到苦雨孤灯之后，会有这么一幅清美的图画！

凭窗站了一会儿，微微的觉得凉意侵人。转过身来，忽然眼花缭乱，屋子里的别的东西，都隐在光云里；一片幽辉，只浸着墙上画中的安琪儿。——这白衣的安琪儿，抱着花儿，扬着翅儿，向着我微微的笑。

“这笑容仿佛在哪儿看见过似的，什么时候，我曾……”我不知不觉的便坐在窗口下想，——默默的想。

严闭的心幕，慢慢的拉开了，涌出五年前的一个印象。——一条很长的古道。驴脚下的泥，兀自滑滑的。田沟里的水，潺潺的流着。近村的绿树，都笼在湿烟里。弓儿似的新月，挂在树梢。一边走着，似乎道旁有一个孩子，抱着一堆灿白的东西。驴儿过去了，无意中回头一看。——他抱着花儿，赤着脚儿，向着我微微的笑。

“这笑容又仿佛是哪儿看见过似的！”我仍是想——默默的想。

又现出一重心幕来，也慢慢的拉开了，涌出十年前的一个印象。——茅檐下的雨水，一滴一滴的落到衣上来。土阶边的水泡儿，泛来泛去的乱转。门前的麦垄和葡萄架子，都得新黄嫩绿的非常鲜丽。——一会儿好容易雨晴了，连忙走下坡儿去。迎头看见月儿从海面上来了，猛然记得有件东西忘下了，站住了，回过头来。这茅屋里的老妇人——她倚着门儿，抱着花儿，向着我微微的笑。

这同样微妙的神情，好似游丝一般，飘飘漾漾的合了拢来，绾在一起。

这时心下光明澄静，如登仙界，如归故乡。眼前浮现的三个笑容，一时融化在爱的调和里看不分明了。

除夕的梦

导读：

本文初载于一九二一年六月《燕京大学季刊》第二卷第一、二期合刊。从文中可以看出，作者期盼着人们能够建立一个美好的世界，这个世界是真实的而不仅仅是在梦中，但是这样美好的未来世界是容易遭到破坏的。为了捍卫一个这样的理想，为了这样的一个美好世界能够存在下去，会有人牺牲，有人会无畏地为了心中的理想、为了美好的世界而牺牲。这牺牲的或许是自己，或许是同伴，或许是所有曾经创造和奋斗的人们。想要在未来建立一个真正的美好世界，需要付出代价，而这代价也必定得有人承受。在追逐这样的理想的过程中，势必需要努力的创造、艰苦的奋斗和勇敢的牺牲。

我和一个活泼勇敢的女儿，在梦中建立了一个未来的世界，但是那世界破坏了，我们也因此自杀。

仿仿佛佛的从我和她的手里，造成了一个未来的黄金世界，这世界我没有想到能造成，也万不敢想她会造成，然而仿仿佛佛的竟从我和她的手里，造成了未来的黄金世界！

心灵里喜乐的华灯，刚刚点着，光明中充满了超妙——庄严。

一阵罡风吹了来，一切境象都消灭了，人声近了，似乎无路可走，无家可归。

我站在许多无同情的人类中间，看着他们说："是的，这世界是我们造成的，我们是决不走的，我们自杀了，可好？"他们只冷笑着站在四围，我的同伴呢，她低着头坐在那里，我不知道她也有自杀的决心没有。

一杯毒水在手里了，我走过去拊着她的肩说："你看——你呢？"她笑着点一点头，"柏拉图呵！我跟随你。"我抬起头来，一饮而尽，——胸口微微的有一点热。

她忽然也站起来了，看着我，也不知道她哪里来的一个弓儿……可怜呵！那箭儿好似弹簧一般……她已经——我的胸口热极了。

呜咽——挣扎里，钟摆的声音，渐渐的真了，屋里还是昏暗的，帘外的炉子里，似乎还有微微的火，窗纱边隐隐的露出支撑在夜色里的树枝儿来，——慢慢的定住了神。

这都是哪来的事！将来的黄金世界在哪里？创造的精神在哪里？奋斗的手腕在哪里，牺牲的勇气又在哪里？

奋斗的末路就是自杀么？

为何自己自杀不动心，看别人自杀，却要痛哭？

同伴呵！我虽不认识你，我必永不忘记你牺牲的精神！

人类呵！你们果真没有同情心么？果真要拆毁这已造成的黄金世界么？

这是一九二〇年的末一夜，阳光再现的时候，就是一九二一年的开始了。

梦儿呵！不妨仍在我和她的手里实现！

同伴呵！我和你，准备着：

创造——奋斗——牺牲！

一九二一年一月一日早起笔

是 非

导读：

本文初载于一九二一年六月《燕京大学季刊》第二卷第一、二期合刊。“是”与“非”到底是怎么回事？世上有绝对的“是非”吗？“是非”在每个人的心里都会有一个既定的标准，很多时候，我们习惯了一些既定的说法、既定的概念，很少有人会回头思考这些个“既定”是否正确。在这里，冰心对“是”与“非”提出了质疑，对“是非”的“是”和“非”进行了逻辑性论证说理，最后却还是没能得出一个确定的关于“是”与“非”的结论。这是一个哲学的话题，作者提出这个问题并不只在于解决此问题本身，而是引出读者的思考，启发读者对于一些自身习以为常的事物持怀疑的态度，在怀疑中进行思考，进而寻求彻底解决的方法，追求绝对的真理。

我们评论一件事或是一个人的时候，常常要提到“是”或“非”这两个字，谈惯了觉得很自然——然而我自己心中有时却觉得不自然，有时却起了疑问，有时这两个字竟在我意念中反复到千万遍。

我所以为“是”的，是否就是“是”？我所以为“非”的，是否就是“非”！不但在个人方面，没有绝对的“是非”；就是在世界上恐怕也没有绝对的“是非”。

在我以为“是”的，在他又以为“非”；这时代里以为“是”的，在那时代里又以为“非”；在这环境里以为“是”的，在那环境里又以为“非”；在这社会里以为“是”的，在那社会里又以为“非”；是非既没有标准，各是其是，各非其非，于是起了世上种种的误会，辩难，攻击。

是抛弃了我的“是”，去就他的“非”呢？还是叫他抛弃他的“是”，来就我的“非”呢？去就之间，又生了新的“是非”的问题。

“是非”是以“良心”为标准么，但究竟什么是“良心”？以“天理”为标准么，但究竟什么是“天理”？又生了一个新的“是非”的问题，只添给我们些犹疑，忧郁，苦恼。

"是非"的问题，便是青年时代最烦闷的问题中之一。

我竭力的要思索它，了解它，结果是只生了无数的新的"是非"问题，——我再勉强的思索它，了解它，结果是众人以为"是"的，就是"是"，众人以为"非"的，就是"非"，但是"是非"问题就如此这般的解决了么？"我"呢，"我"到哪里去了？有了众人，难道就可以没了"我"？

这问题水过般，只是圆的运动，找不出一个源头来——

思索到极处，只有两句词家的话，聊以解脱自己："……人生了事成痴，世上总无真是非……"

但此是解决"是非"的方法么？我还是烦闷。

安于烦闷的，终久是烦闷，不肯安于烦闷的，"是非"便要升天入地的想法子来解决它。

青年人呵！我们要解决古往今来，开天辟地，人所不能解决，未曾解决的问题。

求真理——求绝对的真理。

宇宙的爱

导语：

本文初载于一九二一年六月二十三日的《晨报》。冰心崇尚自然之爱，这篇文章中处处展现自然之美，叶儿，水儿，云儿，月儿，影儿，这些随处可见的形象被作者信手拈来，融于她那淡淡的话语之中，这些看似不经意的话语，包含着的美却是无穷尽的。宇宙之爱亦即自然之爱，自然之爱泽被万物，万物被这爱渗透，幻化出了一个满溢着爱的世界，在这被自然所爱化的世界里，在那样的一个清幽而美丽的清晨，作者独坐池边，思索着：关于时光，关于爱……

这篇文章具有很强的美感，阅之使人感到如临清流，读之令人面对着自然所造化的美好万物顿觉心旷神怡。

四年前的今晨，也清早起来在这池旁坐地。

依旧是这青绿的叶，碧澄的水。依旧是水里穿着树影来去的白云。依旧是四年前的我。

这些青绿的叶，可是四年前的那些青绿的叶？水可是四年前的水？云可是四年前的云？——我可是四年前的我？

它们依旧是叶儿，水儿，云儿，也依旧只是四年前的叶儿，水儿，云儿。——然而它们却经过了几番宇宙的爱化，从新的生命里欣欣的长着，活活的流着，自由的停留着。

它们依旧是四年前的，只是渗透了宇宙的爱化出了新的生命。——但我可是四年前的我？

四年前的它们，只觉得憨嬉活泼，现在为何换成一片的微妙庄严？——但我可是四年前的我？

抬头望月，何如水中看月！一样的天光云影，还添上树枝儿荡漾，圆月儿飘浮，和一个独俯清流的我。

白线般的长墙，横拖在青绿的山上。在这浩浩的太空里，阻不了阳光照临，也阻不了风儿来去，——只有自然的爱是无限的，何用劳苦工夫，来区分这和爱的世界？

坐对着起伏的山，远立的塔，无边的村落平原，只抱着膝儿凝想。朝阳照到发上了，——想着东边隐隐的城围里，有几个没来的孩子，初回家的冰仲，抱病的冰叔，和昨天独自睡在树下的小弟弟，怎得他们也在这儿……

一九二一年六月十八日，在西山

石像

导读：

本文初载于一九二一年五月十三日《晨报》。这篇短小的散文，读来更像是一首诗。这里的“石像”代表了一种形象，“他”有着庄严的姿态和坚定的方向，“他”静静地看着世人，看着世人在欲壑与苦海里浮沉。“他”凝眸朝着已定的方向，屹立着，不会因外部的环境而改变。“他”永远坚守着自己心中的方向，任这个世界上刮起了各种言语的风，也不为所动。这样的“他”不会接受喧哗的赞扬，人们愿意给予“他”的只能是低着头的深深的崇拜。

这是一个有着深刻内涵的形象，“他”有着一股厚重的内心力量，在“他”的身上，看不到浮华与躁动，看到的是坚定与理想，这坚定很沉，这理想很重。这“沉”与“重”使得石像的形象变得高大，并且在“他”所凝眸的方向埋下了希望。这样的石像存在于作者的心中，是作者对于一种人格的欣赏与向往。

凝寂的面庞，消沉的目光，都衬出他庄严的姿态，他只这样摄着白衣站着，静悄悄的向前看着。

小孩子攀着窗台，要和他谈笑；他眼儿也不抬一抬，唇儿也不动一动，只自己屹立着，向前看着。

小妹妹说他伤心，小弟弟说他孤傲——我却并不这样想，只深深地低头崇拜。

倘若你容我说破，石像呵！你是伤心，因为无量沙数的世人，心里只满着贪嗔。你是孤傲，因为无量沙数的世人，口里只唱着悲歌。

谁像你这般屹立凝眸的向前看着？——任他小孩子笑语纠缠，你只屹立凝眸的向前看着。

石像呵！任他无知的孩子，说你伤心，说你孤傲，我只深深地低头崇拜。

山中杂感

导读：

本文初载于一九二一年六月二十五日《晨报》。文中描绘了月夜、傍晚和清晨大自然中的美丽景色，言语间，动与静相结合，表现出了山中大自然的美。从文中可以看出作者对于大自然的那种恒久而强烈的爱。大自然孕育了万物，她像母亲一样爱着万物，万物都经过她慈爱的手的安排，确定了各自的位置和各自不同的形态，构成了一派美丽和谐的景象。

这一幅幅美丽的山水图画，在一次次的枯荣交替中迎来了它们的无限之生，面对着那样的无限与恒久，眼前的这一刹那之美转瞬即逝，恍若虚幻。有如此的美景，在一次次轮回着的转瞬即逝中走向了无限之生。作者思考着短暂与永恒，探索着有限与无限。在她惊叹于造物者的鬼斧神工之余，面对着一花一叶，一水一石，对这些大自然的元素产生了无限的遐思。

溶溶的水月，螭头上只有她和我。树影里对面水边，隐隐的听见水声和笑语。我们微微的谈着，恐怕惊醒了这浓睡的世界。——万籁无声，月光下只有深碧的池水，玲珑雪白的衣裳。这也只是无限之生中的一刹那顷！然而无限之生中，哪里容易得这样的一刹那顷！

夕照里，牛羊下山了，小蚁般缘走在青岩上。绿树丛巅的嫩黄叶子，也衬在红墙边。——这时节，万有都笼盖在寂寞里，可曾想到北京城里的新闻纸上，花花绿绿的都载的是什么事？

只有早晨的深谷中，可以和自然对语。计划定了，岩石点头，草花欢笑。造物者呵！我们星驰的前途，路站上，请你再遥遥的安置下几个早晨的深谷！

陡绝的岩上，树根盘结里，只有我俯视一切。——无限的宇宙里，人和物质的山，水，远村，云树，又如何比得起？然而人的思想可以超越到太空里去，它们却永远只在地面上。

一九二一年六月二十日，在西山

五月一号

导读：

本文初载于一九二一年六月《燕京大学季刊》第二卷第一、二期合刊。作者一趟访友回来，起了感触，于是她开始寻找引发感触的原因。这感触使得她的心绪烦乱，对自己已经走过的路产生了怀疑，也怀疑她将要走的路是否正确。在思绪的一片纷乱中，两位同学的谈话片段涌入了她的脑海，她们谈着梦，谈着理想。经过了混乱思绪中千万个疑问，在千头万绪中，作者作出了她的决定。

人生在世会有那么一些时候，头脑的系统失去了清晰的条理，陷入了紊乱，似乎每一条路都可以走，又似乎无路可走。这时候，人们就会对这世界的一切产生怀疑，似乎什么都没有意思，似乎什么都是不正确的，但是这样的怀疑却不是最终的结果。作者经过一系列的怀疑之后，作出了她自己的选择，找到了一条可以令她坚持下去的路。

一号的下午，出门去访朋友，回到家来，忽然起了感触。

是和她的谈话么？半年的朋友，客客气气的，哪有荡气回肠的话语；是因为在她家看的报纸么？今天虽是劳动纪念“工作八小时”，“推翻资本家”，在我却不至有这么深的感动呵！

花架后参天的树影，衬着蔚蓝的天，几只鸟叫着飞过去了——但这又有什么意思？

世界上原来只如此。世界上的人的谈话，原来也只如此。原来我也在世界里，随着这水涡儿转。

不对呵，我何必随着世界转，只要你肯向前走。

目前尽是平庸的人，诈欺的事。若是久滞不进呵，一生也只是如此。然而造物和人已经将前途摆在你眼前，希望的光一闪一闪的，画出快乐的符咒——只在你肯向前，肯奋斗。

一个人实实在在的才能，惟有自己可以知道，他的前途也只有自己可以隐约测定。自己知道了，试验了，有功效了，有希望了，——接着只有三个字：向前走！

现在的地位和生活，已经足意了么？学问和阅历，已经够用了么？若还都有问题，不自安于现在的人，必要向前走！

一个人生在世上，不过这么一回事，轰轰烈烈和浑浑噩噩，有什么不同？——然而也何妨在看透世界之后，谈笑雍容的人间游戏。

十几年来，只低着头向前走，为什么走？人走所以我不得不走。——然而前途是向东呢？向西呢？走着再说！

也曾有数日或数月的决心，某种事业是可做的是必做的，也和平，也温柔，也忍耐，无妨以此消遣人生，走着再说。

路旁偶然发见了异景，偶然驻足，偶然探头，偶然走了一两步，觉得有一点能力含在我里面，前途怎样？走着再说。

愈走愈远，步步引出能力，步步发现了快乐。呀！我原来是有能力的，现在也不向东，也不向西，只向那希望的光中走。

康庄大道上同行的人，都不见了。羊肠小径中，前面有几个，后面有几个！这难走的道，果然他们都愿走么？果然，斜出歧途的有几个，停止瞻望的有几个。现在我为什么走？因为人不走，所以我必得走！

走呵！即或走不到，人生不过是这么一回事，何妨人间游戏。

快乐是否人生的必需？未必！然而在希望光中，无妨叫它作鼓舞青年人前进的音乐。

世人以为好的，我未必以为好。但是何妨投其所好，在自己也不过是人间游戏。

书橱里的书，矮几上的箫，桌上的花，笔筒里的尺子，墙外的秋千——这一切又有什么意思？

孩子倒是很快乐的，他们只晓得欢呼跳跃，然而我们又何尝不快乐？

记得有一天在球场上，同着一位同学，走着谈着。她说："在幻想中，常有一本书，名字是《This is my field》，这是我的土地——在我精神上闲暇的时候，常常预先布置后来的事业，我是要……你要说我想入非非罢？"我们那天说了许多的话。

又有一晚也是在球场上，月光微澹，风吹树梢。同另一位同学走着谈着，她说："我的幻想中常常有一个理想的学校，一切的设备，我都打算得清清楚楚的。"那晚我们也说了许多的话。

各人心中有他的理想国，有他的乌托邦。这种的谈话，是最有趣味的，是平常我们不多说的。因为每日说的是口里的话，偶然在环境和心境适宜的时候，投机的朋友，遇见了，说的是心里的话。

昨天我和一位同学在阳光下对坐，我们说过了十年，再聚一块，互证彼此的事业，那才有意思呢？大家一笑。

这些事又有什么意思？和五月一号有什么相干？和刚才的朋友又有什么联络？我的原意是什么？

千头万绪中，只挑出一个题目来，是："今天是五月一号，我要诚实的承受造物者和人的意旨，奔向自己认定的前途，立志从今日起，担起这责任来，开始劳动。"

一九二一年五月一日

图　画

导读：

本文初载于一九二一年七月五日《晨报》。作者偶然在山中见到了两处美丽的景致，并且被那充满诗意的画面所打动。

第一幅画面蕴藏了许多的故事，千百年来的文人很容易被它引出兴衰感慨来；第二幅画面如诗，如诗的画面少不了会有前人的诗句与之相映衬。但是面对着美丽的景致，作者在惊叹之余却不忙于感慨，不忙于搜索诗肠。她认为面对着美景，无需过于复杂地思前想后，不必费神地去搜古寻今，仅需运用自己的心去抓住眼前的美。她愿意将这样的画面做成图画，刻在她的脑海里，印在她的心版上，加深她在这一刻所受到的感动。

当美丽的诗句浮上了脑海，她既没有想要忆起诗的作者来，也没有想要忆出诗的全文来，她仅仅是单纯地感受断句中的美。

在作者看来，我们需要一颗单纯的心和爱的眼睛去欣赏眼前的美景。

信步走下山门去，何曾想寻幽访胜？

转过山坳来，一片青草地，参天的树影无际。树后弯弯的石桥，桥后两个俯蹲在残照里的狮子。回过头来，只一道的断瓦颓垣，剥落的红门，却深深掩闭。原来是故家陵阙！何用来感慨兴亡，且印下一幅图画。

半山里，凭高下视，千百的燕子，绕着殿儿飞。城垛般的围墙，白石的甬道，黄绿琉璃瓦的门楼，玲珑剔透。楼前是山上的晚霞鲜红，楼后是天边的平原村树，深蓝浓紫。暮霭里，融合在一起。难道是玉宇琼楼？难道是瑶宫贝阙？何用来搜索诗肠，且印下一幅图画。

低头走着，一首诗的断句，忽然浮上脑海来。“四月江南无矮树，人家都在绿荫中。”何用苦忆是谁的著作，何用苦忆这诗的全文。只此已描画尽了山下的人家！

问答词

导读：

本文初载于一九二一年七月二十七日《晨报》。一些疑问存在于冰心的心中，久久没能找出答案，在本文中作者通过提问和回答的方式探讨着一些梗在她心中无法忽视的问题。人生在世，当然会遇到一些难以弄明白的事情，就像千百年来，不断有人探索着人生的意义，可人生的意义到底是什么呢？这没有一个定论。同千百万人一样，冰心的心中也有着一个这样的疑问，她疑惑着这个世界存在的一切，她感叹着个人的渺小，感伤于个人行为的微不足道。在她此时的思想里，现在只是一瞬间，我们能感受到的现在一会儿便成了过去。所幸她的这些思想虽然一直纠缠着很难得出答案，但她却没有被这些疑问和这种对存在的否定引向虚无。她最后得出结论：少一些感慨与烦闷，只沿着脚下的路，勤勤恳恳地走下去。

树影儿覆在墙儿上，又是凉风如洗，月明如水。

她看着我，“为何望天无语，莫非是起了烦闷，生了感慨？”

我说：“我想什么是生命！人生一世，只是生老病死，便不生老病死，又怎样？浑浑噩噩，是无味的了，便流芳百世又怎样？百年之后，谁知道你？千年之后，又谁知道你？人类灭绝了，又谁知道你？便如你我月下共语，也只是电光般，瞥过无限的太空，这一会儿，已成了过去渺茫的事迹。”

她说：“这不对呵，你只管赞美‘自然’，讴歌着孩子，鼓吹着宇宙的爱，称世界是绵绵无尽。你自己岂不曾说过‘世界上有的是快乐光明’？”

我说：“这只是闭着眼儿想着，低着头儿写着，自己证实，自己怀疑，开了眼儿，抬起头儿，幻象便走了！乐园在哪里？天国在哪里？依旧是社会污浊，人生烦闷！‘自然’只永远是无意识的，不必说了。小孩子似乎很完满，只为他无知无识。然而难道他便永久是无知无识？便永久是无知无识，人生又岂能满足？世俗无可说，因此我便逞玄想，撇下人生，来赞美自然，讴歌孩子。一般是自欺，自慰，世界上哪里是快乐光明？我曾寻遍了天下，便有也只是相对的暂时的，世界上哪里是快乐光明?"

她说:"希望便是快乐,创造便是快乐。逞玄想,撇下人生,难道便可使社会不污浊,人生不烦闷?"

我说:"希望做不到,又该怎样?创造失败了,又该怎样?古往今来,创造的人又有多少?到如今他们又怎样?你只是恒河沙数中的一粒,要做也何从做起,要比也如何比得起?即或能登峰造极,也不过和他们一样。不希望还好,不想创造还好,倒不如愚夫庸妇,一生一世,永远是无烦恼!"

她微笑说:"你的感情起落无恒,你的思想没有系统。你没有你的人生哲学,没有你的世界观。只是任着思潮奔放,随着思潮说话。创造是烦恼,不创造只烦闷,又如何?希望是烦恼,不希望只烦闷,又如何?"

我说:"是呵!我已经入世了。不希望也须希望,不前进也须前进。车儿已上了轨道了,走是走,但不时的瞻望前途,只一片的无聊乏味!这轨道通到虚无缥缈里,走是走,俊彩星驰的走,但不时的觉着,走了一场,在这广漠的宇宙里,也只是无谓!"

她只微笑着,月光射着她清扬的眉宇,她从此便不言语。

"世界上的力量,永远没有枉废:你的一举手,这热力便催开了一朵花;你的一转身,也使万物颤动;你是大调和的生命里的一部分,你带着你独有的使命;你是站在智慧的门槛上,请更进一步!看呵,生命只在社会污浊,人生烦闷里。宇宙又何曾无情?人类是几时灭绝?不要看低了愚夫庸妇,他们是了解生命的真意义,知道人生的真价值。他们不曾感慨,不曾烦闷,只勤勤恳恳的为世人造福。回来罢!脚踏实地着想!"

这话不是她说的,她只微笑着。

"宛因呵!感谢你清扬的眉宇,从明月的光辉中,清清楚楚的告诉我。"

一九二一年七月二十二日

一朵白蔷薇

导读：

本文初载于一九二一年八月二十六日《晨报》。这篇文章营造了一个绝美的意境，白色的蔷薇仿若一位身着白衣捧着花的女子，美丽无比。在作者的笔下，花总是代表了美好与欢笑，作者追寻着也无比向往着一个充满了美与爱的世界。在本文里，冰心把她的情思寄托于白蔷薇之上，并且使其具象化：一位美与爱的化身抱着一大束花，宛若女神。女神从作者身边走过，她走的那条路上开满了鲜花。这样的一条满是花儿的道路，便是作者理想的去处。但是路上的花却并不都欣喜地绽放着，有的垂了头，有的落了瓣儿。从花的面貌可以看出，在作者的心里，通往理想的途中一定会有哀伤。面对着前路，面对着梦想，冰心有了疑虑，她徘徊着，心中满是朦朦胧胧却又绵延不绝的忧伤。

怎么独自站在河边上？这朦胧的天色，是黎明还是黄昏？何处寻问，只觉得眼前竟是花的世界。中间杂着几朵白蔷薇。

她来了，她从山上下来了。靓妆着，仿佛是一身缟白，手里抱着一大束花。

我说，“你来，给你一朵白蔷薇，好簪在襟上。”她微笑说了一句话，只是听不见。然而似乎我竟没有摘，她也没有戴，依旧抱着花儿，向前走了。

抬头望她去路，只见得两旁开满了花，垂满了花，落满了花。

我想白花终比红花好，然而为何我竟没有摘，她也竟没有戴？

前路是什么地方，为何不随她走去？

都过去了，花也隐了，梦也醒了，前路如何？便摘也何曾戴？

一九二一年八月二十日追记

闲 情

导读：

本文最初发表于一九二三年六月十五日《晨报副镌》，后收入诗歌散文集《闲情》。作者因病而清闲下来，难得有闲暇的她以欣赏的眼光来看待身边的事物，在她的笔下，一些再平常不过的事物都充满了诗意，随着作者的喜与哀尽情地展示着。作者对大自然那么不经意的一瞥，刻印在她的脑中却成了一幅画。从文字中透露出，在作者的心里，儿时的天真与无邪是人一生的宝藏，童年是生命里爱的发祥地。

冰心在病中的这一段闲暇里，抛却了俗世的纷扰，在一室之宇宙里任她的思想随意驰骋。这时她四周的氛围一片温馨，她的身心闲适而自在。这篇文章让我们再一次领略到了她对自然、童心的热爱之情，这无疑是冰心对她"爱的哲学"的再次呈现。

弟弟从我头上，拔下发针来，很小心的挑开了一本新寄来的月刊。看完了目录，便反卷起来，握在手里笑说："莹哥，你真是太沉默了，一年无有消息。"

我凝思地，微微答以一笑。

是的，太沉默了！然而我不能，也不肯忙中偷闲；不自然地，造作地，以应酬为目的地，写些东西。病的神慈悲我，竟赐予我以最清闲最幽静的七天。除了一天几次吃药的时间，是苦的以外，我觉得没有一时，不沉浸在轻微的愉快之中。——庭院无声。枕簟生凉。温暖的阳光，穿过苇帘，照在淡黄色的壁上。浓密的树影，在微风中徐徐动摇。窗外不时的有好鸟飞鸣。这时世上一切，都已抛弃隔绝，一室便是宇宙，花影树声，都含妙理。是一年来最难得的光阴呵，可惜只有七天！黄昏时，弟弟归来，音乐声起，静境便砉然[①]破了。一块暗绿色的绸子，蒙在灯上，屋里一切都是幽凉的，好似悲剧的一幕。镜中照见自己玲珑的白衣，竟悄然的觉得空灵神秘。当屋隅的四弦琴，颤动着，生涩的，徐徐奏起。两个歌喉，由不同的调子，渐渐合一。由悠扬，而宛转；由高吭，而沉缓的时候，怔忡的我，竟感到了无限的怅惘与不宁。小孩子们真可爱，在我睡梦中，偷偷的来了，放下几束花，又走了。小弟弟拿来插在瓶里，也在我睡梦中，偷偷的放在床边几上。——开眼瞥见了，黄的和白的，不知名的小花，衬着淡绿的短瓶。……原是不很香的，而每朵花里，都包含着天真的友情。

终日休息着，睡和醒的时间界限，便分得不清。有时在中夜，觉得精神很圆满。——听得疾雷杂以疏雨，每次电光穿入，将窗台上的金钟花，轻淡清澈的映在窗帘上，又急速的隐抹了去。而余影极分明的，印在我的脑膜上。我看见“自然”的淡墨画，这是第一次。

得了许可，黄昏时便出来疏散。轻凉袭人。迟缓的步履之间，自觉很弱，而弱中隐含着一种不可言说的愉快。这情景恰如小时在海舟上，——我完全不记得了，是母亲告诉我的，——众人都晕卧，我独不理会，颠顿的自己走上舱面，去看海。凝注之顷，不时的觉得身子一转，已跌坐在甲板上，以为很新鲜，很有趣。每坐下一次，便喜笑个不住，笑完再起来，希望再跌倒。忽忽又是十余年了，不想以弱点为愉乐的心情，至今不改。

一个朋友写信来慰问我，说：“东波云‘因病得闲殊不恶’，我亦生平善病者，故知能闲真是大工夫，大学问。——如能于养神之外，偶阅《维摩经》尤妙，以天女能道尽众生之病，断无不能自已其病也！恐扰清神，余不敢及。”因病得闲，是第一慊心[②]事，但佛经却没有看。

一九二二年六月十二日

① 砉（huā）然：象声词，常用来形容破裂、折断等声音。

② 慊（qiè）心：令人满意，使人满足。

梦

导读：

本文初载于一九二三年四月《小说月报》第十四卷第四期。这是一篇回忆童年的文章，在这里作者以第三人称“她”代替了第一人称“我”，使得童年的“我”与现在的“我”有了距离，更显得童年的生活像是梦一般。冰心的父亲是一位海军军官，童年时，她跟在父亲的身边，军刀、战马、军人、大海这些代表着壮阔与豪情的元素，在她幼小的心里烙下了深深的印痕，并被作者的怀念与向往包裹着，埋藏进了她记忆土壤的深处。后来她进入了女儿堆，远离了童年的日子，走上了与她的童年生活截然不同的路，然而那难以忘怀的童年生活却不时浮上她的脑海，远如隔世，恍如一梦，这引来了她无限的怅惘。

她回想起童年的生涯，真是如同一梦罢了！穿着黑色带金线的军服，佩着一柄短短的军刀，骑在很高大的白马上，在海岸边缓辔徐行的时候，心里只充满了壮美的快感，几曾想到现在的自己，是这般的静寂，只拿着一枝笔儿，写她幻想中的情绪呢？

她男装到了十岁，十岁以前，她父亲常常带她去参与那军人娱乐的宴会。朋友们一见都夸奖说，“好英武的一个小军人！今年几岁了？”父亲先一面答应着，临走时才微笑说，“他是我的儿子，但也是我的女儿。”

她会打走队的鼓，会吹召集的喇叭。知道毛瑟枪里的机关。也会将很大的炮弹，旋进炮腔里。五六年父亲身畔无意中的训练，真将她做成很矫健的小军人了。

别的方面呢？平常女孩子所喜好的事，她却一点都不爱。这也难怪她，她的四围并没有别的女伴，偶然看见山下经过的几个村里的小姑娘，穿着大红大绿的衣裳，裹着很小的脚。匆匆一面里，她无从知道她们平居的生活。而且她也不把这些印象，放在心上。一把刀，一匹马，便堪过尽一生了！女孩子的事，是何等的琐碎烦腻呵！当探海的电灯射在浩浩无边的大海上，发出一片一片的寒光，灯影下，旗影下，两排儿沉豪英毅的军官，在剑佩锵锵的声里，整齐严肃的一同举起杯来，祝中国万岁的时候，这光景，是怎样的使人涌出慷慨的快乐的眼泪呢？

她这梦也应当到了醒觉的时候了！人生就是一梦么？

十岁回到故乡去，换上了女孩子的衣服，在姊妹群中，学到了女儿情性：五色的丝线，是能做成好看的活计的；香的，美丽的花，是要插在头上的；镜子是妆束完时要照一照的；在众人中间坐着，是要说些很细腻很温柔的话的；眼泪是时常要落下来的。女孩子是总有点脾气，带点娇贵的样子的。

这也是很新颖、很能造就她的环境——但她父亲送给她的一把佩刀，还长日挂在窗前。拔出鞘来，寒光射眼，她每每呆住了。白马呵，海岸呵，荷枪的军人呵……模糊中有无穷的怅惘。姊妹们在窗外唤她，她也不出去了。站了半天，只掉下几点无聊的眼泪。

她后悔么？也许是，但有谁知道呢！军人的生活，是怎样的造就了她的性情啊！黄昏时营幕里吹出来的笳声，不更是抑扬凄婉么？世界上软款温柔的境地，难道只有女孩儿可以占有么？海上的月夜，星夜，眺台独立倚枪翘首的时候：沉沉的天幕下，人静了，海也浓睡了，——“海天以外的家！”这时的情怀，是诗人的还是军人的呢？是两缕悲壮的丝交纠之点呵！

除了几点无聊的英雄泪，还有什么？她安于自己的境地了！生命如果是圈儿般的循环，或者便从“将来”，又走向“过去”的道上去，但这也是无聊呵！

十年深刻的印象，遗留于她现在的生活中的，只是矫强的性质了——她依旧是喜欢看那整齐的步伐，听那悲壮的军笳。但与其说她是喜欢看，喜欢听，不如说她是怕看，怕听罢。

横刀跃马，和执笔沉思的她，原都是一个人，然而时代将这些事隔开了……

童年！只是一个深刻的梦么？

一九二一年十月一日

到青龙桥去

导读：

本文写作的年代正是时局动乱之时，很多人都厌恶战争，部分军人的恶行往往被扩大化了，以至于人们憎恶上了所有的军人，总认为军人都是残酷暴虐的。在这篇文章里，作者介绍了她在到青龙桥去的途中遇到的军人。幼时与军人的接触使得她不自觉地把目光投向了他们。她看见边角里坐着几位军人，这些军人面对稽查的查问时，并没有如人们想象中那样与稽查人员发生冲突，而是遵守了火车上的规矩，服从了稽查人员的安排。他们的行为跟平常人比起来没有两样。作者期望人们能以一种公正的心态来看待穿着黄军装的那一群人，不要有偏见。在偏见的支配下，连对军人有着特殊情结的作者在听了人们关于军人诸种恶劣行径的话语后，都下意识地把他们与危险联系了起来，还尝试与他们拉开更大的距离。直到看过了眼前军人的表现之后，她才再一次以公正的眼光看待他们。

如火如荼的国庆日，却远远的避开北京城，到青龙桥去。

车慢慢的开动了，只是无际的苍黄色的平野，和连接不断的天末的远山。——愈往北走，山愈深了。壁立的岩石，屏风般从车前飞过。不时有很浅的浓绿色的山泉，在岩下流着。山半柿树的叶子，经了秋风，已经零落了，只剩有几个青色半熟的柿子挂在上面。山上的枯草，迎着晨风，一片的和山偃动，如同一领极大的毛毡一般。

“原也是很伟秀的，然而江南……”我无聊的倚着空冷的铁炉站着。

她们都聚在窗口谈笑，我眼光穿过她们的肩上，凝望着那边角里坐着的几个军人。

“军人！”也许潜藏在我的天性中罢，我在人群中常常不自觉的注意军人。

世人呵！饶恕我！我的阅历太浅薄了，真是太浅薄了！我的阅历这样的告诉我，我也只能这样忠诚而勇敢的告诉世人，说：“我有生以来，未曾看见过像我在书报上所看的，那种兽性的，沉沦的，罪恶的军人！”

也许阅历欺哄我，但弱小的我，却不敢欺哄世人！

一个朋友和我说，——那时我们正在院里，远远的看我们军人的同学盘杠子——“我每逢看见灰黄色的衣服的人，我就起一种憎嫌和恐怖的战栗。”我看着她郑重的说：“我从来不这样想，我看见他们，永远起一种庄肃的思想！”她笑道：“你未曾经过兵祸罢！”我说：“你呢?”她道：“我也没有，不过我常常从书报上，看见关于恶虐的兵士们的故事……”

我深深的悲哀了！在我心中，数年来潜在的隐伏着不能言说的怜悯和抑屈！文学家呵！怎么呈现在你们笔底的佩刀荷枪的人，竟尽是这样的疯狂而残忍？平民的血泪流出来了，军人的血泪，却洒向何处？

笔尖下抹杀了所有的军人，将混沌的，一团黑暗暴虐的群众，铭刻在人们心里。从此严肃的军衣，成了赤血的标帜；忠诚的兵士，成了撒旦的随从。可怜的军人，从此在人们心天中，没有光明之日了！

虽然阅历决然毅然的这般告诉我，我也不敢不信，一般文学家所写的是真确的。军人的群众也和别的群众一般，有好人也更有坏人。然而造成人们对于全体的灰色黄色衣服的人，那样无缘故无条件，概括的厌恶，文学家，无论如何，你们不得辞其咎！

也讲一讲人道罢！将这些勇健的血性的青年，从教育的田地上夺出来，关闭在黑暗恶虐的势力范围里，叫他们不住的吸收冷酷残忍的习惯，消灭他友爱怜悯的本能。有事的时候，驱他们到残杀同类的死地上去；无事的时候，叫他穿着破烂的军衣，吃的是黑面，喝的是冷水，三更半夜的起来守更走队，在悲切声中度生活。家里的信来了：“我们要吃饭!”回信说：“没有钱，我们欠饷七个月了！——”可怜的中华民国的青年男子呵！山穷水尽的途上，哪里是你们的歧路？……

我的思潮，那时无限制的升起。无数的观念奔凑，然而时间只不过一瞬。

车门开了，走进三个穿军服的人。第一个，头上是粉红色的帽箍，穿着深黄色的呢外套，身材很高。后面两个略矮一些，只穿着平常的黄色军服，鱼贯的从人丛中，经过我们面前，便一直走向那几个兵丁坐的地方去。

她们略不注意的仍旧看着窗外，或相对谈笑。我却静默的，眼光凝滞的随着他们。

那边一个兵丁站起来了。两块红色的领章，围住瘦长的脖子，显得他的脸更黑了。脸上微微的有点麻子，中人身材，他站起来，只到那稽查的肩际。

粉红色帽箍的那个稽查，这时正侧面对着我们。我看得真切：圆圆的脸，短

短的眉毛，肩膊很宽，细细的一条皮带，束在腰上，两手背握着。白绒的手套已经微污了，臂上缠的一块白布，也成了灰色的了，上面写着“察哈尔总站，军警稽查……”以下的字，背着我们看不见了。

他沉声静气的问：“你是哪里的，要往哪里去？”那个兵丁笔直的站着，听问便连忙解开外面军衣的钮扣，从里衣袋里，掏出一张名片和护照来，无言的递上。——也许曾说了几句话，但声音很低，我听不见。稽查凝视着他，说：“好，但是我们公事公办，就是大总统的片子，也当不了车票呵！而且这护照也只能坐慢车。弟兄！到站等着去罢，只差一点钟工夫！”

军人们！饶恕我那时不道德的揣想。我想那兵丁一定大怒了！我恐怕有个很大的争闹，不觉的退后了，更靠近窗户，好像要躲开流血的事情似的。

稽查将片子放在自己的袋里——那个兵丁低头的站着，微麻的脸上，充满了彷徨，无主，可怜。侧面只看见他很长的睫毛，不住的上下瞬动。

火车仍旧风驰电掣的走着。他至终无言的坐下，呆呆的望着窗外。背后看去，只有那戴着军帽，剪得很短头发的头，和我们在同一的速率中，左右微微动摇。

我深深吸了一口气，放下心来，却立时起了一种极异样的感觉！

到了站了！他无力的站起，提着包儿，往外就走。对面来了一个女人，他侧身恭敬的让过。经过稽查面前，点点头就下车去了。

稽查正和另一个兵丁问答。这个兵丁较老一点，很瘦的脸，眉目间处处显出困倦无力。这时却也很直的站着，声音很颤动，说：“我是在……陈副官公馆里，他差我到……去。”一面也珍重的呈上一张片子。稽查的脸仍旧紧张着，除了眼光上下之外，不见有丝毫情感的表现，他仍旧凝重的说：“我知道现在军事是很忙的，我不是不替弟兄们留一线之路。但是一张片子，公事上说不过去。陈副官既是军事机关上的人，他更不能不知道火车上的规矩——你也下去罢！”

老兵丁无言的也下车去了。

稽查转过身来，那边两个很年轻的兵丁，连忙站起，先说：“我们到西苑去。”稽查看了护照，笑了笑说：“好，你们也坐慢车罢！看你们的服章，军界里可有你们这样不整齐的？国家的体面，哪里去了？车上这许多外国人，你们也不怕他们笑话！”随在稽查后面的两个军人，微笑的上前，将他们带着线头，拖在肩上的两块领章扶起。那两个少年兵丁，惭愧的低头无语。

稽查开了门，带着两个助手，到前面车上去了。

车门很响的关了，我如梦方醒，周身起了一种细微的战栗。——不是憎嫌，不是恐怖，定神回想，呀！竟是最深的惭愧与赞美！

一共是七个人：这般凝重，这般温柔，这样的服从无抵抗！我不信这些情景，只呈露在我的前面……

登上万里长城了！乱山中的城头上，暗淡飘忽的日光下，迎风独立。四围充满了寂寞与荒凉。除了浅黄色一串的骆驼，从深黄色的山脚下，徐徐走过之外，一切都是单调的！看她们头上白色的丝巾，三三两两的，在城上更远更高处拂拂吹动。我自己留在城半。在我理想中易起感慨的，数千年前伟大建筑物的长城上，呆呆的站着，竟一毫感慨都没有起！

只那几个军人严肃而温柔的神情，平和而庄重的言语，和他们所不自知的，在人们心中无明不白的厌恶：这些事，都重重的压在我弱小的灵魂上——受着天风，我竟不知道世界上还有个我没有！

一九二二年十月十二日夜

山中杂记

——遥寄小朋友

导读：

《山中杂记》共收录十篇散文，都是冰心在山中养病时所写的。在这些散文里，她以一种略显天真的语气记录着她山居时遇到的一些趣事和见闻，叙述着当时心中的一些喜恶和感触。这些文章最初连载于一九二四年八月八日至十日《晨报副镌》，后收入《寄小读者》。在山居的日子里，作者试图忘掉自己成年人的身份，以小孩子般充溢着童真的眼光看待周遭的世界。她不时用固执而略带偏激的语气诉说着她的喜好，如，她赞扬着海的优点，挑剔着山的缺点，她毫不掩饰自己对扰人的农用机器声音的讨厌。她不但能像孩子一样拥有一颗童心，有时候甚至还做出了一些孩子们才会有的举动。在这里，她享受着难得的悠闲和自在，并乐此不疲地欣赏着眼前一幅幅由大人、自然、小孩子组成的和谐而动态的画面。

大夫说是养病，我自己说是休息，只觉得在拘管而又浪漫的禁令下，过了半年多。这半年中有许多在童心中可惊可笑的事，不足为大人道。只盼他们看到这几篇的时候，唇角下垂，鄙夷的一笑，随手的扔下。而有两三个孩子，拾起这一张纸，渐渐的感起兴味，看完又彼此嘻笑，讲说，传递；我就已经有说不出的喜欢！本来我这两天有无限的无聊。天下许多事都没有道理，比如今天早起那样的烈日，我出去散步的时候，热得头昏。此时近午，却又阴云密布，大风狂起。廊上独坐，除了胡写，还有什么事可作呢？

一九二四年六月二十三日，沙穰

一　我怯弱的心灵

我小的时候，也和别的孩子一样，非常的胆小。大人们又爱逗我，我的小舅舅说什么《聊斋》，什么《夜谈随录》，都是些僵尸，白面的女鬼等等。在他还说着的时候，我就不自然的惴惴的四顾，塞坐在大人中间，故意的咳嗽。睡觉的时候，看着帐门外，似乎出其不意的也许伸进一只鬼手来。我只这样想着，便用被将自己的头蒙得严严地，结果是睡得周身是汗！

十三四岁以后，什么都不怕了。在山上独自中夜走过丛冢，风吹草动，我只回头凝视。满立着狰狞的神像的大殿，也敢在阴暗中小立。母亲屡屡说我胆大，因为她像我这般年纪的时候，还是怯弱的很。

我白日里的心，总是很宁静，很坚强，不怕那些看不见的鬼怪。只是近来常常在梦中，或是在将醒未醒之顷，一阵悚然，从前所怕的牛头马面，都积压了来，都聚围了来。我呼唤不出，只觉得怕得很，手足都麻木，灵魂似乎蜷曲着。挣扎到醒来，只见满山的青松，一天的明月。洒然自笑，——这样怯弱的梦，十年来已绝不做了，做这梦时，又有些悲哀！童年的事都是有趣的，怯弱的心情，有时也极其可爱。

二　埋存与发掘

山中的生活，是没有人理的。只要不误了三餐和试验体温的时间，你爱做什么就做什么，医生和看护都不来拘管你。正是童心乘时再现的时候，从前的爱好，都拿来重温一遍。

美国不是我的国，沙穰不是我的家。偶以病因缘，在这里游戏半年，离此后也许此生不再来。不留些纪念，觉得有点过意不去，于是我几乎每日做埋存与发掘的事。

我小的时候，最爱做这些事：墨鱼脊骨雕成的小船，五色纸粘成的小人等等，无论什么东西，玩够了就埋起来。树叶上写上字，掩在土里。石头上刻上字，投在水里。想起来时就去发掘看看，想不起来，也就让它悄悄的永久埋存在那里。

病中不必装大人，自然不妨重做小孩子！游山多半是独行，于是随时随地留下许多纪念，名片，西湖风景画，用过的纱巾等等，几乎满山中星罗棋布。经过芍药花下，流泉边，山亭里，都使我微笑，这其中都有我的手泽！兴之所至，又往往去掘开看看。

有时也遇见人，我便扎煞着泥污的手，不好意思的站了起来。本来这些事很难解说。人家问时，说又不好，不说又不好，迫不得已只有一笑。因此女伴们更喜欢追问，我只有躲着她们。

那一次一位旧朋友来，她笑说我近来更孩子气，更爱脸红了。童心的再现，有时使我不好意思是真的，半年的休养，自然血气旺盛，脸红那有什么爱不爱的可言呢？

三　古国的音乐

去冬多有风雪。风雪的时候，便都坐在广厅里，大家随便谈笑，开话匣子，弹琴，编绒织物等等，只是消磨时间。

荣是希腊的女孩子，年纪比我小一点，我们常在一处玩。她以古国国民自居，拉我作伴，常常和美国的女孩子戏笑口角。

我不会弹琴，她不会唱，但闷来无事，也就走到琴边胡闹。翻来覆去的只是那几个简单的熟调子。于是大家都笑道："趁早停了罢，这是什么音乐?"她傲然的叉手站在琴旁说："你们懂得什么?这是东西两古国，合奏的古乐，你们哪里配领略!"琴声仍旧不断，歌声愈高，别人的对话，都不相闻。于是大家急了，将她的口掩住，推到屋角去，从后面连椅子连我，一齐拉开，屋里已笑成一团!

最妙的是连"印第阿那的月"等等的美国调子，一经我们用过，以后无论何时，一听得琴声起，大家都互相点头笑说："听古国的音乐呵!"

四　雨雪时候的星辰

寒暑表降到冰点下十八度的时候，我们也是在廊下睡觉。每夜最熟识的就是天上的星辰了。也不过只是点点闪烁的光明，而相看惯了，偶然不见，也有些想望与无聊。

连夜雨雪，一点星光都看不见。荷和我拥衾对坐，在廊子的两角，遥遥谈话。

荷指着说："你看维纳司（Venus）升起了!"我抬头望时，却是山路转折处的路灯。我怡然一笑，也指着对山的一星灯火说："那边是周彼得（Jupiter）呢!"

愈指愈多，松林中射来零乱的风灯，都成了满天星宿。真的，雪花隙里，看不出天空和山林的界限，将繁灯当作繁星，简直是抵得过。

一念至诚的将假作真，灯光似乎都从地上飘起。这幻成的星光，都不移动，不必半夜梦醒时，再去追寻它们的位置。

于是雨雪寂寞之夜，也有了慰安了!

五　她得了刑罚了

休息的时间，是万事不许作的。每天午后的这两点钟，乏倦时觉得需要，睡不着的时候，觉得白天强卧在床上，真是无聊。

我常常偷着带书在床上看，等到看护妇来巡视的时候，就赶紧将书压在枕头底下，闭目装睡。——我无论如何淘气，也不敢大犯规矩，只到看书为止。而壁这个女孩子，往往悄悄的起来，抱膝坐在床上，逗引着别人谈笑。

这一天她又坐起来，看看无人，便指手画脚的学起医生来。大家正卧着看着她笑，看护妇已远远的来了。她的床正对着甬道，卧下已来不及，只得仍旧皱眉的坐着。

看护妇走到廊上。我们都默然，不敢言语。她问璧说，“你怎么不躺下？”璧笑说：“我胃不好，不住的打呃，躺下就难受。”看护妇道：“你今天饭吃得怎样？”璧惴惴的忍笑的说：“还好！”看护妇沉吟了一会便走出去。璧回首看着我们，抱头笑说：“你们等着，这一下子我完了！”

果然看见看护妇端着一杯药进来，杯中泡泡作声。璧只得接过，皱眉四顾。我们都用毡子藏着脸，暗暗的笑得喘不过气来。

看护妇看着她一口气喝完了，才又慢慢的出去。璧颓然的两手捧着胸口卧了下去，似哭似笑的说：“天呵！好酸！”

她以后不再胡说了，无病吃药是怎样难堪的事。大家谈起，都快意，拍手笑说：“她得了刑罚了！”

六　Eskimo

沙穰的小朋友替我上的 Eskimo 的徽号，是我所喜爱的，觉得比以前的别的称呼都有趣！

Eskimo 是北美森林中的蛮族。黑发披裘，以雪为屋。过的是冰天雪地的渔猎生涯。我哪能像他们那样的勇敢？

只因去冬风雪无阻的林中游戏行走。林下冰湖正是沙穰村中小朋友的溜冰处。我经过，虽然我们屡次相逢，却没有说话。我只觉得他们往往的停了游走，注视着我，互相耳语。

以后医生的甥女告诉我，沙穰的孩子传说林中来了一个 Eskimo。问他们是怎样说法，他们以黑发披裘为证。医生告诉他们说不是 Eskimo，是院中一个养病的人，他们才不再惊说了。

假如我是真的 Eskimo 呢，我的思想至少要简单了好些，这是第一件可羡的事。曾看过一本书上说：“近代人五分钟的思想，够原始人或野蛮人想一年的。”人类在生理上，五十万年来没有进步，而劳心劳力的事，一年一年的增加，这是疾病的源泉，人生的不幸！

我愿终身在森林之中，我足踏枯枝，我静听树叶微语。清风从林外吹来，带着松枝的香气。

白茫茫的雪中，除我外没有行人。我所见所闻，不出青松白雪之外，我就似可满意了！

出院之期不远，女伴戏对我说：“出去到了车水马龙的波士顿街上，千万不要惊倒，这半年的闭居，足可使你成个痴子！”

不必说，我已自惊悚，一回到健康道上，世事已接踵而来……我倒愿做 Eskimo 呢。黑发披裘，只是外面的事！

七　说几句爱海的孩气的话

白发的老医生对我说：“可喜你已大好了。城市与你不宜，今夏海滨之行，也是取消了为妙。”

这句话如同平地起了一个焦雷！

学问未必都在书本上。纽约，康桥，芝加哥这些人烟稠密的地方，终身不去也没有什么。只是说不许我到海边去，这却太使我伤心了。

我抬头张目的说：“不，你没有阻止我到海边去的意思！”

他笑道：“是的，我不愿意你到海边去，太潮湿了，于你新愈的身体没有好处。”

我们争执了半点钟，至终他说：“那么你去一个礼拜罢！”

他又笑说：“其实秋后的湖上，也够你玩的了！”

我爱慰冰，无非也是海的关系。若完全的叫湖光代替了海色，我似乎不大甘心。

可怜，沙穰的六个多月，除了小小的流泉外，连慰冰都看不见！山也是可爱的，但和海比，的确比不起，我有我的理由！

人常常说“海阔天空”。只有在海上的时候，才觉得天空阔远到了尽量处。在山上的时候，走到岩壁中间，有时只见一线天光。即或是到了山顶，而因着天末是山，天与地的界线便起伏不平，不如水平线的齐整。

海是蓝色灰色的。山是黄色绿色的。拿颜色来比，山也比海不过。蓝色灰色含着庄严淡远的意味，黄色绿色却未免浅显小方一些。固然我们常以黄色为至尊，皇帝的龙袍是黄色的，但皇帝称为“天子”，天比皇帝还尊贵，而天却是蓝色的。

海是动的，山是静的。海是活泼的，山是呆板的。昼长人静的时候，天气又热，凝神望着青山，一片黑郁郁的连绵不动，如同病牛一般。而海呢，你看她没有一刻静止！从天边微波粼粼的直卷到岸边，触着崖石，更欣然的溅跃了起来，开了灿然万朵的银花！

四围是大海，与四围是乱山，两者相较，是如何滋味，看古诗便可知道。比如说海上山上看月出，古诗说："南山塞天地，日月石上生。"细细咀嚼，这两句形容乱山，形容得极好，而光景何等臃肿，崎岖，僵冷？读了不使人生快感。而"海上生明月，天涯共此时"也是月出，光景却何等妩媚，遥远，璀璨！

原也是的，海上没有红、白、紫、黄的野花，没有蓝雀、红襟等等美丽的小鸟。然而野花到秋冬之间，便都萎谢，反予人以凋落的凄凉。海上的朝霞晚霞，天上水里反映到不止红白紫黄这几个颜色。这一片花，却是四时不断的。说到飞鸟，蓝雀，红襟自然也可爱。而海上的沙鸥，白胸翠羽，轻盈的飘浮在浪花之上，"凌波微步，罗袜生尘"。看见蓝雀，红襟，只使我联忆到"山禽自唤名"。而见海鸥，却使我联忆到千古颂赞美人，颂赞到绝顶的句子，是"婉若游龙，翩若惊鸿"！

在海上又使人有透视的能力，这句话天然是真的！你倚阑俯视，你不由自主的要想起这万顷碧琉璃之下，有什么明珠，什么珊瑚，什么龙女，什么鲛纱。在山上呢，很少使人想到山石黄泉以下，有什么金银铜铁。因为海水透明，天然的有引人们思想往深里去的趋向。

简直越说越没有完了，总而言之，统而言之，我以为海比山强得多，说句极端的话，假如我犯了天条，赐我自杀，我也愿投海，不愿坠崖！

争论真有意思！我对于山和海的品评，小朋友们愈和我辩驳愈好。"人心之不同，各如其面"，这样世界上才有个不同和变换。假如世界上的人都是一样的脸，我必不愿见人。假如天下人都是一样的嗜好，穿衣服的颜色式样都是一般的，则世界成了一个大学校，男女老幼都穿一样的制服，想至此不但好笑，而且无味！再一说，如大家都爱海呢，大家都搬到海上去，我又不得清静了！

八　他们说我幸运

山做了围墙，草场成了庭院，这一带山林是我游戏的地方。早晨朝露还颗颗闪烁的时候，我就出去奔走，鞋袜往往都被露水淋湿了。黄昏睡起，短裙卷袖，微风吹衣，晚霞中我又游云似的在山路上徘徊。

固然的，如词中所说："落日解鞍芳草岸，花无人戴，酒无人劝，醉也无人管！"不是什么好滋味；而"无人管"的情景，有时却真难得。你要以山中踯躅的态度，移在别处，可就不行。在学校中，在城市里，是不容你有行云流水的神意的。只因管你的人太多了！

我们楼后的儿童院，那天早晨我去参观了。正值院里的小朋友们在上课，有的在默写生字，有的在做算学。大家都有点事牵住精神，而忙中偷闲，还暗地传递小纸条，偷说偷玩，小手小脚，没有安静的时候。这些孩子我都认得，只因他们在上课，我只在后面悄悄的坐着，不敢和他们谈话。

不见黑板六个月了，这倒不觉得怎样。只是看见教员桌上那个又大又圆的地球仪，满屋里矮小的桌子椅子，字迹很大的卷角的书：倏时将我唤回到十五年前去。而黑板上写着的

$$\begin{array}{r}34\\-15\\\hline\end{array}\qquad\begin{array}{r}21\\+10\\\hline\end{array}\qquad\begin{array}{r}18\\-\quad 9\\\hline\end{array}\qquad\begin{array}{r}64\\\times 69\\\hline\end{array}$$

方程式。以及站在黑板前扶头思索，将粉笔在手掌上乱画的小朋友，我看着更觉得有一种说不出的怅惘。窗外日影徐移，虽不是我在上课，而我呆呆的看着壁上的大钟，竟有急盼放学的意思！

放学了，我正和教员谈话，小朋友们围拢来将我拉开了。保罗笑问我说：“你们那楼里也有功课么？”我说：“没有，我们天天只是玩！”彼得笑叹道：“你真是幸运！”

他们也是休养着，却每天仍有四点钟的功课。我出游的工夫，只在一定的时间里，才能见着他们。

唤起我十五年前的事，惭愧“三七二十一，四七二十八”的背乘数表等等，我已算熬过去，打过这一关来了！而回想半年前，厚而大的笔记本，满屋满架的参考书，教授们流水般的口讲，……如今病好了，这生活还必须去过，又是怃然。

这生活还必须去过。不但人管，我也自管。“哀莫大于心死”，被人管的时候，传递小纸条偷说偷玩等事，还有工夫做。而自管的时候，这种动机竟绝然没有。十几年的训练，使人绝对的被书本征服了！

小朋友，“幸运”这两字又岂易言？

九　机器与人类幸福

小朋友一定知道机器的用处和好处，就是省人力，能在很短的时间内做很重大的工作。

在山中闲居，没有看见别的机器的机会，而山右附近的农园中的机器，已足使我赞叹。

他们用机器耕地，用机器撒种，以至于刈割等等，都是机器一手经理。那天我特地走到山前去，望见农人坐在汽机上，开足机力，在田地上突突爬走。很坚

实的地土，汽机过处，都水浪似的，分开两边，不到半点钟工夫，很宽阔一片地，都已耕松了。

农人从衣袋里掏出表来一看，便缓缓的捩转汽机，回到园里去。我也自转身。不知为何，竟然微笑。农人运用大机器，而小机器的表，又指挥了农人。我觉得很滑稽！

我小的时候，家园墙外，一望都是麦地。耕种收割的事，是最熟见不过的了。农夫农妇，汗流浃背的蹲在田里，一锄一锄的掘，一镰刀一镰刀的割。我在旁边看着，往往替他们吃力，又觉得迟缓的可怜！

两下里比起来，我确信机器是增进人类幸福的工具。但昨天我对于此事又有点怀疑。

昨天一下午，楼上楼下几十个病人都没有睡好！休息的时间内，山前耕地的汽机，轧轧的声满天地。酷暑的檐下，蒸炉一般热的床上，听着这单调而枯燥，震耳欲聋的铁器声，连续不断，脑筋完全跟着它颠簸了。焦躁加上震动，真使人有疯狂的倾向！

楼上下一片喃喃怨望声，却无法使这机器止住。结果我自己头痛欲裂。楼下那几个日夜发烧到一百零三，一百零四度的女孩子，我真替她们可怜，更不知她们烦恼到什么地步！农人所节省的一天半天的工夫，和这几十个病人，这半日精神上所受的痛苦和损失，比较起来，相差远了！机器又似乎未必能增益人类的幸福。

想起幼年我的书斋只和麦地隔一道墙。假如那时的农人也用机器，简直我的书不用念了！

这声音直到黄昏才止息。我因头痛，要出去走走，顺便也去看看那害我半日不得休息的汽机。——走到田边，看见三四个农人正站着踌躇，手臂都叉在腰上，摇头叹息。原来机器坏了。这座东西笨重的很，十个人也休想搬得动，只得明天再开一座汽机来拉它。

我一笑就回来了——

十　鸟兽不可与同群

女伴都笑苇玲是个傻子。而她并没有傻子的头脑，她的话有的我很喜欢。她说：“和人谈话真拘束，不如同小鸟小猫去谈。它们不扰乱你，而且温柔的静默的听你说。”

我常常看见她坐在樱花下，对着小鸟，自说自笑。有时坐在廊上，抚着小猫，半天不动。这种行径，我并不觉得讨厌，也许就是因此，女伴才赠她以傻子的徽号，也未可知。

和人谈话未必真拘束，但如同生人，大人先生等等，正襟危坐的谈起来，却真不能说是乐事。

十年来正襟危坐谈话的时候，一天比一天的多。我虽也做惯了，但偶有机会，我仍想释放我自己。这半年我就也常常做傻子了！

拔草喂马是第一乐事。看着这庞然大物，温驯地磨动它的松软的大口和齐整的大牙，在你手中吃嚼青草的时候，你觉得它有说不尽的妩媚。

每日山后牛棚，拉着满车的牛乳罐的那匹斑白大马，我每日喂它。乳车停住了，驾车人往厨房里搬运牛乳，我便慢慢的过去。在我跪伏在樱花底下，拔那十样锦的叶子的时候，它便倒转那狭长而良善的脸来看我，表示它的欢迎与等待。我们渐渐熟识了，远远的看见我，它便抬起头来。我相信我离开之后，它虽不会说话，它必每日的怀念我。

还有就是小狗了。那只棕色的，在和我生分的时候，曾经吓过我。那一天雪中游山，出其不意在山顶遇见它，它追着我狂吠不止，我吓得走不动。它看我吓怔了，才住了吠，得了胜利似的，垂尾下山而去。我看它走了，一口气跑了回来。一夜没有睡好，心脉每分钟跳到一百十五下。

女伴告诉我，它是最可爱的狗，从来不咬人的。以后再遇见它，我先呼唤它的名字，它竟摇尾走了过来。自后每次我游山，它总是前前后后的跟着走。山林中雪深的时候，光景很冷静。它总算助了我不少的胆子。

此外还有一只小黑狗，尤其跳荡可爱。一只小白狗，也很驯良。

我从来不十分爱猫。因为小猫很带狡猾的样子，又喜欢抓人。医院中有一只小黑猫，在我进院的第二天早起刚开了门，它已从门隙塞进来，一跃到我床上，悄悄的便伏在我的怀前，眼睛慢慢的闭上，很安稳的便要睡着。我最怕小猫睡时呼吸的声音！我想推它，又怕它抓我。那几天我心里又难过，因此愈加焦躁。幸而看护妇不久便进来！我皱眉叫她抱出这小猫去。

以后我渐渐的也爱它了。它并不抓人。当它仰卧在草地上，用前面两只小爪，拨弄着玫瑰花叶，自惊自跳的时候，我觉得它充满了活泼和欢悦。

小鸟是怎样的玲珑娇小呵！在北京城里，我只看见老鸦和麻雀。有时也看见啄木鸟。在此却是雪未化尽，鸟儿已成群的来了。最先的便是青鸟。西方人以青鸟为快乐的象征，我看最恰当不过。因为青鸟的鸣声中，婉转的报着春的消息。

知更雀的红胸，在雪地上，草地上站着，都极其鲜明。小蜂雀更小到无可苗条，从花梢飞过的时候，竟要比花还小。我在山亭中有时抬头瞥见，只屏息静立，连眼珠都不敢动，我似乎恐怕将这弱不禁风的小仙子惊走了。

此外还有许多毛羽鲜丽的小鸟，早起朝日未出，已满山满谷的响起了它们轻美的歌声。在朦胧的晓风之中，倚枕倾听，使人心魂俱静。春是鸟的世界，“以鸟鸣春”和“春眠不觉晓，处处闻啼鸟”，这两句话，我如今彻底的领略过了！

我们幕天席地的生涯之中，和小鸟最相亲爱。玫瑰和丁香丛中更有青鸟和知更雀的巢，那巢都是筑得极低，一伸手便可触到。我常常去探望小鸟的家庭，而我却从不做偷卵捉雏等等破坏它们家庭幸福的事。我想到我自己不过是暂时离家，我的母亲和父亲已这样的牵挂。假如我被人捉去，关在笼里，永远不得回来呢，我的父亲母亲岂不心碎？我爱自己，也爱雏鸟，我爱我的双亲，我也爱雏鸟的双亲！

而且是怎样有趣的事，你看小鸟破壳出来，很黄的小口，毛羽也很稀疏，觉得很丑。它们又极其贪吃，终日张口在巢里啾啾的叫！累得它母亲飞去飞回的忙碌。渐渐的长大了，它母亲领它们飞到地上。它们的毛羽很蓬松，两只小腿蹒跚的走，看去比它们的母亲还肥大。它们很傻的样子，茫然的跟着母亲乱跳。母亲偶然啄得了一条小虫，它们便纷然的过去，啾啾的争着吃。早起母亲教给它们歌唱，母亲的声音极婉转，它们的声音，却很憨涩。这几天来，它们已完全的会飞了，会唱了，也知道自己觅食，不再累它们的母亲了。前天我去探望它们时，这些雏鸟已不在巢里，它们已筑起新的巢了，在离它们的父母的巢不远的枝上，它们常常来看它们的父母的。

还有虫儿也是可爱的。藕荷色的小蝴蝶，背着圆壳的小蜗牛，嗡嗡的蜜蜂，甚至于水里每夜乱唱的青蛙，在花丛中闪烁的萤虫，都是极温柔，极其孩子气的。你若爱它，它也爱你们。因为它们都喜爱小孩子。大人们太忙，没有工夫和它们玩。

新年试笔

导读：

本文初载于一九三四年一月《文学》第二卷第一期。新年作为新的开始，冰心大胆想象着一个美好的世界。她在文中说出了藏在心中的美好愿望：大地上到处是光明，不见残败与污秽，到处一片欣欣向荣的景象，人们的生活平静、朴素、充实、快乐，整个大地洋溢着一片欢乐的气氛，世间充满了爱。这是一个与现实悖逆的世界，在现实中既有光明也有阴影，而在作者心中的世界满是爱与美，那里只有光明。作者知道，那样的世界只是一种美好的愿望，她期盼着能有一股力量如太初的洪水般冲刷掉世界上的污秽与丑恶。但是她心中那十万斛洪水迟迟没有来到，她疑惑：会有一股那样强大的神圣力量吗？何时才能见到一个无比洁净而美好的世界呢？

因为是“试”笔，所以要拿起笔来再说。

拿起笔来仍是无话可说；许多时候不说了，话也涩，笔也涩，连这时扫在窗上的枯枝也作出“涩——涩”的声音。

我愿有十万斛的泉水，湖水，海水，清凉的，碧绿的，蔚蓝的，迎头洒来，泼来，冲来，洗出一个新鲜，活泼的我。

这十万斛的水，不但洗净了我，也洗净了宇宙间山川人物。——如同太初洪水之后，有只雪白的鸽子，衔着嫩绿的叶子，在响晴的天空中飞翔。

大地上处处都是光明，看不见一丝云影。山上没有一棵被砍断的树，没有一片焦黄的叶；一眼望去尽是参天的松柏，树下随意的乱生着紫罗兰，雏菊，蒲公英。松径中，石缝中，飞溅着急流的泉水。

江河里也看不见黄泥，也不飘浮着烂纸和瓜皮；只有朝霭下的轻烟，蒙蒙的笼罩着这浩浩的流水。江河两旁是沃野千里，阡陌纵横，整齐的灰瓦的农舍，家家开着后窗，男耕女织，歌声相闻。

城市像个花园，大树的浓荫护着杂花。整洁的道路上，看不见一个狂的男人，妖的女人，和污秽的孩子。上学的，上工的，个个挺着胸走，容光焕发，用着掩不住的微笑，互相招呼，似乎人人都彼此认识。

黄昏时从一座一座的建筑物里，涌出无数老的，少的，村的，俏的人来。一天结实的有成绩的工作，在他们脸上，映射出无限的快慰和满足。回家去，家家温暖的灯光下，有着可口的晚餐，亲爱的谈话。

蓝天隐去，星光渐生，孩子们都已在温软的床上，大开的窗户之下，在梦中向天微笑。

而在书室里，廊上，花下，水边都有一对或一对以上的人儿，在低低的或兴高采烈的谈着他们的过去，现在，将来所留恋，计划，企望的一切。

平凡人的笔下，只能抽出这平凡的希望。

然而这平凡的希望——

洪水，这迎头冲来的十万斛的洪水，何时才来到呢？

胰皂泡

导读：

本文初载于一九三六年四月二十七日上海《大公报》。童年时代，总是会有一些游戏供小孩子们嬉戏玩耍，当时的孩子哪里想得到，原来生命中的很多事儿跟这些他们时常玩的游戏有着些许共同点。长大后，一些曾经玩过的游戏会在某些个特定的时候不经意地闯入曾经的孩子的心里，顽皮地掀动某根神经，引出他们一些与游戏相关更与人生相关的思索。就如冰心儿时记忆里的胰皂泡，在一个静夜里闯入了她的脑海，这时的她经历过岁月的洗礼，已经失却了许多少年时的梦，于是她发出了关于梦的感慨。昼梦就像胰皂泡那样易碎，很多曾经执著追求过的梦都破碎了；碎梦的残渣落入人的心中，就像胰皂泡破灭后的胰皂水落入人的眼睛里一般，使得人泪花串串。

小的时候，游戏的种类很多，其中我最爱玩的是吹胰皂泡。

下雨的时节，不能到山上海边去玩，母亲总教给我们在廊子上吹胰皂泡。她说是阴雨时节天气潮湿，胰皂泡不容易破裂。

法子是将用剩的碎胰皂，放在一只小木碗里，加上点水，和弄和弄，使它融化，然后用一支竹笔套管，沾上那粘稠的胰皂水，慢慢的吹起，吹成一个轻圆的网球大小的泡儿，再轻轻的一提，那轻圆的球儿，便从管上落了下来，软悠悠的在空中飘游。若用扇子在下面轻轻的扇送，有时能飞到很高很高。

这胰皂泡，吹起来很美丽，五色的浮光，在那轻清透明的球面上乱转。若是扇得好，一个大球，会分裂成两三个玲珑娇软的小球，四散分飞。有时吹得太大了，扇得太急了，这脆薄的球，会扯成长圆的形式，颤巍巍的，光影零乱，这时大家都悬着心，仰着头，停着呼吸，——不久这光丽的薄球，就无声的散裂了，胰皂水落了下来，洒到眼睛里，使大家都忽然低了头，揉出了眼泪。

静夜里为何想到了胰皂泡？——因为我觉得这一个个轻清脆丽的球儿，像一串美丽的昼梦！

像昼梦，是我们自己小心的轻轻吹起的，吹了起来，又轻轻的飞起，是那么圆满，那么自由，那么透明，那么美丽。目送着她，心里充满了快乐，骄傲，与希望，想到借着扇子的轻风，把她一个个送上天去送过海去。到天上，轻轻的挨着明月，渡过天河跟着夕阳西去。或者轻悠悠的飘过大海，飞越山巅，又低低的落下，落到一个美人的玉搔头边，落到一个浓睡中的婴儿的雏发上……

自然的，也像昼梦，一个一个的吹起，飞高，又一个一个的破裂，廊子是我们现实的世界，这些要她上天过海的光球，永远没有出过我们仄长的廊子！廊外是雨丝风片，这些使我快乐，骄傲，希望的光球，都一个个的在雨丝风片中消灭了。

生来是个痴孩子，我从小就喜欢做昼梦，做惯了梦，常常从梦中得慰安，生希望，越做越觉得有道理，简直不知道自己是在做梦，最后简直把昼梦当做最高的理想，受过许多朋友的劝告讥嘲。而在我的精神上的胰皂泡没有破灭，胰皂水没有洒到我的心眼里使我落泪之先，我常常顽强的拒绝了朋友的劝告，漠视了朋友的讥嘲。

自小起做的昼梦，往少里说，也有十来个，这十几年来，渐渐的都快消灭完了。有几个大的光球，破灭时候，都会重重的伤了我的心，破坏了我精神上的均衡，更不知牺牲了我多少的眼泪。

到现在仍有一两个光球存在着，软悠悠的挨着廊边飞。不过我似乎已超过了那悬心仰头的止境，只用镇静的冷眼，看她慢慢的往风雨中的消灭里走！

只因常做梦，我所了解的人，都是梦中人物，所知道的事，都是梦中的事情。梦儿破灭了当然有些悲哀，悲哀之余，又觉得这悲哀是冤枉的。若能早想起儿时吹胰皂泡的情景与事实，又能早觉悟到这美丽脆弱的光球，是和我的昼梦一样的容易破灭，则我早就是个达观而快乐的人！虽然这种快乐不是我所想望的！

今天从窗户里看见孩子们奔走游戏，忽然想起这一件事。夜静无事姑记之于此，以志吾过，且警后人。

一九三六年三月二十二日，北平

一日的春光

导读：

本文初载于一九三六年六月《宇宙风》第十八期。文中，作者先是强烈地期盼春天的到来，久盼而不至。之后她试图寻找出一丝一缕的春意，好些次暗喜，以为寻着了春天的蛛丝马迹，不想这微弱的春的气息却屡被强力的冬的气息给覆盖摧毁。直到枝头已是残红一片，却始终未能见到大片的春光。作者无奈地发出灰心的叹息："我不信了春天！"

然而，正值作者心灰意懒之际，在一个晴朗的天色里，她总算见到了春天的面貌。这样的春光"千呼万唤始出来"，因此显得尤其珍贵。那盛开得正艳的海棠，充满了生机与活力，传达出了浓浓的春的气息。在热闹绚烂的繁花下，作者尝尽了春天的娇艳，这短短一日的春光把她苦苦寻找的快乐、活泼、力量和生命尽数带给了她。

去年冬末，我给一位远方的朋友写信，曾说："我要尽量的吞咽今年北平的春天。"

今年北平的春天来的特别的晚，而且在还不知春在哪里的时候，抬头忽见黄尘中绿叶成荫，柳絮乱飞，才晓得在厚厚的尘沙黄幕之后，春还未曾露面，已悄悄的远引了。

天下事都是如此——

去年冬天是特别的冷，也显得特别的长。每天夜里，灯下孤坐，听着扑窗怒号的朔风，小楼震动，觉得身上心里，都没有一丝暖气，一冬来，一切的快乐，活泼，力量，生命，似乎都冻得蜷伏在每一个细胞的深处。我无聊地慰安自己说，"等着罢，冬天来了，春天还能很远么？"

然而这狂风，大雪，冬天的行列，排得意外的长，似乎没有完尽的时候。有一天看见湖上冰软了，我的心顿然欢喜，说，"春天来了！"当天夜里，北风又卷起漫天匝地的黄沙，忿怒的扑着我的窗户，把我心中的春意，又吹得四散。有一天看见柳梢嫩黄了，那天的下午，又不住的下着不成雪的冷雨，黄昏时节，严冬的衣服，又披上了身。有一天看见院里的桃花开了，这天刚刚过午，从东南的天边，顷刻布满了惨暗的黄云，跟着千枝风动，这刚放蕊的春英，又都埋罩在漠漠的黄尘里……

九十天看看过尽——我不信了春天！

几位朋友说，"到大觉寺看杏花去罢。"虽然我的心中，始终未曾得到春的消息，却也跟着大家去了。到了管家岭，扑面的风尘里，几百棵杏树枝头，一望已尽是残花败蕊；转到大工，向阳的山谷之中，还有几株盛开的红杏，然而盛开中气力已尽，不是那满树浓红，花蕊相间的情态了。

我想，"春去了就去了罢！"归途中心里倒也坦然，这坦然中是三分悼惜，七分憎嫌，总之，我不信了春天。

四月三十日的下午，有位朋友约我到挂甲屯吴家花园去看海棠，"且喜天气晴明"——现在回想起来，那天是九十春光中唯一的春天——海棠花又是我所深爱的，就欣然的答应了。

东坡恨海棠无香，我却以为若是香得不妙，宁可无香。我的院里栽了几棵丁香和珍珠梅，夏天还有玉簪，秋天还有菊花，栽后都很后悔。因为这些花香，都使我头痛，不能折来养在屋里。所以有香的花中，我只爱兰花，桂花，香豆花和玫瑰，无香的花中，海棠要算我最喜欢的了。

海棠是浅浅的红，红得"乐而不淫"，淡淡的白，白得"哀而不伤"，又有满树的绿叶掩映着，秾纤适中，像一个天真，健美，欢悦的少女，同是造物者最得意的作品。

斜阳里，我正对着那几树繁花坐下。

春在眼前了！

这四棵海棠在怀馨堂前，北边的那两棵较大，高出堂檐约五六尺。花后是响晴蔚蓝的天，淡淡的半圆的月，遥俯树梢。这四棵树上，有千千万万玲珑娇艳的花朵，乱烘烘的在繁枝上挤着开……

看见过幼稚园放学没有？从小小的门里，挤着的跳出涌出使人眼花缭乱的一大群的快乐，活泼，力量，和生命；这一大群跳着涌着的分散在极大的周围，在生的季候里做成了永远的春天！

那在海棠枝上卖力的春，使我当时有同样的感觉。

一春来对于春的憎嫌，这时都消失了，喜悦的仰首，眼前是烂漫的春，骄奢的春，光艳的春，——似乎春在九十日来无数的徘徊瞻顾，百就千拦，只为的是今日在此树枝头，快意恣情的一放！

看得恰到好处，便辞谢了主人回来。这春天吞咽得口有余香！过了三四天，又有友人来约同去，我却回绝了。今年到处寻春，总是太晚，我知道那时若去，已是“落红万点愁如海”，春来萧索如斯，大不必去惹那如海的愁绪。

虽然九十天中，只有一日的春光，而对于春天，似乎已得了酬报，不再怨恨憎嫌了。只是满意之余，还觉得有些遗憾，如同小孩子打架后相寻，大家忍不住回嗔作喜，却又不肯即时言归于好，只背着脸，低着头，撅着嘴说，“早知道你又来哄我找我，当初又何必把我冰在那里呢?”

一九三六年五月八日夜，北平

记萨镇冰①先生

导读：

本文初载于一九三六年六月《青年界》第十卷第一号。在这篇文章里，作者给我们讲了一名海军军官的一些事迹，从这些事迹中可以看出这名军官有着“清洁超绝的人格”。他严于律己，不贪图安逸；他教导学生学习真正有用的知识，不拘泥于呆板的形式；他坚持自己的立场，为人刚正不阿；他为人慈蔼，有一颗满是人道主义关怀的心；他清正廉洁，热心于公益事业……还有很多赞美的词儿可以用在他的身上。这样的一位军官受到了人们的爱戴，他与当时社会中的一些贪官污吏形成鲜明的对比。

面对着那样一大群有着不洁人格的贪官污吏，冰心很是痛心，这使得她不由想起萨先生来。文中，她捧出了一位拥有着清廉高峻人格的官员——萨镇冰先生，期望天下的为官者都能以萨先生为模范和榜样。

萨镇冰先生，永远是我崇拜的对象，从六七岁的时候，我就常常听见父亲说：“中国海军的模范军人，萨镇冰一人而已。”从那时起，我总是注意听受他的一言一行，我所耳闻目见的关于他的一切，无不加增我对他的敬慕。时至今日，虽然有许多儿时敬仰的人物，使我灰心，使我失望，而每一想到他，就保留了我对于人类的信心，鼓励了我向上生活的勇气。

底下所记的关于萨先生的嘉言懿行，大半是从父亲谈话中得来的。——事实的年月，我只约略推算，将来对于他的生平材料搜集得比较完全时，我想再详细的替他写一本传记。——在此我感谢我的父亲，他知道往青年人脑里灌注的，应当是哪一种的印象。

海军上将萨镇冰先生，大名是鼎铭，福建闽侯人，一八六零年（?）生，十二岁入福州马尾船政学校，作第二班学生。十七八岁出洋，入英国格林海军大学(Green－Wich College)，回国后在天津管轮学堂任正教习。那时父亲是天津水师学堂驾驶班的学生，自此和他相识。

在管轮学堂时候，他的卧室里用的是特制的一张又仄又小的木床，和船上的床铺相似，他的理由是，“军人是不能贪图安逸的，在岸上也应当和在海上一样。”他授课最认真，对于功课好的学生，常以私物奖赏，如时表之类，有的时候，小的贵重点的物品用完了，连自己屋里的藤椅，也搬了去。课外常常教学生用锹铲在操场上挖筑炮台。那时管轮学堂在南边，水师学堂在北边，当中隔个操场。学堂总办吴仲翔住在水师学堂。吴总办是个文人，不大喜欢学生做“粗事”，所以在学生们踊跃动手，锹铲齐下的时候，萨先生总在操场边替他们巡风，以备吴总办的突来视察。

父亲和萨先生相熟，是从同在“海圻”军舰服务时起（一九零零年左右），那时他是海军副统领，兼“海圻”船主，父亲是副船主。

庚子之变，海军正统领叶祖，驻海容舰，被困于大沽口。鱼雷艇海龙海犀海青海华四艘，已被联军舰队所掳。那时北洋舰队中的海圻，海琛，海筹，海天等舰，都泊山东庙岛，山东巡抚袁世凯，移书请各舰驶入长江，以避敌锋，于是各船纷纷南下，只海圻坚泊不动。在山东义和团杀害侨民的时候，萨先生请蓬莱一带的教士侨民悉数下船，殷勤招待，乱事过后，方送上岸。那时正有美国大巡洋舰阿利干号（Oregan）在庙岛附近触礁，海圻又驶往救护，美国国会闻讯，立即驰函道谢，阿利干舰长申谢之余，也恳劝萨先生南下，于是海圻才开入江阴。

在他舰南开，海圻孤泊的时候，军心很摇动，许多士兵称病上岸就医，乘间逃走，最后是群情惶遽[②]，聚众请愿，要南下避敌。舱面上万声嘈杂，不可制止，在父亲竭力向大家劝说的时候，萨先生忽然拿把军刀，从舱里走出，喝说着：“有再说要南下的，就杀却!”他素来慈蔼，忽发威怒，大家无不失色惊散，海圻卒以泊定。——事后有一天萨先生悄然的递给父亲一张签纸，是他家人在不得海圻消息时，在福州吕祖庙里求的，上面写着：“有剑开神路。无妖敢犯邪。君子道长，小人道消。”两人大笑不止。

萨先生所在的兵舰上，纪律清洁，总是全军之冠。他常常捐款修理公物，常笑对父亲说，“人家做船主，都打金镯子送太太戴，我的金镯子是戴在我的船上。”有一次船上练习打靶，枪炮副不慎，将一尊船边炮的炮膛，划伤一痕。（开空炮时空弹中也装水，以补足火药的分量，弹后的铁孔，应用铁塞的，炮手误用木塞，以致施放时炮弹爆裂，碎弹划破炮膛而出。）炮值二万余元，萨先生自己捐出月饷，分期赔偿。后来事闻于叶祖，又传于直隶总督袁世凯，袁立即寄款代偿，所以如今海圻船上有一尊船边炮是袁世凯购换的。

他在船上，特别是在练船上，如威远康济通济等舰常常教学生荡舢舨，泅水，打靶，以此为日课，也以此为娱乐。驾驶时也专用学生，不请船户。（那时别的船上，都有船户领港，闽语所谓之“曲蹄’，即以舟为家的胥民。）叶统领常常皱眉说，“鼎铭太肯冒险了，专爱用些年轻人!”而海上的数十年，他所在的军舰，从来没有失事过。

他又爱才如命，对于官员士兵的体恤爱护，无微不至。上岸公出，有风时舢舨上就使帆，以省兵力。上岸拜会，也不带船上仆役，必要时就向岸上的朋友借用。历任要职数十年，如海军副大臣、海军总长、福建省长等，也不曾用过一个亲戚。亲戚远道来投，必酌给川资，或作买卖的本钱，劝他们回去，说：“你们没有受过海上训练，不能占海军人员的位置。”——如今在刘公岛有个东海春铺子，就是他的亲戚某君开的，专卖烟酒汽水之类，作海军人的生意——只有他的妻舅陈君，曾做过通济练船的文案，因为文案本用的是文人的缘故。

萨先生和他的太太陈夫人，伉俪甚笃。有一次他在烟台卧病，萨夫人从威海卫赶来视疾，被他辞了回去，人都说他不近人情。而自他三十六岁，夫人去世后，就将子女寄养岳家，鳏居终身。人问他为何不续弦，他说：“天下若再有一个女子，和我太太一样的我就娶。”——（按萨公子即今铁道部司长萨福钧先生，女公子适陈氏。）

他的个人生活，尤其清简，洋服从来没有上过身，也从未穿过皮棉衣服，平常总是布鞋布袜，呢袍呢马褂。自奉极薄，一生没有做过寿，也不受人的礼。没有一切的嗜好，打牌是千载难逢的事，万不得已坐下时，输赢也都用铜子。

他住屋子，总是租那很破敝的，自己替房东来修理，栽花草，铺双重砖地，开门辟户。屋中陈设也极简单，环堵萧然。他做海军副大臣时，在北平西城曾买了一所小房，南下后就把这所小房送给了一位同学。在福建省长任内，任前清总督衙门，地方极大，他只留下几间办公室，其余的连箭道一并拆掉，通成一条大街，至今人称肃威路，因为他是肃威将军。

“肃威”两字，不足为萨先生的考语，他实是一个极风趣极洒脱的人。生平喜欢小宴会，三五个朋友吃便饭，他最高兴。所以遇有任何团体公请他，他总是零碎的还礼，他说：“客人太多时，主人不容易应酬得周到，不如小宴会，倒能宾主尽欢。”请客时一切肴馔设备，总是自己检点，务要整齐清洁。也喜欢宴请西国朋友。屋中陈设虽然简单，却常常改换式样。自己的一切用物文玩，知道别人喜欢，立刻就送了人，送礼的时候，也是自己登门去送，从来不用仆役。

他写信极其详细周到，月日地址，每信都有，字迹秀楷，也喜作诗，与父亲常有唱和之作。他平常主张海军学校不请汉文教员，理由是文人颓放，不可使青年军人，沾染上腐败的习气。他说："我从十二岁就入军校，可是汉文也够用的，文字贵在自修，不在乎学作八股式的无性灵的文章。"我还能背诵他的一首在平汉车上作的七绝，是，"晓发襄江尚未寒，夜过荣泽觉衣单，黄河桥上轻车渡，月照中流好共看。"我觉得末两句真是充分的表现了他那清洁超绝的人格！

我有二十多年没有看见他了，至今记忆中还有几件不能磨灭的事：在我五六岁时候，他到烟台视察，住海军练营，一天下午父亲请他来家吃晚饭，约定是七时，到六时五十五分，父亲便带我到门口去等，说："萨军门是谨守时刻的，他常是早几分钟到主人门口，到时候才进来，我们不可使他久候。"我们走了出去，果然看见他穿着青呢袍，笑容满面的站在门口。

他又非常的温恭周到，有一次到我们家里来谈公事，里面端出点心来，是母亲自己做的，父亲无意中告诉了他。谈完公事，走到门口，又回来殷勤的说："请你谢谢你的太太，今天的点心真是好吃。"

父亲的客厅里，字画向来很少，因为他不是鉴赏家，相片也很少，因为他的朋友不多。而南下北上搬了几次家，客厅总挂有萨先生的相片，和他写赠的一副对联，是"穷达尽为身外事，升沉不改故人情"。

听说他老人家现在福州居住，卖字作公益事业。灾区的放赈，总是他的事，因为在闽省赤区中，别人走不过的，只有他能通行无阻。在福州下渡，他用海军界的捐款，办了一个模范村，村民爱他如父母，为他建了一亭，逢时过节，都来拜访，腊八节，大家给他熬些腊八粥，送到家去。

此外还有许多从朋友处听来的关于萨先生的事，都是极可珍贵的材料。夜深人倦，恕我不再记述了，横竖我是想写他的传记的，许多事不妨留在后来写。在此我只要说我的感想：前些日子看到行政院"澄清贪污"的命令，使我矍然[③]的觉出今日的贪污官吏之多，擅用公物，虽贤者不免，因为这已是微之又微的常事了！最使我失望的是我们的朋友中间，与公家发生关系者，也有的以占公家的便宜为能事，互相标榜夸说，这种风气已经养成，我们凋敝绝顶的邦家，更何堪这大小零碎的剥削！

我不愿提出我所耳闻目击的无数种种的贪污事实，我只愿高捧出一个清廉高峻的人格，使我们那些与贪污奋斗的朋友们，抬头望时，不生寂寞之感……

在此我敬谨遥祝他老人家长寿安康。

一九三六年三月二十三日夜

① 萨镇冰（1859 年—1952 年），字鼎铭，出身于著名的福州色目人萨氏家族。他先后担任过清朝海军统制、民国海军总长等重要军职，还曾代理过国务总理。他在担任清朝北洋海军副统领时，创建了烟台海军学校。萨镇冰是中国海军史上一位卓越的人物。

② 惶遽（jù）：惊恐慌张。

③ 矍（jué）然：惊惧的样子。

默庐试笔

导读：

本文初载于一九四〇年二月二十八日香港版《大公报》。作者苦恋北平，不是因为那里的景致最美，而是因为那里是我们几个朝代的国都，那里有着我们国人的尊严。在当时，北平被外国列强所占领，我们国人的尊严被践踏，作者以柔婉的话语描绘出一颗坚定的决心。她响应爱国的号召，企盼着有那么一天我们能够夺回我们失去的土地，夺回中华民族的尊严。

作者开篇写尽默庐的美，眼前的默庐景致宛如诗画，那是一个美丽而舒适的居住之地，不仅赏心，而且悦目。虽身在这样的美景中，作者却仍然苦苦地怀念着北平。默庐的美之甚反衬出作者对北平的眷恋之深，由此足见作者拥有一颗强烈的爱国之心。这篇文章的语气相较冰心往日作品中的仍是温婉，但从这温婉中却时时可看到作者的铮铮铁骨。作者柔中带刚的话语，酝酿出一股磅礴的气势。

一

我为什么潜意识的苦恋着北平？我现在真不必苦恋着北平，呈贡山居的环境，实在比我北平西郊的住处，还静，还美。我的寓楼，前廊朝东，正对着城墙，雉堞[①]蜿蜒，松影深青，霁天空阔。最好是在廊上看风雨，从天边几阵白烟，白雾，雨脚如绳，斜飞着直洒到楼前，越过远山，越过近塔，在瓦檐上散落出错落清脆的繁音。还有清晨黄昏看月出，日上。晚霞，朝霭，变幻万端，莫可名状，使人每一早晚，都有新的企望，新的喜悦。下楼出门转向东北，松林下参差的长着荇菜，菜穗正红，而红穗颜色，又分深浅，在灰墙，黄土，绿树之间，带映得十分悦目。出荆门北上斜坡，便到川台寺东首，栗树成林，林外隐见湖影和山光，林间有一片广场，这时已在城墙之上，登墙，外望，高岗起伏，远村隐约。我最爱早起在林中携书独坐，淡云来往，秋阳暖背，爽风拂面，这里清极静极，绝无人迹，只两个小女儿，穿着桔黄水红的绒衣，在广场上游戏奔走，使眼前宇宙，显得十分流动，鲜明。

我的寓楼，后窗朝西，书案便设在窗下，只在窗下，呈贡八景，已可见其三，北望是“凤岭松峦”，前望是“海潮夕照”，南望是“渔浦星灯”。窗前景物在第一段已经描写过，一百二十日夜之中，变化无穷，使人忘倦。出门南向，出正面荆门，西边是昆明西山。北边山上是三台寺。走到山坡尽处，有个平台，松柏丛绕，上有石磡和石块，可以坐立，登此下望，可见城内居舍，在树影中，错落参差。南望城外又可见三景，是龙街子山上之“龙山花坞”，罗藏山之“梁峰兆雨”和城南印心亭下之“河洲月渚”。其余两景是白龙潭之“彩洞亭鱼”，和黑龙潭之“碧潭异石”，这两景非走到潭边是看不见的，所以我对于默庐周围的眼界，觉得爽然没有遗憾。

平台的石磡上，客来常在那边坐地，四顾风景全收。年轻些的朋友来，就欢喜在台前松柏阴下的草坡上，纵横坐卧，不到饭时，不肯进来。平台上四无屏障，山风稍劲。入秋以来，我独在时，常走出后门北上，到寺侧林中，一来较静，二来较暖。

回溯生平郊外的住宅，无论是长居短居，恐怕是默庐最惬心意。国外的如伍岛（Five Islands）白岭（White Mountains）山水不能两全，而且都是异国风光，没有亲切的意味。国内如山东之芝罘，如北平之海甸，芝罘山太高，海太深，自己那时也太小，时常迷茫消失于旷大寥阔之中，觉得一身是客，是奴，凄然怔忡，不能自主。海甸楼窗，只能看见西山，玉泉山塔，和西苑兵营整齐的灰瓦，以及颐和园内之排云殿和佛香阁。湖水是被围墙全遮，不能望见。论山之青翠，湖之涟漪，风物之醇永亲切，没有一处赶得上默庐。我已经说过，这里整个是一首华兹华斯的诗！

二

在这里住得妥贴[2]，快乐，安稳，而旧友来到，欣赏默庐之外，谈锋又往往引到北平。

人家说想北平大觉寺的杏花，香山的红叶，我说我也想；人家说想北平的笔墨笺纸，我说我也想；人家说想北平的故宫北海，我说我也想；人家说想北平的烧鸭子涮羊肉，我说我也想；人家说想北平的火神庙隆福寺，我说我也想；人家说想北平的糖葫芦，炒栗子，我说我也想。而在谈话之时，我的心灵时刻的在自警说：“不，你不能想，你是不能回去的，除非有那样的一天！”

我口说在想，心里不想，但看我离开北平以后，从未梦见过北平，足见我控制得相当之决绝——而且我试笔之顷，意马奔驰，在我自己惊觉之先，我已在纸上写出我是在苦恋着北平。

我如今镇静下来，细细分析：我的一生，至今日止在北平居住的时光，占了一生之半，从十一二岁，到三十几岁，这二十年是生平最关键，最难忘的发育，模塑的年光，印象最深，情感最浓，关系最切。一提到北平，后面立刻涌现了一副一副的面庞，一幅一幅的图画：我死去的母亲，健在的父亲，弟，侄，师，友，车夫，佣人，报童，店伙……剪子巷的庭院，佟府堂前的玫瑰，天安门的华表，“五四”的游行，“九一八”黄昏时的卖报声，“国难至矣”的大标题，……我思潮奔放，眼前的图画和人面，也突兀变换，不可制止，最后我看见了景山最高顶，“明思宗殉国处”的方亭阑干上，有灯彩扎成的六个大字，是“庆祝徐州陷落!”

北平死去了！我至爱苦恋的北平，在不挣扎不抵抗之后，断续呻吟了几声，便恹然死去了！

二十六年七月二十八早晨，十六架日机，在晓光熹微中悠悠的低飞而来；投了三十二颗炸弹，只炸得西苑一座空营。——但这一声巨响，震得一切都变了色。海甸被砍死了九个警察，第二天警察都换了黑色的制服，因为穿黄制服的人，都当做了散兵，游击队，有砍死刺死的危险。

四野的炮声枪声，由繁而稀，由近而远，声音也死去了！

五光十色的旗帜都高高的悬起了：日本旗，意大利旗，美国旗，英国旗，黄万字旗，红十字旗，……只看不见了青天白日旗。

西直门楼上，深黄色军服的日兵，箕踞在雉堞上，倚着枪，咧着厚厚的嘴唇，露着不整齐的牙齿，下视狂笑。

街道上死一般的静寂，只三三两两褴褛趑趄[3]的人，在仰首围读着“香月入城司令”的通告。

晴空下的天安门，饱看过千万青年摇旗呐喊，高呼“打倒日本帝国主义”的，如今只镇定的在看着一队一队零落的中小学生的行列，拖着太阳旗，五色旗，红着眼，低着头，来“庆祝”保定陷落，南京陷落……后面有日本的机关枪队紧紧地监视跟随着。

日本的游历团一船一船一车一车的从神户横滨运来，挂着旗号的大汽车，在景山路东长安街横冲直撞的飞走。东兴楼，东来顺挂起日文的招牌，欢迎远客。

故宫北海颐和园看不见一个穿长褂和西服的中国人，只听见橐橐[4]的军靴声，木屐声。穿长褂和西服的中国人都羞的藏起了，恨的溜走了。

街市忽然繁荣起来了，尤其是米市大街，王府井大街，店面上安起木门，挂上布帘，无线电机在广播着友邦的音乐。

我想起东京神户，想起大连沈阳，……北平也跟着大连沈阳死去了，一个女神王后般美丽尊严的城市，在蹂躏侮辱之下，恹然地死去了。

我恨了这美丽尊严的皮囊，躯壳！我走，我回顾这尊严美丽，瞠目瞪视的皮囊，没有一星留恋。在那高山丛林中，我仰首看到了一面飘扬的旗帜，我站在旗影下；我走，我要走到天之涯，地之角，抖拂身上的怨尘恨土，深深地呼吸一下兴奋新鲜的朝气；我再走，我要掮着这方旗帜，来召集一星星的尊严美丽的灵魂，杀入那美丽尊严的躯壳！

① 雉堞（zhìdié）：城墙上面如齿轮形状的矮墙。

② 妥贴：现写作“妥帖”。舒适之意。

③ 赼趄（zījū）：走路的时候摇摇晃晃，脚步不稳。

④ 橐橐（tuó）：拟声词，硬的物体连续碰撞而发出的声音。

摆龙门阵

——从昆明到重庆

导读：

在战乱的年月，冰心先生从北平避到了昆明，战乱中的昆明能见到往日北平的影子。在这里，人们的生活虽然艰苦，但是他们乐观幽默，这让作者看到了一丝复兴的希望。作者到重庆时，这战时的首都几乎被侵略者轰炸成了废墟。但是在这里，人们的心却并没被战乱的阴影所覆盖住。面对着苦难，他们忙碌着、抵抗着、奋斗着。穿梭于残垣断壁之间的他们有着痛苦，但是却并没有因为痛苦而久久地哀伤，他们站起来了，正怀着信念与希望拼搏着，以坚定的步伐迎接着心中“那一天”的到来，在那一天里人们会因胜利而欢呼，在那一天里阳光普照我们的国度。

北平初被占领时，人们惶恐无助。随着时间的流逝，作者到昆明时，国人渐渐丢掉无助与惶恐。待到她去到重庆时，人们摆脱了初时的惶惑，如沉睡的雄狮业已觉醒。作者看到国人的信念与决心已一点点被拾拢来，渐渐地凝聚成一种无法被摧灭的力量，这样的力量就是国人的希望。这时的人们，心中有了希望的太阳。

喜欢北平的人，总说昆明像北平，的确地，昆明是像北平。第一件，昆明那一片蔚蓝的天，春秋的太阳，光煦的晒到脸上，使人感觉到故都的温暖。近日楼一带就很像前门，闹哄哄的人来人往。近日楼前就是花市，早晨带一两块钱出去，随便你挑，茶花、杜鹃花、菊花，……还有许多不知名的热带的鲜艳的花。抱着一大捆回来，可以把几间屋子摆满。昆明还有些朋友，大半是些穷教授，北平各大学来的，见过世面，穷而不酸。几两花生，一杯白酒，抵掌论天下事，对于抗战有信念，对于战后的回到北平，也有相当的把握。他们早晨起来是豆腐浆烧饼，中午饭有个肉丝炒什么的，就算是荤菜。一件破蓝布大褂，昂然上课，一点不损教授的尊严。他们也谈穷，谈轰炸谈的却很幽默，而不悲惨，他们会给防空壕门口贴上“见机而作，入土为安”的春联。他们自比为落难的公子，曾给自己刻上一颗“小姐赠金”的图章。他们是抗战建国期中最结实最沉默最中坚的分子。昆明还有个西山，也有个黑龙潭，还有很大的寺院，如太华寺、华林寺等。周末和朋友们出去走走，坐船坐车，都可到山边水侧。总之昆明生活，很自由，很温煦，“京派的”——当然轰炸以后又不同一点了。

一种因缘，我从昆明又到了重庆。

从昆明机场起飞，整个机身浴在阳光里，下面是山村水郭，一小簇一小簇的结聚在绕烟之下。过不多时，下面就只见一片云海，白茫茫的，飞过了可爱的云南。

钻过了云海，机身不住的下沉，淡雾里看见两条大江，围抱住一片山地，这是重庆了，我觉得有点兴奋。“战时的首都，支持了三年的抗战，而又被敌机残忍的狂炸过的。”倚窗下望，我看见林立的颓垣破壁，上上下下的夹立在马路的两旁，我几乎以为是重游了罗马的废墟。这是敌人残暴与国人英勇的最好的纪录。

飞机着了地，踏过了沙滩上的大石子，迎头遇见了来接的友人。

我的朋友们都瘦了，都老了，然而他们是瘦老而不是颓倦。他们都很快乐，很兴奋，争着报告我以种种可安慰的消息。他们说忙，说躲警报，说找不着房子住，说看不见太阳，说话的态度却仍是幽默，而不是悲伤。在这里我又看见一种力量，就是支持了三年多的骆驼般的力量。

如今我们也是挤住在这断井颓垣中间。今年据说天气算好，有几天淡淡的日影，人们已有无限的感谢，这使我们这些久住北平而又住过昆明的人，觉得“寒伧”。然而这里有一种心理上的太阳，光明灿烂是别处所不及的，昆明较淡，北平就几乎没有了。

重庆是忙，看在淡雾里奔来跑去的行人车轿。重庆是挤，看床上架床的屋子。重庆是兴奋，看那新年的大游行，童子军的健壮活泼和龙灯舞手的兴高采烈。

我渐渐的爱了重庆，爱了重庆的“忙”，不讨厌重庆的“挤”，我最喜欢的还是那些和我在忙中挤中同工的兴奋的人们，不论是在市内，在近郊，或是远远的在生死关头的前线。我们是疲乏，却不颓丧，是痛苦却不悲哀，我们沉静的负起了时代的使命，我们向着同一的信念和希望迈进，我们知道那一天，就是我们自己，和全世界爱好正义和平的人们，所共同庆祝的一天，将要来到。我们从淡雾里携带了心上的阳光，以整齐的步伐，向东向北走，直到迎见了天上的阳光。

我的童年

导读：

这是一篇回忆童年的文章，作者是在一种“快乐清洁的环境”中成长起来的，她的童年充满了爱。

童年是人们必会经历的一个阶段，在许多人的眼里童年是美好的。童年时期，人们以一颗童真的心看待周遭万物，总可以发掘出世间的许多乐趣来。孩子们总喜欢做一些看似无意义的事，而拥有天真无邪之心的他们，却总能在做这些事的过程中寻找到无限的快乐，作者的童年就拥有了这种快乐。而这样单纯的快乐在成年之后是很难得到的。

童年时代的生活，在冰心的整个生命里留下了不可磨灭的印记。童年时的一些见闻影响了她后来看待事物的观念，童年时代发生的大大小小的事情塑造了她性格的脉络，童年时代生活的点滴养成了她后来的一些生活习惯，童年时代的喜恶决定了她后来的一些爱好，童年时代生活的环境是她一直难以忘怀的。她成长的环境优裕而快乐，因此她在很小的时候就得以接触一些优秀的文学作品，于是她爱上了书。这为她后来成为一代文学大家奠定了基础。

提到童年，总使人有些向往，不论童年生活是快乐，是悲哀，人们总觉得都是生命中最深刻的一段；有许多印象，许多习惯，深固的刻划在他的人格及气质上，而影响他的一生。

我的童年生活，在许多零碎的文字里，不自觉的已经描写了许多，当曼瑰对我提出这个题目的时候，我还觉得有兴味，而欣然执笔。

中年的人，不愿意再说些情感的话，虽然在回忆中充满了含泪的微笑，我只约略的画出我童年的环境和训练，以及遗留在我的嗜好或习惯上的一切，也许有些父母们愿意用来作参考。

先说到我的遗传：我的父亲是个海军将领，身体很好，我从不记得他在病榻上躺着过。我的祖父身体也很好，八十六岁无疾而终。我的母亲却很瘦弱；常常头痛，吐血——这吐血的症候，我也得到，不是肺结核，而是肺气枝涨大，过劳或操心，都会发作——因此我童年时代记忆所及的母亲，是个极温柔，极安静的女人，不是作活计，就是看书，她的生活是非常恬淡的。

虽然母亲说过，我在会吐奶的时候，就吐过血，而在我的童年时代，并不曾发作过，我也不记得我那时生过什么大病，身体也好，精神也活泼，于是那七八年山陬海隅[1]的生活，我多半是父亲的孩子，而少半是母亲的女儿！

在我以先，母亲生过两个哥哥，都是一生下就夭折了，我的底下，还死去一个妹妹。我的大弟弟，比我小六岁，在大弟弟未生之前，我在家里是个独子。

环境把童年的我，造成一个“野孩子”，丝毫没有少女的气息。我们的家，总是住近海军兵营，或海军学校。四围没有和我同年龄的女伴，我没有玩过“娃娃”，没有学过针线，没有搽过脂粉，没有穿过鲜艳的衣服，没有戴过花。

反过来说，因着母亲的病弱，和家里的冷静，使得我整天跟在父亲的身边，参加了他的种种工作与活动，得到了连一般男子都得不到的经验。为一切方便起见，我总是男装，常着军服。父母叫我“阿哥”，弟弟们称呼我“哥哥”，弄得后来我自己也忘其所以了。

父亲办公的时候，也常常有人带我出去，我的游踪所及，是旗台，炮台，海军码头，火药库，龙王庙。我的谈伴是修理枪炮的工人，看守火药库的残废兵士，水手，军官，他们多半是山东人，和蔼而质朴，他们告诉我以许多海上新奇悲壮的故事。有时也遇见农夫和渔人，谈些山中海上的家常。那时除了我的母亲和父亲同事的太太们外，几乎轻易见不到一个女性。

四岁以后，开始认字。六七岁就和我的堂兄表兄们同在家里读书。他们比我大了四五岁，仍旧是玩不到一处，我常常一个人走到山上海边去。那是极其熟识的环境，一草一石，一沙一沫，我都有无限的亲切。我常常独步在沙岸上，看潮来的时候，仿佛天地都飘浮了起来！潮退的时候，仿佛海岸和我都被吸卷了去！童稚的心，对着这亲切的“伟大”，常常感到怔忡。黄昏时，休息的军号吹起，四山回响，声音凄壮而悠长，那熟识的调子，也使我莫名其妙的要下泪，我不觉得自己的“闷”，只觉得自己的“小”。

因着没有游伴，我很小就学习看书，得了个“好读书，不求甚解”的习惯。我的老师很爱我，常常教我背些诗句，我似懂似不懂的有时很能欣赏。比如那“前不见古人，后不见来者，念天地之悠悠，独怆然而涕下”，我独立山头的时候，就常常默诵它。

离我们最近的城市，就是烟台，父亲有时带我下去，赴宴会，逛天后宫，或

是听戏。父亲并不喜听戏，只因那时我正看《三国》，父亲就到戏园里点戏给我听，如《草船借箭》、《群英会》、《华容道》等。看见书上的人物，走上舞台，虽然不懂得戏词，我也觉得很高兴。所以我至今还不讨厌京戏，而且我喜听须生，花脸，黑头的戏。

再大一点，学会了些精致的淘气，我的玩具已从铲子和沙桶，进步到蟋蟀罐同风筝，我收集美丽的小石子，在磁缸里养着，我学作诗，写章回小说，但都不能终篇，因为我的兴趣，仍在户外，低头伏案的时候很少。

父亲喜欢种花养狗，公余之暇，这是他唯一的消遣。因此我从小不怕动物，对于花木，更有普遍的爱好。母亲不喜欢狗，却也爱花，夏夜我们常常在豆棚花架下，饮啤酒，汽水，乘凉。母亲很早就进去休息，父亲便带我到旗台上去看星，他指点给我各个星座的名称和位置。他常常说："你看星星不是很多很小，而且离我们很远么？但是我们海上的人一时都离不了它。在海上迷路的时候看见星星就如同看见家人一样。"因此我至今爱星甚于爱月。

父亲又常常带我去参观军舰，指点给我军舰上的一切，我只觉得处处都是整齐、清洁、光亮、雪白；心里总有说不出的赞叹同羡慕。我也常得亲近父亲的许多好友，如萨镇冰先生，黄赞侯先生——民国第一任海军部长黄钟瑛上将——他们都是极严肃，同时又极慈蔼，生活是那样纪律，那样恬淡，他们也作诗，同父亲常常唱和，他们这一班人是当时文人所称为的"裘带歌壶，翩翩儒将"。我当时的理想，是想学父亲，学父亲的这些好友，并不曾想到我的"性"阻止了我作他们的追随者。

这种生活一直连续到了十一岁，此后我们回到故乡——福州——去，生活起了很大的转变。我也不能不感谢这个转变！十岁以前的训练，若再继续下去，我就很容易变成一个男性的女人，心理也许就不会健全。因着这个转变，我才渐渐的从父亲身边走到母亲的怀里，而开始我的少女时期了。

童年的印象和事实，遗留在我的性格上的，第一是我对于人生态度的严肃，我喜欢整齐、纪律、清洁的生活，我怕看怕听放诞，散漫，松懈的一切。

第二是我喜欢空阔高远的环境，我不怕寂寞，不怕静独，我愿意常将自己消失在空旷辽阔之中。因此一到了野外，就如同回到了故乡，我不喜城居，怕应酬，我没有城市的嗜好。

第三是我不喜欢穿鲜艳颜色的衣服，我喜欢的是黑色，蓝色，灰色，白色。有时母亲也勉强我穿过一两次稍为鲜艳的衣服，我总觉得很忸怩，很不自然，穿上立刻就要脱去。关于这一点，我觉得完全是习惯的关系，其实在美好的品味之下，少女爱好天然，是应该“打扮”的！

第四是我喜欢爽快，坦白，自然的交往。我很难勉强我自己做些不愿意做的事，见些不愿意见的人，吃些不愿意吃的饭！母亲常说这是“任性”之一种，不能成为“伟大”的人格。

第五是我一生对于军人普遍的尊敬，军人在我心中是高尚，勇敢，纪律的结晶。关系军队的一切，我也都感到兴趣。

说到童年，我常常感谢我的好父母，他们养成我一种恬淡，“返乎自然”的习惯，他们给我一个快乐清洁的环境，因此，在任何环境里都能自足，知足。我尊敬生命，宝爱生命，我对于人类没有怨恨，我觉得许多缺憾是可以改进的，只要人们有决心，肯努力。

这不是一件容易事，因为生命是一张白纸，他的本质无所谓痛苦，也无所谓快乐。我们的人生观，都是环境形成的。相信人生是向上的人，自己有了勇气，别人也因而快乐。

我不但常常感念我的父母，我也常常警惕我们应当怎样做父母。

一九四二年三月二十七日，歌乐山

① 山陬（zōu）海隅：陬，角落。在山边，在海畔。

力构小窗随笔

导读：

本文最初发表于一九四三年十二月十三日《生活导报》周年纪念文集。这是作者在抗战期间，暂居重庆时所做的文章。战争使得我们的国家发生了变化，作者的心情也随之产生了变化。在这几篇文章中，她的笔下不光有爱，还增添了一些生活中琐碎的事情。她写“力构小窗”这个名字的由来，因为在那样一个特殊的年月里，作者的文思已不容易像之前那样自然到来，而是要在胸中勉力构思；写探视病中友人的技巧，应以不打扰病人养病为前提，不要因为“面子”观念而做出一些令病者和探病者双方都乏倦的事情；写她做过的梦，她的梦中有着许多犹如天堂般的美景，是战争让她的梦有了战时的场景，蒙上了一层阴影，这时的梦不再像之前那样尽是美好。

力构小窗

“力构小窗”是潜庐里一间屋子的向东的窗户。这间屋子就算是书房罢，因为里面有几只书架，两张书桌，架上有些书籍报章，桌上也有些笔墨纸砚。不过西墙下还放着一张床，床下还有书箱，床边还有衣架。这床常常是不空着，周末回家的学生，游山而不能回去的客人，都在那里睡下，因此这书房常常变成客室，可用的时候，也不算多。

在北平的时候，曾给我们的书房起了一个名字，是“难为春室”，那时正是“九一八”之后，满目风云，取“四海皆秋气，一室难为春”之意。还请我们的朋友容希白先生，用甲骨文写了一张小横披。南下之后，那小横披也不知去向。前年在迁入潜庐之先，曾另请一位朋友再写这四个字的横额，这位先生嫌“难为春”三个字太衰飒，他再三迁延推托，至终这间书房兼客室的屋子，还没有名字。

中国人喜欢给亭台楼阁，屋子，房子，起些名字，这些名字，不但象形，而且会意，往往将主人的心胸寄托，完全呈露——当然用滥了之后，也往往不能代表——这种例子俯拾即是，不须多说。

潜庐只是歌乐山腰向东的一座土房，大小只有六间屋子，外面看去四四方方的，毫无风趣可言！倒是屋子四围那几十棵松树，三年来拔高了四五尺，把房子完全遮起，无冬无夏，都是浓阴逼人。房子左右，有云顶兔子二山当窗对峙，无论从哪一处外望，都有峰峦起伏之胜。房子东面松树下便是山坡，有小小的一块空地，站在那里看下去，便如同在飞机里下视一般，嘉陵江蜿蜒如带，沙磁区各学校建筑，都排列在眼前。隔江是重庆，重庆山外是南岸的山，真是“蜀江水碧蜀山青”，重庆又常常阴雨，淡雾之中，碧的更碧，青的更青，比起北方山水，又另是一番景色。

潜庐不曾挂牌，也不曾悬匾，只有主人同客人提过这名字，客人写信来的时候，只要把主人名字写对了，房子的名字，也似乎起了效用。四川歌乐山的潜庐和云南三台山的默庐一样，都是主人静伏的意思。因此这房子里常常很静，孩子们一上学，连笑声都听不见。只主人自己悄悄的忙，有时写信，有时记帐[①]，有时淘米，洗菜，缝衣裳，补袜子……却难得写写文章！

如今再回到“力构小窗”——这间书客室既是废名，而且环顾室中，也实在不配什么高雅的名字，只有这个窗子，窗前的一张书桌，两张藤椅，窗外一片浓荫，当松树抽枝的时候，桌上落下一层黄粉，山中浓雾，云气飞涌入帘，这些光景，都颇有点诗意。夜中一灯如豆，也有过亲戚的情话，朋友的清谈，有时雨声从窗外透入，月色从窗外浸来，都可以为日后追忆留恋的资料。尤其在当编辑的朋友，苦苦索稿的时候，自己一赌气拉过椅子坐下，提笔构思，这面窗子便横在眼前，排除不掉。

一个朋友说：“你知道不？写作是一分靠天才，九分靠逼迫……”如今这一分天才，已消磨殆尽，而逼迫却从九分加到十分，我向来所坚持的“须其自来，不以力构”的写作条件，已不能存在了。忙病相连，忙中病中所偶得的一点文思，都在过眼云烟中消逝，人生几何？还是靠逼迫来乱写吧，于是乎名吾窗曰“力构小窗”，也是老牛破车，在鞭策下勉强前进的意思！

探　病

因为自己常常生病，也常常伺候生病的人，冷静旁观，觉得探病实在是一种艺术！

探病有几种条件：第一，这病人是否你所十分关怀的人？第二，这病人是否会因为你的探视，而觉得愉快，欢喜？第三，探病时的谈话；第四，探病时所携带赠送病人的物品，如书籍、花朵、糖果，及其他的用具和食物。

探病不是一件“面子事”，譬如某人病了，某人某人都已去看过，我同他也还算是朋友，不好意思不去走走，而你探望时的态度往往拘束，谈话往往勉强，比平常寒暄，更不自然，结果使病人也拘束，也勉强，因此而使他生出乏倦和厌烦。这种探病，于病人实在是有损无益。假如你觉得他会因你之不去而见怪，则不妨写一封小启，纸短情长，轻描淡写，自此而止。或者送一束鲜花，一本闲书，一袋糖果，附以小小的卡片，心到神知，也还不俗。

假如这病人是你的至友，他无时无刻不在悬盼你的来临，你准知道你推门进去，立刻会遇到他惊奇的笑容；但你也要防备到他会因着你的探视，而过度兴奋，谈话太多，休息不足。在这种情况之下，你最好有时送花，有时赠果，有时介绍一两本装璜[2]轻巧的书本或闲书，然后特别在风雨之日，别人不大出门的时候，去看他一看。那时你会发现病室很冷清，病人很寂寞，正在他转侧无聊的时候，你轻轻进去，和他独对，这样，病人既无左右酬应之烦，又有静坐谈心之乐。如中间又有别人来看，你坐坐就走，既予别人以慰问的机会，又减少病人的困慵，这种探病，往往是病人所最欢迎的。

有的人是自己闲着没事，又找不着闲人来共同消磨时间，忽然想到某人正在养病，何不去找他谈谈？这种探病的人，最是可怕！他会因着你的肠炎，而提到他自己的回归热，他的太太的斑疹伤寒，他的孩子的破伤风，缕缕不倦，如数家珍，直闹到病人头昏脑热，觉得屋角床头，尽是病鬼！或则对病人感世忧时，大发牢骚，怀家念乡，聊抒抑郁，结果使病人也抑郁牢骚，不能自制。这种探病的人，最为医生及侍疾者所厌恶。所以对病人宜用轻松愉快的谈话，报告以亲友间可喜可笑的消息，使他喜悦，使他发笑。假如他是喜好文艺的人，不妨告诉他，你最近看到的诗文中的警句。假如他是关心音乐或体育的人，你也可以报告他以时下什么精彩的音乐演奏，或球类比赛。临走时你还可以给他点喜悦的希望，比如你说“下次我再来时，可以陪你散散步了”。或者说：“下星期日晚上，我可以陪你去听听音乐了。”这都使他在幽闲的病榻上，有许多快乐的希冀与憧憬。最要紧的还是想法子减轻病人心中的负担，例如你可以替他写几封信，办几件事，看几个人，这些负担，都可以从谈话里探问出来的。

至于礼物的赠送，花朵当然最为适宜，鲜花是病人最大的安慰和喜乐。但花的种类，颜色和香味，都应当有个拣选。最好要知道病人平时所喜爱的花草和颜色，而且合他的欢心。有的人不喜欢浓郁的花香，气息太微的人，香花也会引起他的头痛。花的香要甜而清，如兰花、桂花、莲花、玫瑰花、香豆花，都是属于清甜一路。否则有色无香的花，如海棠、杜鹃、山茶、石竹，都是艳而不香，最合于病人的观赏。假如可能，花瓶也要送者配置，妥帖古雅，捧供床侧，不但受者欢欣，送者也会高兴。还有一件，送花要在病者床侧无花的时候，否则和许多别的花束，参在一起，不但显得喧闹，颜色也许还有不调和之处。

书籍的性质要轻松，文章要简短，使病人可以随时拿起放下，不费脑力，书的装璜要小而轻，不费病人的臂力腕力，字体要大而清楚，不费病人的眼力，画册也最适宜，如美术画、风景画等，使病人可以时常卧游。至于购送食品，要先得医生的许可，再适合病人的嗜好，果品常是有益无害的，如橙桔、苹果之类。自己烹调的菜肴，会引起病人的食欲，清淡整洁，而在医生许可之列者，也不妨随时致送。

生病是件苦事，但如有知心着意的人，来侍疾探病，生病不但变成件乐事，并且还是个福气。因病得闲，心境最清，文思诗情，都由此起，“维摩一室常多病，赖有天花作道场”。等到病室变成道场的时候，生病真是最甜柔最幸福的一件事了。

做 梦

重庆是个山城，台阶特别的多，有时高至数百级。在市内走路，走平地的时候就很少，在层阶中腰歇下，往上看是高不可攀，往下看是下临无地，因此自从到了重庆以后，就常常梦见登山或上梯。

去年的一个春夜，我梦见在一条白石层阶上慢慢地往上走，两旁是白松和翠竹，梦中自己觉得是在爬北平西山碧云寺的台阶，走到台阶转折处，忽然天崩地陷的一声巨响，四周的松针竹叶都飞舞起来，阶旁的白石阑干，也都倾斜摧折。自上面涌下一大片火水，烘烘的在层阶上奔流燃烧。烟火弥漫之中，我正在惊惶失措的时候，忽然听见上面有极清朗嘹亮的声音，在唤我的名字，抬头却只看见半截隐在烟云里的台阶。同时下面也有个极熟悉的声音，在唤我的名字，往下看是一团团红焰和黑烟。在梦里我却欣然的，不犹疑的往下奔走，似乎自己是赤着脚，踏着那台阶上流走燃烧的水火，飘然的直走到台阶尽处，下面是一道长堤，堤下是充塞的更浓厚的红焰和黑烟，黑烟中有个人在伸手接我，我叫着说：“我走不下去了!”他说：“你跳!”这一跳，我就跳回现实里来了！心还在跳，身子还觉得虚飘飘的，好像在烟云里。

这真是春梦！都是重庆的台阶和敌人的轰炸，交织成的一些观念。但当我同时听见两个声音在呼唤的时候，为什么不往上走到白云中，而往下走入黑烟里？也许是避难就易，下趋是更顺更容易的缘故！

做梦本已荒唐，解说梦就更荒唐。我一生喜欢做梦，缘故是我很少做可怕的梦。我从小不怕鬼怪，大了不怕盗贼，没有什么神怪或侦探的故事，能以扰乱我的精神。我睡时开窗，而且不盖得太热。睡眠中清凉安稳，做的梦也常常是快乐光明的，虽然有时乱得不可言状，但决不可怕。

记得我母亲常常笑着同我说："我死后一定升天，因为我常梦见住着极清雅舒适的房子。"这样说，我死后也一定升天，因为我所看过的最美妙的山水，所住过的最爽适的房子，都是在梦里看过住过的。而且山水和房屋都是合在一起。比如说，我常常梦见独自在一个读书楼上，书桌正对着一扇极大的玻璃窗，这扇窗几乎是墙壁的全面，窗框是玲珑雕花的。窗外是一片湖水，湖上常有帆影，常有霞光。这景象，除了梦里，连照片图画上，我也不曾看见过——我常常想请人把我的梦，画成图画。

我还常梦见月光：有一次梦见在潜庐廊下，平常是山的地方，忽然都变成水，月光照在水上，像一片光明的海。在水边仿佛有个渔夫晒网。我说："这渔夫在晒网呢……"身边忽然站着一位朋友，他笑了，说："月光也可以晒网么?"在他的笑声中，我又醒了，真的，月光怎可以晒网?

"梦是心中想"，小时常常梦见考书，题目发下来，一个也不会，一急就醒了。旅行的时候，常常梦见误车误船，眼看着车开出站外，船开出口外，一急也就醒了。体弱的时候，常常梦见抱个极胖的孩子，双臂无力，就把他摔在地上。或是梦见上楼，走到中间，楼梯断了，这楼梯又仿佛是橡皮做的，把我颤摇摇的悬在空中。但是，在我的一生中，最常梦见的，还是山水，楼阁，月光……

单调的生活中，梦是个更换；乱离的生活中，梦是个慰安；困苦的生活中，梦是个娱乐；劳瘁的生活中，梦是个休息——梦把人们从桎梏般的现实中，释放了出来，使他自由，使他在云中翱翔，使他在山峰上奔走。能做梦便是快乐，做的痛快，更是快乐。现实的有余不尽之间，都可以"留与断肠人做梦"。但梦境也尽有挫折，"可怜梦也不分明"，"梦怕悲中断"，"怎不思量，除梦里有时曾去。无据，和梦也新来不做。"等到"和梦也新来不做"的时候，生活中还有一丝诗意么!?

① 现写作"记账"。

② 现写作"装潢"。

我的良友

——悼王世瑛女士

导读：

本文初载于一九四七年三月晨光出版公司出版的《我的可纪念的朋友们》。“朋友”是多么温暖的一个名词啊！友人所在的地方总是会有柔和的光亮放射而出。

这是一篇悼念友人的文章，冰心在文中用朴实的话语道出了她与王世瑛女士之间点点滴滴的回忆，从这些点滴回忆之中足可见出她们之间的深情厚谊。王世瑛女士是一个“稳静温和”的人，她乐观地看待生活，真心地对待家人和朋友，她完美地扮演着她生命中的各种角色。她是一个引人欣赏、值得赞扬的人。王世瑛的离世，作者的一颗友谊之星陨落了，伴随着的将是她心灵上的一份缺失。作者拿起笔，从她笔端溢出的是对已逝友人的怀念，如丝如缕。

一个朋友，嵌在一个人的心天中，如同星座在青空中一样，某一颗星陨落了，就不能去移另一颗星来填满她的位置！

我的心天中，本来星辰就十分稀少，失落了一颗大星，怎能使我不觉得空虚，惆怅？

我把朋友分为三类。第一类是有趣的，这类朋友，多半是很渊博，很隽永，纵谈起来乐而忘倦。月夕花晨，山巅水畔，他们常常是最赏心的伴侣。第二类是有才的，这类朋友，多半是才气纵横，或有奇癖，或不修边幅，尽管有许多地方，你的意见不能和他一致，而对于他精警的见解，迅疾的才具，常常会不能自已的心折。第三类是有情的，这类朋友，多半是静默冲和，温柔敦厚，在一起的时候，使人温暖，不见的时候，使人想念。尤其是在疾病困苦的时光，你会渴望着他的“同在”——王世瑛女士在我的朋友中，是属于有情的一类！

这并不是说世瑛是个无趣无才的人，世瑛趣有余而才非浅，不过她的“趣”和“才”都被她的“情”盖过了，淹没了。

世瑛和我，算起来有三十余年的交谊了，民国元年的秋天，我在福州，入了

女子师范预科，那时我只十一岁，世瑛在本科三年级，她比我也只大三四岁光景。她在一班中年纪最小，梳辫子，穿裙子，平底鞋上还系着鞋带，十分的憨嬉活泼。因为她年纪小，就常常喜欢同低班的同学玩。她很喜欢我，我那时从海边初到城市，对一切都陌生畏怯，而且因为她是大学生，就有一点不大敢招揽，虽然我心里也很喜欢她。我们真正友谊的开始，还是“五四”那年同在北平就学的时代。

那年她在北平女高师就学，我也在北平燕京大学上课，相隔八九年之中，因着学校环境之不同，我们相互竟不知消息。直到五四运动掀起以后，女学界联合会，在青年会演剧筹款，各个学校单位都在青年会演习。我忘了女高师演的是什么，我们演的是莎士比亚的《威尼斯商人》。预演之夕，在二三幕之间，我独自走到楼上去，坐在黑暗里，凭阑下视，忽然听见后面有轻轻的脚步，一只温暖的手，按着我的肩膀，我回头一看，一个温柔的笑脸，问：“你是谢婉莹不是？你还记得王世瑛么?”

昏忙中我请她坐在我的旁边，黑暗的楼上，只有我们两个人，我们都注目台上，而谈话却不断的继续着。她告诉我当我在台上的时候，她就觉着面熟了，她向燕大的同学打听，证实了我是她童年的同学，一闭幕她就走到后台，从后台又跟到楼上……她笑了，说这相逢多么有趣！她问我燕大读书环境如何，又问“冰心是否就是你?”那时我对本校的同学，还没有公开的承认，对她却只好点了点头。三幕开始，我们就匆匆下去，从那时起，我们就成了最密的朋友。

那时我家住在北平东城中剪子巷，她住在西城砖塔胡同，北平城大，从东城到西城，坐洋车一走就是半天，大家都忙，见面的时候就很少。然而我们却常常通信，一星期可以有两三封。那时正是“五四”之役，大家都忙着讨论问题，一切事物，在重新估定价值的时候，问题和意见，就非常之多，我们在信里总感觉得说不完，因此在彼此放学回家之后，还常常通电话，一说就是一两个钟头。我们的意见，自然不尽相同，而我们却都能容纳对方的意见。等到后来，我们通信的内容渐渐轻松，电话里也常常是清闲的谈笑，有时她还叫我从电话中弹琴给她听，我的父亲母亲常常跟我开玩笑，说他们从来没有看见我同人家这样要好过，父亲还笑说，“你们以后打电话的时间要缩短一些，我的电话常常被你们阻断了!”

我在学校里对谁都好，同学们也都对我好，因而也没有什么特别的“朋友”。世瑛就很热情，除了同谁都好之外，她在同班中还有特别要好的三位朋友，那就是黄英（庐隐），陈定秀，和程俊英，连她自己被同学称为四君子。文采风流，出入相共，……庐隐在她的小说《海滨故人》里，把她们的交谊，说得很详细——世瑛在四君子之中，是最稳静温和的，而世瑛还常常说我“冷”，说我交朋友的作风，和别人不一样。我常常向她分辩，说我并不是冷，不过各人情感的训练不同，表示不同，我告诉她我军人的家庭，童年的环境，她感着很大的兴趣……

然而我们并不是永远不见面。中央公园和北海在我们两家的中途，春秋假日，或是暑假里，我们常带着弟妹们去游赏——我们各有三个弟弟，她比我还多两个妹妹——小孩子奔走跳跃的时候，我们就坐在水榭或漪澜堂的阑旁，看水谈心。她砖塔胡同的家，外院有个假山，我们中剪子巷的门口大院里，也圈有一处花畦，有石凳秋千架等，假山和花畦之间，都是我们同游携手之地。我们往来的过访，至多半日，她多半是午饭后才来，黄昏回去，夏天有时就延至夜中。我们最欢喜在星夜深谈，写到这里，还想起一件故事：她在学生会刊物上写稿子，用的笔名是“一息”，我说“一息”这两个字太衰飒，她就叫我替她取一个，我就拟了“一星”送她，我生平最爱星星，因集王次回的“明明可爱人如月”，和黄仲则的“一星如月看多时”两句诗，颂赞她是一个可爱的朋友，她欣然接受了。直至民国十二年我出国时为止，我们就这样淡而永的往来着。我比较冷静，她比较温柔，因此从来没有激烈的辩论，或吵过架，我们两家的人，都称我们“两小无猜”。算起来在朋友中，我同她谈的话最多，最彻底，通信的数量也最多（四五年之间，已在数百封以上），那几年是我们过往最密的时代，有多少最甜柔的故事，想起来使我非常的动心，留恋！

我出国去，她原定在北平东车站送行，因为那天早晨要替我赶完一件绒衣，到了车站，火车已经开走了，她十分惆怅，过几天她又赶到上海来送我上船。我感谢之余，还同她说，“假如我是你，送过一次也罢了，何必还赶这一场伤心的离别？”她泫然说，“就因为我不是你，我有我的想法！”——庐隐有一首新诗，就记的是这件事，我只记得中间四句，是：

辛苦织成的绒衣，
竟赶不上做别离的赠品，
秋风阵阵价紧，
不嫌衣裳太薄吗？

在上海我们又盘桓了几天。动身之日，我早同她约定，她送我上船就走，不要看着船开，但她不能履行这珍重的诺言，船开出好远，她还呆立在码头上……

到美国以后，功课一忙，路途又远，我们通信的密度，就比从前差远了，我只知道从上海，她就回到福州去教书。在十三年的春天，我在美国青山养病，忽

然得到她的一封信，信末提到张君劢先生向她求婚，问我这结合可不可以考虑，文句虽然是轻描淡写，而语意是相当的恳切。我和君劢先生素不相识，而他的哲学和政治的文章，是早已读过，世瑛既然问到我，这就表示她和她家庭方面，是没有问题的了，我即刻在床上回了一封信，竭力促成这件事，并请她告诉我以嘉礼的日期。那年的秋天，我就接到他们结婚的请柬，我记得我寄回去的礼物，是一只镶着桔红色宝石的手镯。

民国十五年秋天，我回国来，一到上海，就去访他们夫妇，那时他们的大孩子小虎诞生不久，世瑛还在床上，君劢先生赶忙下楼来接我，一见面就如同多年的熟朋友一样，极高兴恳切的握着我的手。上得楼来，做了母亲的世瑛，乍看见我似乎有点羞怯，但立刻就被喜悦和兴奋盖过了。我在她床沿杂乱的说了半小时的话，怕她累着，就告辞了出来。在我北上以前，还见了好几次，从他们的谈话中，态度上都看出他们是很理想的和谐的伴侣。在我同他们个别谈话的时候，我还珍重的向他们各个人道贺，为他们祝福。

民国十六年以后，我的父亲在上海做事，全家都搬到上海来。年假暑假我回家的时候，总是常到他们家里，世瑛又做了两个，三个孩子的母亲，她的敦厚温柔，更是有增无减，同时她对于君劢先生的文章事业，都感着极大的兴趣，尽力帮忙。我在一旁看着，觉得我对于世瑛的敬爱，也是有增无减！她在家是个好女儿，好姐姐，在校是个好学生，好教师，好朋友，出嫁是个好妻子，好母亲，这种人格，是需要相当的忍耐和不断的努力，她以永恒的天真和诚恳，温柔和坦白来与她的环境周旋，她永远是她周围的人的慰安和灵感！

民国廿年母亲去世以后，父亲又搬回北平来，我和世瑛见面的机会便少了。民国廿三年他们从德国回来，君劢先生到燕大来教书，我们住得很近，又温起当年的友谊。君劢先生和文藻都是书虫子，他们谈起书来，就到半夜，我和世瑛因此更常在一起。北平西郊的风景又美，春秋佳日，正多赏心乐事，那一两年我们同住的光阴，似乎比以前更深刻纯化了。

他们先离开了北平到了上海，我们在抗战以后也到了昆明，中间分别了六七年，各居一地，因着生活的紧张忙乱，在表面上，我们是疏远了。直到了前年，我们又在重庆见面，喜欢得几乎落下泪来，她握着我的手，说她听人说我总是生病，但出乎意外的我并不显得憔悴。我微笑了，我知道她的用心，她是在安慰我！我谢了她，我说，“抗战期间，大家都老了都瘦了，这是正常的表现，能不死就算好了。”她拦住我，说，“你总是爱说死字……”我一笑也就收住——谁知道她一个无病的人，倒先死了呢！

她住在汪山，我住在歌乐山，要相见就得渡一条江，翻一座岭，战时的交通，比什么都困难，弄到每年我们才能见一两次面。她告诉我汪山有绿梅花。花时不可不来一赏，这约订了三年，也没有实现——我想我永不会到汪山去看梅花了，世瑛去了，就让我永远纪念这一个缺憾罢。

我们在重庆仅有的一次通讯，是她先给我写的，去年五月一日，她到歌乐山来参加第一保育院的落成典礼，没有碰到我，她“怅惘而归”，在重庆给我写了几行：

冰姐：

到重庆后，第一次去歌乐山……因为他们告诉我，你也许会来参加保育院的落成典礼……我可以告诉你，我在山上等你好久了……我念旧之情，与日俱深——也许是年龄的关系，使我常常忆旧——可是今天的事实，到了保育院，既未见你，而时间的限制，又无法去看你，惆怅而归，老八又告诉我，你身体不大好，使我更懊悔我错过了机会，不抽一刻时间来看你！我在山上几次动笔写信给你，终于未寄，今天无论如何，要写这几个字给你，或不是你所想得到的，我是怎样今情犹昔！再谈吧，祝你痊安。

瑛 五·一

我在病榻上接到这封小简，十分高兴感动，那时正是杜鹃的季节，绿荫中一声声的杜宇，参和了忆旧的心情，使我觉得惆怅。我复她一信，中有“杜鹃叫得人心烦”之语，今年三月，她已弃我而逝，我更怕听见鹃啼，每逢听见声凄而长的“苦——苦”，总使我矍然的心痛，尤其是在雨中或月下的夜半一连叠声的“苦——”，枕上每使我凄然下泪……

世瑛毕竟到歌乐山来看我一次，那是去年夏日，她从北温泉回来，带着两个女儿，和她的令弟世圻夫妇，在我们廊上，坐了半天。她十分称赞我们廊前的远景，我便约她得暇来住些时——我们末次的相见，是在去年九月，我们都在重庆。君劢先生的令弟禹九夫妇，约我们在一起吃晚饭，饭后谈到我从前在北平到天桥寻访赛金花的事，世瑛听得很高兴，那时已将夜半，她便要留我住下。文藻笑问，“那么君劢呢?”世瑛也笑说，“君劢可以跟你回去住嘉庐。”我说，“我住待帆庐太舒服了，君劢住嘉庐却未免太委屈了他。”大家开了半天玩笑，但以第二天早晨我们还要开会，便终于走了，现在回想起来，追悔当初未曾留下，因为在我们三十余年的友谊中，还没有过“抵足而眠”的经历！

今年三月初，我到重庆去，听到了世瑛分娩在即的消息。她前年曾夭折了她的第三个儿子——小豹——如今又可以补上一个小的，我很为她高兴。那时君劢先生同文藻正在美国参加太平洋学会，我便写信报告文藻，说君劢先生又快要做父亲了，信写去不到十天，梅月涵先生到山上来，也许他不知道我和世瑛的交情罢，在晚餐桌上，他偶然提起，说，"君劢夫人在前天去世了，大约是难产。"我突然停了箸，似乎也停止了心跳，半天说不出话来。

我一夜无眠，第二天一早，就分函在重庆的张肖梅女士（张禹九夫人）和张霭真女士（王世圻夫人）询问究竟。我总觉得这消息过于突然，三十年来生动的活在我心上的人，哪能这样不言不语的就走掉了？我终日悬悬的等着回信，两封回信终于在几天内陆续来到，证实了这最不幸的消息！

霭真女士的信中说：

……六姐下山待产已月余，临产时心脏衰疲，心理上十分恐惧，产后即感不支，医师用尽方法，终未能挽回，婴儿男性，出生后不能呼吸，多方施救，始有生气，不幸延至次日，又复夭折……现灵柩暂寄浙江会馆……君劢旅中得此消息，伤痛可知，天意如斯，夫复何言……

肖梅女士信中说：

……二家嫂临终以前，并无遗言，想其内心痛苦已极，惟有以不了了之……

我不曾去浙江会馆，我要等着君劢先生回国来时，陪他同去。我不忍看见她的灵柩，惟有在安慰别人的时候，自己才鼓得起勇气！

我给文藻写了一封信，"……二十年来所看到的理想的快乐的夫妇，真是太希罕了，而这种生离死别的悲哀，就偏偏降临在他们的身上，我不忍想象君劢先生成了无'家'可归的人！假如他已得到国内的消息，你务必去郑重安慰他……"

六月中肖梅女士来访，她给我看了君劢先生挽世瑛的联语，是：

廿年来艰难与共，辛苦备尝，何图一别永诀

六旬矣报国有心，救世无术，忍负海誓山盟

她又提到君劢先生赴美前夕，世瑛同他对斟对饮，情意缠绵，弟妹们都笑他们比少年夫妻，还要恩爱，等到世瑛死后，他们都觉得这惜别的表现，有点近于预兆。

世瑛的身体素来很好，为人又沉静乐观，没有人会想到她会这样突然死去。二十年来她常常担心着我的健康，想不到素来不大健康的我，今夜会提笔来写追悼世瑛的文字！假如是她追悼我，她有更好的记忆力，更深的情感，她保存着更多的信件，她不定会写出多么缠绵悱恻的文章来！如今你的"冷静"的朋友，只能写这记账式的一段，我何等的对不起你。不过，你走了，把这种东西留给我写，你还是聪明有福的！

一九四五年八月九日夜，重庆歌乐山

无家乐

导读：

家庭是组成社会的细胞，在很多人心中，家是避风的港湾，是情感的归属地，是温暖的代名词。同时家以特殊的责任约束着家庭成员，责任是家的一个厚重的因子，就像地球上厚重的土壤。一个人担负着家的责任就像蜗牛背着厚重的壳。当人们抛却对家的这种厚重的责任时，或许会感到暂时的轻松惬意、自由自在，但是心里却少了一种归属，总觉得像是变成了无根的树，犹如逐浪的飘萍。

战争使得作者的家散了，在这篇文章之中她先是以大量的篇幅写了无家的那一种惬意，那一种悠闲与自在，但是她的意却并未在此。面对眼前的生活，作者不过是在苦中作乐，这算是一种无奈之举，她得到的仅是一种短暂的漂浮的快乐，在她的心中有着隐隐的忧心，眼前的生活犹如镜花水月，不能令人踏实。

体验了一番无家之“乐”，作者更加感到有家之美，更加深切地怀念着她的家，渴望着与家人的重聚。

家，是多么美丽甜柔的一个名词！

征人游子，一想到家，眼里会充满了眼泪，心头会起一种甜酸杂糅的感觉。这种描写，在中外古今的文里，不知有多少，且不必去管它。

但是“家”，除开了情感的分子，它那物质方面，包罗的可真多了：上自父母子女，下至鸡犬猫猪；上自亭台池沼，下至水桶火盆，油瓶盐罐，都是“家”之一部分，所以说到管家，哪一个主妇不皱眉？一说到搬家，哪一个主妇不头痛？

在下雨或雨后的天，常常看见蜗牛拖着那粘软的身体，在那凝涩潮湿的土墙上爬，我对它总有一种同情，一番怜悯！这正是一个主妇的象征！

蜗牛的身体，和我们的感情是一样的，绵软又怯弱。它需要一个厚厚的壳常常要没头没脑的钻到里面去，去求安去取暖。这厚厚的壳，便是由父母子女，油瓶盐罐所组织成的那个沉重而复杂的家！结果呢，它求安取暖的时间很短，而背拖着这厚壳，咬牙蠕动的时候居多！

新近因为将有远行，便暂时把我的家解散了，三个孩子分寄在舅家去，自己和丈夫借住在亲戚或朋友的家中，东家眠，西家吃，南京，上海，北平的乱跑，居然尝到了二十年来所未尝到的自由新鲜的滋味，那便是无家之乐。

古人说“无官一身轻”，这人是一个好官！他把做官当做一种责任，去了官，卸了责任，他便一身轻快，羽化而登仙。我们是说“无家一身轻”，没有了家，也没有了责任，不必想菜单，不必算账，不必洒扫，不必……哎哟，“不必”的事情就数不清了。这时你觉得耳朵加倍清晰，眼睛加倍发亮，脑筋加倍灵活，没事想找事做。

于是平常你听不见的声音，也听见了；平常看不出的颜色，也看出了；平常想不起的人物和事情，也一齐想起了；多热闹，多灿烂，多亲切，多新鲜！

这次回到南京来，觉得南京之秋，太可爱可怜了，天空蓝得几乎赶得上北平，每天夜里的星星和月亮，都那么清冷晶莹的，使人屏息，使人低首。早晨起来，睁眼看见纱窗外一片蓝空，等不了扣好衣纽，便逼得人跑到门外去。在那蒙着一层微霜的纤草地上，自在疏慵的躺着十几片稀落的红黄的大枫叶，垂柳在风中快乐的摇曳，池里的凤尾红鱼在浮萍中间自由唼喋着，看见人来，泼剌地便游沉下去了。

这一天便这样自由自在的开始。

我的朋友们，都住在颐和路一带，早起就开始了颐和路的巡礼，为着访友，为着吃饭，这颐和路一天要走七八遭。我曾笑对朋友说，将来南京市府要翻修颐和路的时候，我要付相当的修理费的，因为我走的太多了。

朋友们的气味，和我大都相投，谈起来十分起劲，到了快乐和伤心时候，都可以掉下眼泪，也有时可以深到忍住眼泪。本来么，这八九年来世界，国家，和个人的大变迁，做成了多少悲欢离合的事情，多少甜酸苦辣的情感。这九年的光阴，把我们从“蒙昧”的青春，推到了“了解”的中年，把往事从头细说，分析力和理会力都加强了，忽然感到了九年前所未感觉到的悲哀和矛盾——但在这悲哀和矛盾中，也未尝没有从前所未感觉到的宁静和自由。

谈够了心，忽然想出去走走，于是一窝蜂似的又出去了。我们发现玄武湖上，凭空添出了几个幽静清雅的角落，这里常常是没有人，或者是一两个无事忙的孩子，占住这小亭或小桥的一角。这广大的水边，一洗去车水船龙的景象，把晴空万里的天，耀眼生花的湖水，浓纤纤的草地，静悄悄的楼台，都交付了我们这几个闲人。我们常常用宝爱珍惜的心情走了进来，又用留恋不舍的心情走了出去。

不但玄武湖上多出许多角落，连大街上也多出无数五光十色，炫目夺人的窗户。好久不开发家用了，仿佛口袋里的钱，总是用不完，于是东也买点，西也买点，送人也好，留着也好，充分享受了任意挥霍的快感。当我提着，夹着，捧着一大堆东西，飘飘然回到寓所的时候，心中觉得我所喜欢的不是那些五光十色的糖果，乃是这糖果后面一种挥霍的快乐。

还有种种纸牌戏，十年前我是决不玩的，觉得这是耗时伤神的事情。抗战以后，在寂寞困苦的环境中，没有了其他户外的娱乐，纸牌就成为唯一的游戏。到了重庆，在空袭最猛烈的季节，红球挂起，警报来到，把孩子送下防空洞，等待紧急警报的时间也常常摊开纸牌，来松弛大家紧张的心情。但那还是拿玩牌当作一种工具，如平常大学教授之“卫生牌”，来调和实验室里单调的空气。这次玩牌却又不同了，仿佛我是度一种特别放纵的假期，横竖夜里无须早睡，早晨无须早起，想病就病，想歇就歇，于是六七天来，差不多天天晚上有几个朋友，边笑边谈，一边是有天没日的玩着种种从未玩过的纸牌花样。

这无家之乐，还在绵延之中，我们还在计算着在远行之前，挤出两三天去游山玩水……但我已有了一种隐隐寂寞的感觉！记得幼年在私塾时期，从年夜晚起，锣鼓喧天的直玩到正月十五，等到月上柳梢，一股寂寞之感，猛然袭来，真是“道场散了！”一会儿就该烧灯睡觉，在冷冷的被窝中，温理这十五天来昏天黑地的快乐生涯，明天起再准备看先生的枯皱无情的脸，以及书窗外几枝疏落僵冷的梅花。

上帝创造蜗牛时候，就给它背上一个厚厚的壳，肯背也罢，不肯背也罢，它总得背着那厚壳在蠕动。一来二去的，它对这厚壳，发生了情感。没有了这壳，它虽然暂时得到了一种未经验过的自由，而它心中总觉得反常，不安逸！

我所要钻进去的那一个壳，是远在海外的东京。和以前许多的壳一样，据说也还清雅，再加上我的稳静的丈夫，和娇憨的小女，为求安取暖，还是不差！

是壳也罢，不是壳也罢，“家”是多么美丽甜柔的一个“名词”！

一九四六年十月二十日，南京颐和路

给日本的女性

导读：

这篇文章写于抗日战争结束之后，那时作者去到了日本的首都——东京。母亲之爱永存于冰心的心中，在她看来，母爱是温暖的，是伟大的，并且有着无比强大的力量。她企盼着能以母爱之力来阻止世界上的战争，还人类以一个太平的天下；她企盼着温暖的母爱能让人与人之间更加友爱团结；她企盼着母爱能以她那强大的滋生万物的力量重建一个美好的世界。在作者的意识中，母爱是人类之爱的泉源，她能让人们携起手来停止相互间的杀戮，纠正人们犯下的严重的错误；她能让人与人之间存有同情与爱的情感，因而能够和谐而愉快地交流。作者认为，如果全世界的母亲都站立起来，母爱将会结成一个温暖而坚实的网，包覆住整个人间，使得世界变得无比和谐而美好。

去年秋天，八月十日夜，战争结束的电讯，像旋风似的，迅速的传布到中国的每一个角落。我自己是在四川的一座山头，望着满天的繁星，和山下满地的繁灯，听到这盼望了八年的消息！在这震撼如狂潮之中，经过了一阵昏乱的沉默，就有几个小孩子放声大笑，有几个大孩子放声大哭，有几个男客人疯狂似的围着我要酒喝！没有笑，没有哭，也没有喝酒的，只有我一个人，我一直沉默着！

这沉默从去年八月十日夜一直绵延着。我一直苦闷，一直不安，那时正在复员流转期中，我不但没有时间同别人细谈，也没有时间同自己检讨。能够同自己闲静的会晤，是一件绝顶艰难的事！

在离开中国的前一星期，我抽出万忙的三天，到杭州去休息。秋阳下的西湖景物，唤起了我一种轻松怡悦的心情，但我心中潜在的烦闷，却没有一刻离开我。终于在一夜失眠之后，我忽然在第二天早晨悄然走出我的住处，绕过了西泠桥，面迎着淡雾下一片涟漪的湖光，踏着芳草上零零的露珠，走上“一株杨柳一株桃”的苏堤，无目的地向着无尽的长堤走……

如同妆束梳洗拜访贵宾一般，我用湖光山色来浸洗我重重的尘秽，低头迎接我内在的自己。

堤上几乎是断绝行人。在柳枝低拂的水边，有几个小女孩子，在高声背诵她们的书本。远山近塔，在一切光明迷镑之中，都显得十分庄严，十分流丽。

无目的地顺着长堤向前走着，走着；我渐渐地走近了我自己，开始作久别后的寒暄。出乎意外的，我发现八年的痛苦流离，深忧痛恨，我自己仍旧保存着相当的淳朴，浅易和天真。

她——我的“大我”，很稳重和蔼的告诉我：

世界上最大的威力，不是旋风般的飞机，巨雷般的大炮，鲨鱼般的战舰，以及一切摧残毁灭的战器——因为战器是不断的有突飞猛进的新发明。拥有最大威力的，还是飞机大炮后面，沉着的驾驶射击的，有血，有肉，有情感，有理智的人类。

机器是无知的，人类是有爱的。

人类以及一切生物的爱的起点，是母亲的爱。

母亲的爱是慈蔼的，是温柔的，是容忍的，是宽大的；但同时也是最严正的，最强烈的，最抵御的，最富有正义感的！

她看见了满天的火焰，满地的瓦砾，满山满谷的枯骨残骸，满城满乡的啼儿哭女……她的慈蔼的眼睛，会变成锐明的闪电，她的温柔的声音，会变成清朗的天风，她的正义感，会飞翔到最高的青空，来叫出她严厉的绝叫！

她要阻止一切侵略者的麻醉蒙蔽的教育，阻止一切以神圣科学发明作为战争工具的制造，她要阻止一切使人类互相残杀毁灭的错误歪曲的宣传。

因为在战争之中，受最大痛苦的，乃是最伟大的女性！

在战争里，她要送她千辛万苦扶持抚养的丈夫和儿子，走上毁灭的战场；她要在家里田间，做着兼人的劳瘁的工作；她要舍弃了自己美丽整洁的家，拖儿带女的走入山中谷里；或在焦土之上，瓦砾场中，重新搭起一个聊蔽风雨的小篷。她流干了最后一滴泪，洒尽了最后一滴血，在战争的悲惨昏黑的残局上面……含辛茹苦再来收拾，再来建设，再来创造。

全人类的母亲，全世界的女性，应当起来了！

我们不能推诿我们的过失，不能逃避我们的责任，在信仰我们的儿女，抬头请示我们的时候，我们是否以大无畏的精神，凛然告诉他们说，战争是不道德的，仇恨是无终止的，暴力和侵略，终久是失败的？

我们是否又慈蔼温柔的对他们说：世界是和平的，人类是自由的，民族与民族，国家与国家之间，只有爱，只有互助，才能达到永久的安乐与和平？

猛抬头，原来我已走到苏堤的终点，折转回来，面迎着更灿烂的湖光，晨雾完全消隐，我眼里忽然满了泪，我的“大我”轻轻地对我说：

“做子女的时候，承受着爱，只感觉着爱的伟大；做母亲的时候，赋予着爱，却知道了爱的痛苦！”

这八年来，我尝尽了爱的痛苦！我不知道在全世界——就是我此刻所在地的东京，有多少女性，也尝着同我一样的爱的痛苦。

让我们携起手来罢，我们要领导着我们天真纯洁的儿女们，在亚东满目荒凉的瓦砾场上，重建起一座殷实富丽的乡村和城市，隔着洋海，同情和爱的情感，像海风一样，永远和煦地交流！

一九四六年十一月二十九日夜，于东京

丢不掉的珍宝

导读：

本文初载于一九四七年七月《妇女月刊》第六卷第二期。作者和他的丈夫都是爱书之人，在他们避战离开北平的时候，寄放了一些往日收藏的书、信、画集、照片等在燕京大学的楼阁上，这些珍贵的收藏对于他们来说无异于珍宝。战火蔓延过华夏大地，他们的珍宝在战火中消失了。对于无限爱惜这些收藏的他们来说，无疑是一个沉痛的打击。他们所失掉的不仅仅是这些珍宝，更有这些收藏之中所蕴藏着的回忆。不仅如此，这还是一次文化的遗失。丢掉了这部分珍宝，作者无比心痛，但是她并没有因此而长久地哀怨叹息，她那“对于人类的信心”使得她看向了前方：战争的苦难总会过去的，人类的进步与正义会使人们“走回康庄平坦的大道上来”。战争可以摧毁很多东西，却扼杀不掉早就存于人们心中的那份执著的爱。瞧作者的丈夫，又在买他爱好了几十年的书了。

文藻从外面笑嘻嘻的回来，胁下夹着一大厚册的《中国名画集》。是他刚从旧书铺里买的，花了六百日圆！

看他在灯下反复翻阅赏玩的样子，我没有出声，只坐在书斋的一角，静默的凝视着他。没有记性的可爱的读书人，他忘掉了他的伤心故事了！

我们两个人都喜欢买书，尤其是文藻。在他做学生时代，在美国，常常在一月之末，他的用费便因着恣意买书而枯竭了。他总是欢欢喜喜地以面包和冷水充饥，他觉得精神食粮比物质的食粮还要紧。在我们做朋友的时代，他赠送给我的，不是香花糖果或其他的珍品，乃是各种的善本书籍，文学的，哲学的，艺术的不朽的杰作。

我们结婚以后，小小的新房子里，客厅和书斋，真是“满壁琳琅”。墙上也都是相当名贵的字画。

十年以后，书籍越来越多了，自己买的，朋友送的，平均每月总有十本左右，杂志和各种学术刊物还不在内。我们客厅内，半圆雕花的红木桌上的新书，差不多每星期便换过一次。朋友和学生们来的时候，总是先跑到这半圆桌前面，站立翻阅。

同时，十年之中我们也旅行了不少地方，照了许多有艺术性的相片，买了许多古董名画，以及其他纪念品。我们在自己和朋友们赞叹赏玩之后，便珍重的将这些珍贵的东西，择起挂起或是收起。

民国二十六年六月二十九日，我们从欧洲，由西伯利亚铁路经过东三省，进了山海关，回到北平。到车站来迎接我们的家人朋友和学生，总有几十人，到家以后，他们争着替我们打开行李，抢着看我们远道带回的东西。

七月七日，芦沟桥上，燃起了战争之火……为着要争取正义与和平，我们决定要到抗战的大后方去，尽我们一分绵薄的力量。但因为我们的小女儿宗黎还未诞生，同时要维持燕京大学的开学，我们在北平又住了一学年。这一学年之中，我们无一日不作离开北平的准备：一切陈设家具，送人的送人，捐的捐了，卖的卖了，只剩下一些我们认为最宝贵的东西，不舍得让它与我们一同去流亡冒险的，我们就珍重的装起寄存在燕京大学课堂的楼上。那就是文藻从在清华做学起，几十年的日记；和我在美国三年的日记；我们两人整齐冗长六年的通信；我的母亲和朋友，以及许多不知名的“小读者”的来信，其中有许许多多，可以拿来当诗和散文读的；还有我的父亲年轻在海上时代，给母亲写的信和诗，母亲死后，由我保存的。此外还有作者签名送我的书籍，如泰戈尔《新月集》及其他；Virginia Wolfe的To The Light House及其他；鲁迅，周作人，老舍，巴金，丁玲，雪林，淑华，茅盾……一起差不多在一百本以上，其次便是大大小小的相片，小孩子的相片，以及旅行的照片，再就是各种善本书，各种画集、笺谱，各种字画，以及许许多多有艺术价值的纪念品……收集起来，装了十五只大木箱。文藻十五年来所编的，几十布匣的笔记教材，还不在内！

收拾这些东西的时候，总是有许多男女学生帮忙，有人登记，有人包裹，有人装箱……我们坐在地上忙碌地工作，累了就在地上休息吃茶谈话。我们都痛恨了战争！战争摧残了文化，毁灭了艺术作品，夺去了我们读书人研究写作的时间，这些损失是多少物质上的获得，都不能换取补偿的，何况侵略争夺，决不能有永久的获得！

在这些年轻人叹恨纵谈的时候，我每每因着疲倦而沉默着。这时我总忆起宋朝金人内犯的时候，我们伟大的女诗人李易安，和她的丈夫赵明诚，仓皇避难，把他们历年收集的金石字画，都丢散失了。李易安在她的《金石录后序》中，描写他们初婚贫困的时候，怎样喜爱字画，又买不起字画！以后生活转好，怎样地慢慢收集字画，以及金石艺术品，为着这些宝物，他们盖起书楼，来保存，来布置；字里行间，横溢着他们同居的快乐与和平的幸福。最后是金人的侵略，丈夫的死亡，金石的散失，老境的穷困……充分的描写呈露了战争期中，文化人的末路！

我不敢自拟于李易安，但我的确有一个和李易安一样的，喜好收集的丈夫！我和李易安不同的，就是她对于她的遭遇，只有愁叹怨恨，我却从始至终就认为战争是暂时的，正义和真理是要最后得胜的。以文物惨痛的损失，来换取人类最高的理智的觉悟，还是一件值得的事！

话虽如此说，我总不能忘情于我留在北平的“珍宝”。今年七月，在我得到第一次飞回北平的机会，我就赶紧回到燕京大学去。在那里，我发现校景外观，一点没有改变，经过了半年的修缮，仍旧是富丽堂皇；树木比以前更葱郁了，湖水依旧涟漪！走到我的住宅院中，那一架香溢四邻的紫藤花，连架子都不在了，廊前的红月季与白玫瑰，也一株无存！走上阁楼，四壁是空的，文藻几十盒的笔记教材都不见了！

我心中忽然有说不出的空洞无着，默然的站了一会，就转身下来。

遇到了当年的工友，提起当年我们的房子，在日美宣战，燕大被封以后，就成了日本宪兵的驻在所，文藻的书室，就是拷问教授们的地方。那些笔记匣子，被日本兵运走了，不知去向。

两天以后，我才满怀着虚怯的心情，走上存放我们书箱的大楼顶阁上去——果然像我所想到的，那一间小屋是敞开的，捻开电灯一看，只是空洞的四壁！我的日记，我的书信，我的书籍，我的……一切都丧失了！

白发的工友，拿着钥匙站在门口，看见我无言的惨默，悄悄地走了过来，抱歉似的安慰我说：“在珍珠港事变的第二天清早，日本兵就包围燕京大学，学生们都撵出去了，我们都被锁了起来。第二天我们也被撵了出去，一直到去年八月，我们回来的时候，发现各个楼里都空了，而且楼房拆改得不成样子……您的东西……大概也和别人的一样，再也找不转来了。不过……我真高兴……这几年你倒还健康。”

我谢了他，眼泪忽然落了下来，转身便走下楼去。

迂缓的穿过翠绿的山坡，走到湖畔。远望岛亭畔的石船，我绕着湖走了两周，心里渐渐从荒凉寂寞，变成觉悟与欢喜。

从古至今，从东到西，不知道有多少人，占有过比我多上几百倍几千倍的珍宝。这些珍宝，毁灭的不必说了，未毁灭的，也不知已经换过几个主人！我的日记，我的书信，描写叙述当年当地的经过与心情的，当然可贵，但是，正如那老工友所说的，我还健在！我还能叙述，我还能描写，我还能传播我的哲学！

战争夺去了毁灭了我的一部分的珍宝，但它增加了我的最宝贵的，丢不掉的珍宝，那就是我对于人类的信心！

人类是进步的，高尚的，他会从无数的错误歪曲的小路上，慢慢的走回康庄平坦的大道上来。总会有一天，全世界的学校里又住满了健康活泼的学生，教授们的书室里，又垒着满满的书，他们攻读，他们研究，为全人类谋求福利。

人类也是善忘的，几年战争的惨痛，不能打消几十年的爱好。这次到了日本，我在各风景区旅行，对于照相和收集纪念品，都淡然不感兴趣，而我的书呆子的丈夫，却已经超过自己经济能力的，开始买他的书了！

一九四六年十二月四日于东京

每逢佳节

导读：

一九四九年十月一日，中华人民共和国成立了。从此这片曾饱经祸乱沧桑的华夏大地，远离了战火与硝烟。我们国人的尊严与希望得以重展，犹如美丽而娇嫩的鲜花在满目疮痍的废墟上绽放，大地回复了春天的欣喜与生机。

在金秋国庆这样一个创世纪的重大日子里，作者登上天安门前的观礼台，眼前的人群尽展脱离了苦难之后的灿烂笑容，他们正欢快地举行着盛大的庆典，举国上下一片欢腾。在这处处洋溢着喜悦的时刻，作者惆怅地忆及远在海外的华人。在这样一个重要的节日里，作者料想海外的同胞们应该正沉浸在喜悦中。被迫成为异乡人的他们此时应该正思念着他们远在故乡的亲人吧，他们的心儿恐怕早已飞回了祖国，正和亿万同胞一同欢庆呢。

唐诗人王维的《九月九日忆山东兄弟》这首诗，一千多年来脍炙人口，每逢佳节，在异乡的游子，谁不在心里低徊地背诵着：

独在异乡为异客
每逢佳节倍思亲
遥知兄弟登高处
遍插茱萸少一人

其实，在秋高气爽的风光里，在满眼黄花红叶的山头，饮着菊花酒，插着茱萸的兄弟们，也更会忆起“独在异乡为异客”的王维，他们并肩站在山上遥望天涯，也会不约而同地怅忆着异乡的游子，恨不得这时也有他在内，和大家一起度过这欢乐的时光。

我深深知道这种情绪，因为每逢国庆，我都会极其深切地想到我们海外的亲人。在新秋的爽风和微温的朝阳下，我登上天安门前的观礼台，迎面就看到排成一长列的军乐队，灿白的制服和金黄的乐器，在朝阳下闪光，还有一眼望不尽的，草绿的，白色的一方方的像用刀裁出来的各种军队的整齐行列，他们的后面是花枝招展的像一大片花畦的少年儿童的队伍，太远了，听不见他们的笑语，但看万头攒动的样子，就知道他们在欢悦地说个不停……这一切，从礼炮放过的两个钟头，直到我们伟大的毛主席和国家领导人以及贵宾们，在天安门城楼上从东到西向我们挥帽招手时为止，我的心一直在想着许许多多现在在国外的男女老幼的脸，我忆起他们恳挚的直盯在你脸上的眼光，他们的倾听着你谈话的神情，他们的从车窗外伸进来的滚热的手，他们不断起伏的在我们车外唱的高亢的《歌唱祖国》的歌声……我想，这时候，在全地球，不知道有几千万颗的心，向日葵似地转向着天安门，而在天安门上，和天安门的周围——这周围扩大到祖国国境的边界——更不知道有几亿万颗心，也正想念着国外的亲人啊!

观礼台前涌过浩荡的彩旗的海，欢呼的声音像雄壮的波涛一般的起落，我的心思随着这涛声飘到印度的孟买，我看到一个老人清癯的布满皱纹的笑脸，他出国的年头和我出生的年纪差不多一样长!他是那般亲热地、颤巍巍地跟在我们前后，不住地问长问短，又喜悦，又惊奇，两行激动的热泪，沿着眼角皱纹，一直流下双颊……

我的心思，飘到英国的利物浦，在一个四壁画满中国风景，屋顶挂着中国宫灯的饭店里，那一对热情的店东夫妇，斟上一杯又一杯的浓郁的酒，欢祝祖国万岁，祖国人民万岁，勉强我们一杯一杯地喝干。英雄的人民站起来了，使得他们三十多年来抛乡离井，异乡糊口的生活，突然增加了光彩，看见了来访的亲人，更使他们兴奋，他们的眼里、身上，涌溢着如海的深情……谁道“西出阳关无故人”?我们虽是不会喝酒的人，那时是“十觞亦不醉”地痛饮了下去……

我的心思，飘到缅甸的仰光，码头上长行的献花的孩子，向着我们扑来。这一群华侨儿童，打扮得出水芙蓉一般的皎洁秀丽，短裤短裙，露出肥胖的小腿，覆额的黑发下闪烁着欢喜的眼光。他们献过花，便挽在我们的臂上，紧紧地跟着我们走，我笑问他们：“你们认得我么?怎么跟我们这么亲热呵?”他们天真地笑着仰头说：“为什么怕生呢，你们是我们的亲人呵!”他们说的普通话，是那么清脆，那么正确，“亲人”这两个字，流到我们的耳朵里，把我们的心都融化了……

我的心思，飘到日本的镰仓，这一所庭园，经过一场春雨，纤草绿得像一张绒毯，几树不知名的浓红的花，在远远的亭子边开着。我住的这间“茶室”，两面都是大玻璃窗，透亮得像金鱼缸一样，室内一张方方的短儿，一个大大的火盆，转着火盆抱膝坐着几个华侨青年。这几个青年，从我们到日本访问起就一直陪着我们，但是我们忙着访问，他们忙着工作，一直没有畅谈过，现在我们到镰仓来休息了，他们决不放过这个机会，但是他们又怕我们劳累，在纸门外你推我让，终于叩门进来了……我们转着火盆，谈着祖国建设，谈着世界和平，谈着中日友好，谈着他们各人的生活，志愿……谈得那样热烈，那样真挚，直谈到灯上夜阑，炉火拨了又拨，添了又添，若不是有人来催，他们还恋恋不肯离去……。

我的心思，飘过异国的许多口岸，熨贴着各处各地在异乡作客的亲人。他们和他们的祖先都是勤劳勇敢的劳动人民，被从前的黑暗政治所压迫，咬着牙飘洋过海，到远离祖国的地方，靠着自己坚强的双手，经过千辛万苦，立业成家。在祖国悲惨黑暗的年头，他们是有家难奔，有国难投，岁时节庆，怅望故乡，也只有魂销肠断；然而他们并不灰心，一面竭力地从各方面辅助祖国自由独立的事业，一面和当地人民合作友好，鼓着勇气生活下去。英雄的中国人民站起来了，十二年之中，不但站得稳，而且站得高，成了保卫世界和平的一面鲜红的旗帜。如今，我们海外的亲人，每逢佳节，不是低徊抑郁地思乡，而是欢欣鼓舞地悬想着腾光溢彩的天安门。但是，他们应该会想到，在天安门上面和周围，也有无数颗火热的心在想着他们，交叉的亿万颗心，在同一节奏里剧烈地跳动。这种音乐，和我们的社会主义的祖国一样，是崭新的，它鼓舞着我们，在迎风飘扬的五星红旗下，隔着海洋，一同为祖国建设和世界和平尽上我们最大的力量!

樱花赞

导读：

樱花是日本的国花，花开时节遍地娇嫩的繁华，非常美丽。作者去到了樱花的国度，那里的人民非常喜爱樱花，樱花的花时短暂，她极度美丽的身影更容易引出人们关于消逝的哀情，但是在陨落之前，一大片一大片茂盛的繁花首先给人们带来了满满的春天的欣喜。

作者从金泽离开的那天，正是那里的出租汽车公司工人罢工的日子，但是为了送中国作家代表团赶上火车，他们将原定的罢工时间专门延后了一小时，还谦和地说出“促进日中人民的友谊，也是斗争的一部分呵”这样的话，表达了日本劳动人民对于中国人民的深厚友谊。此时，作者所看到的樱花较往日看到的更加美丽，四射出友谊的光华。

作者作此《樱花赞》，赞的并不仅是樱花，而是透过樱花赞颂着中日两国人民之间的情谊。

樱花是日本的骄傲。到日本去的人，未到之前，首先要想起樱花；到了之后，首先要谈到樱花。你若是在夏秋之间到达的，日本朋友们会很惋惜地说：“你错过了樱花季节了！”你若是冬天到达的，他们会挽留你说：“多呆些日子，等看过樱花再走吧！”总而言之，樱花和“瑞雪灵峰”的富士山一样，成了日本的象征。

我看樱花，往少里说，也有几十次了。在东京的青山墓地看，上野公园看，千鸟渊看……；在京都看，奈良看……；雨里看，雾中看，月下看……日本到处都有樱花，有的是几百棵花树拥在一起，有的是一两棵花树在路旁水边悄然独立。春天在日本就是沉浸在弥漫的樱花气息里！

我的日本朋友告诉我，樱花一共有三百多种，最多的是山樱、吉野樱和八重樱。山樱和吉野樱不像桃花那样地白中透红，也不像梨花那样地白中透绿，它是莲灰色的。八重樱就丰满红润一些，近乎北京城里春天的海棠。此外还有浅黄色的郁金樱，花枝低垂的枝垂樱，“春分”时节最早开花的彼岸樱，花瓣多到三百余片的菊樱……掩映重叠、争妍斗艳。清代诗人黄遵宪的《樱花歌》中有：

………………
墨江泼绿水微波
万花掩映江之沱
倾城看花奈花何
人人同唱樱花歌
………………
花光照海影如潮
游侠聚作萃渊薮[①]
………………
十日之游举国狂
岁岁欢虞朝复暮
………………

这首歌写尽了日本人春天看樱花的举国若狂的胜况。“十日之游”是短促的，连阴之后，春阳暴暖，樱花就漫山遍地的开了起来，一阵风雨，就又迅速地凋谢了，漫山遍地又是一片落英！日本的文人因此写出许多“人生短促”的凄凉感喟的诗歌，据说樱花的特点也在“早开早落”上面。也许因为我是个中国人，对于樱花的联想，不是那么灰黯。虽然我在一九四七年的春天，在东京的青山墓地第一次看樱花的时候，墓地里尽是些阴郁的低头扫墓的人，间以喝多了酒引吭悲歌的醉客，当我穿过圆穹似的莲灰色的繁花覆盖的甬道的时候，也曾使我起了一阵低沉的感觉。

今年春天我到日本，正是樱花盛开的季节，我到处都看了樱花，在东京，大阪，京都，箱根，镰仓……但是四月十三日我在金泽萝香山上所看到的樱花，却是我所看过的最璀璨、最庄严的华光四射的樱花！

四月十二日，下着大雨，我们到离金泽市不远的内滩渔村去访问。路上偶然听说明天是金泽市出租汽车公司工人罢工的日子。金泽市有十二家出租汽车公司，有汽车二百五十辆，雇用着几百名的司机和工人。他们为了生活的压迫，要求增加工资，已经进行过五次罢工了，还没有达到目的，明天的罢工将是第六次。

那个下午，我们在大雨的海滩上和内滩农民的家里，听到了许多工农群众为反对美军侵占农田作打靶场，奋起斗争终于胜利的种种可泣可歌的事迹。晚上又参加了一个情况热烈的群众欢迎大会，大家都兴奋得睡不好觉，第二天早起，匆匆地整装出发，我根本就把今天汽车司机罢工的事情，忘在九霄云外了。

早晨八点四十分，我们从旅馆出来，十一辆汽车整整齐齐地摆在门口。我们分别上了车，徐徐地沿着山路，曲折而下。天气晴明，和煦的东风吹着，灿烂的阳光晃着我们的眼睛……

这时我才忽然想起，今天不是汽车司机们罢工的日子么？

他们罢工的时间不是从早晨八时开始么？为着送我们上车，不是耽误了他们的罢工时刻么？我连忙向前面和司机同坐的日本朋友询问究竟。日本朋友回过头来微微地笑说："为着要送中国作家代表团上车站，他们昨夜开个紧急会议，决定把罢工时间改为从早晨九点开始了！"我正激动着要说一两句道谢的话的时候，那位端详稳静、目光注视着前面的司机，稍稍地侧着头，谦和地说："促进日中人民的友谊，也是斗争的一部分呵！"

我的心猛然地跳了一下，像点着的焰火一样，从心灵深处喷出了感激的漫天灿烂的火花……

清晨的山路上，没有别的车辆，只有我们这十一辆汽车，沙沙地飞驰。这时我忽然看到，山路的两旁，簇拥着雨后盛开的几百树几千树的樱花！这樱花，一堆堆，一层层，好像云海似地，在朝阳下绯红万顷，溢彩流光。当曲折的山路被这无边的花云遮盖了的时候，我们就像坐在十一只首尾相接的轻舟之中，凌驾着骀荡的东风，两舷溅起哗哗的花浪，迅捷地向着初升的太阳前进！

下了山，到了市中心，街上仍没有看到其他的行驶的车辆，只看到街旁许多的汽车行里，大门敞开着，门内排列着大小的汽车，门口插着大面的红旗，汽车工人们整齐地站在门边，微笑着目送我们这一行车辆走过。

到了车站，我们下了车，以满腔沸腾的热情紧紧地握着司机们的手，感谢他们对我们的帮助，并祝他们斗争的胜利。

热烈的惜别场面过去了，火车开了好久，窗前拂过的是连绵的雪山和奔流的春水，但是我的眼前仍旧辉映着这一片我所从未见过的奇丽的樱花！

我回过头来，问着同行的日本朋友："樱花不消说是美丽的，但是从日本人看来，到底樱花美在哪里？"他搔了搔头，笑着说："世界上没有不美的花朵……至于对某一种花的喜爱，却是由于各人心中的感触。日本文人从美而易落的樱花里，感到人生的短暂，武士们就联想到捐躯的壮烈。至于一般人民，他们喜欢樱花，就是因为它在凄厉的冬天之后，首先给人民带来了兴奋喜乐的春天的消息。在日本，樱花就是多！山上、水边、街旁、院里，到处都是。积雪还没有消融，冬服还没有去身，幽暗的房间里还是春寒料峭，只要远远地一丝东风吹来，天上露出了阳光，这樱花就漫山遍地的开起！不管是山樱也好，吉野樱也好，八重樱也好……向它旁边的日本三岛上的人民，报告了春天的振奋蓬勃的消息。”

这番话，给我讲明了两个道理。一个是：樱花开遍了蓬莱三岛，是日本人民自己的花，它永远给日本人民以春天的兴奋与鼓舞；一个是：看花人的心理活动，形成了对于某些花卉的特别喜爱。金泽的樱花，并不比别处的更加美丽。汽车司机的一句深切动人的、表达日本劳动人民对于中国人民的深厚友谊的话，使得我眼中的金泽的漫山遍地的樱花，幻成一片中日人民友谊的花的云海，让友谊的轻舟，激箭似地，向着灿烂的朝阳前进！

深夜回忆，暖意盈怀，欣然提笔作樱花赞。

一九六一年五月十八日夜

① 渊薮（sǒu）：渊，深水，渊中有鱼。薮，生长着许多草的湖泽，薮旁有兽。渊薮，比喻人或事物集中的地方。

寄小读者（节选）

导读：

《寄小读者》共二十九篇，初载于一九二三年七月二十九日至一九二六年九月的《晨报副镌》。这是冰心出国求学时写给国内小朋友的信，她以一颗童稚的心讲述了她在海外见到的不同风光和一些奇闻轶事，抒发了她对祖国对故乡的无限热爱与思念之情。才离开家，她就开始想念家中的亲人了。才踏上到国外去的轮船，她就开始了她对故乡的思念。她忆着母亲的温暖，母亲给了她源源不断的不问缘由的爱，她深深地爱着她的母亲；她忆着家中的弟弟们，弟弟们对她有着浓浓的牵挂与不舍，她思念着他们；她还忆着国内的小朋友们，他们以童稚的心真切地挂念着她，她想念着他们。仰望天空时，她玄想着：父亲是早上勇敢的太阳，母亲是夜里明亮的月亮，三个弟弟分别是三颗明亮的星星，她挂念着的其他的人是闪烁在夜幕中的繁星。

通讯一

似曾相识的小朋友们：

我以抱病又将远行之身，此三两月内，自分已和文字绝缘；因为昨天看见《晨报》副刊上已特辟了“儿童世界”一栏，欣喜之下，便借着软弱的手腕，生疏的笔墨，来和可爱的小朋友，作第一次的通讯。

在这开宗明义的第一信里，请你们容我在你们面前介绍我自己。我是你们天真队伍里的一个落伍者——然而有一件事，是我常常用以自傲的：就是我从前也曾是一个小孩子，现在还有时仍是一个小孩子。为着要保守这一点天真，直到我转入另一世界时为止，我恳切的希望你们帮助我，提携我。我自己也要永远勉励着，做你们的一个最热情最忠实的朋友！

小朋友，我要走到很远的地方去。我十分的喜欢有这次的远行，因为或者可以从旅行中多得些材料，以后的通讯里，能告诉你们些略为新奇的事情。——我去的地方，是在地球的那一边。我有三个弟弟，最小的十三岁了。他念过地理，知道地球是圆的。他开玩笑的和我说："姊姊，你走了，我们想你的时候，可以拿一条很长的竹竿子，从我们的院子里，直穿到对面你们的院子去，穿成一个孔穴。我们从那孔穴里，可以彼此看见。我看看你别后是否胖了，或是瘦了。"小朋友想这是可能的事情么？——我又有一个小朋友，今年四岁了。他有一天问我说："姑姑，你去的地方，是比前门还远么？"小朋友看是地球的那一边远呢？还是前门远呢？

我走了——要离开父母兄弟，一切亲爱的人。虽然是时期很短，我也已觉得很难过。倘若你们在风晨雨夕，在父亲母亲的膝下怀前，姊妹弟兄的行间队里，快乐甜柔的时光之中，能联想到海外万里有一个热情忠实的朋友，独在恼人凄清的天气中，不能享得这般浓福，则你们一瞥时的天真的怜念，从宇宙之灵中，已遥遥的付与我以极大无量的快乐与慰安！

小朋友，但凡我有工夫，一定不使这通讯有长期间的间断。若是间断的时候长了些，也请你们饶恕我。因为我若不是在童心来复的一刹那顷拿起笔来，我决不敢以成人烦杂之心，来写这通讯。这一层是要请你们体恤怜悯的。

这信该收束了，我心中莫可名状，我觉得非常的荣幸！

冰心

一九二三年七月二十五日

通讯三

亲爱的小朋友：

昨天下午离开了家，我如同入梦一般。车转过街角的时候，我回头凝望着——除非是再看见这缘满豆叶的棚下的一切亲爱的人，我这梦是不能醒的了！

送我的尽是小孩子——从家里出来，同车的也是小孩子，车前车后也是小孩子。我深深觉得凄恻中的光荣。冰心何福，得这些小孩子天真纯洁的爱，消受这甚深而不牵累的离情。

火车还没有开行，小弟弟冰季别到临头，才知道难过。不住的牵着冰叔的衣袖，说"哥哥，我们回去罢"。他酸泪盈眸，远远的站着。我叫过他来，捧住了他的脸，我又无力的放下手来，他们便走了——我们至终没有一句话。

慢慢的火车出了站，一边城墙，一边杨柳，从我眼前飞过。我心沉沉如死，倒觉得廓然；便拿起国语文学史来看，刚翻到"卿云烂兮"一段，忽然看见书页上的空白写着几个大字："别忘了小小。"我的心忽然一酸，连忙抛了书，走到对面的椅子上坐下——这是冰季的笔迹呵！小弟弟，如何还困弄我于别离之后？

夜中只是睡不稳。几次坐起，开起窗来，只有模糊的半圆的月，照着深黑无际的田野。——车只风驰电掣的，轮声轧轧里，奔向着无限的前途。明月和我，一步一步的离家远了！

今早过济南，我五时便起来，对窗整发。外望远山连绵不断，都没在朝霭里，淡到欲无。只浅蓝色的山峰一线，横亘天空。山坳里人家的炊烟，镑镑的屯在谷中，如同云起。朝阳极光明的照临在无边的整齐青绿的田畦上。我梳洗毕凭窗站了半点钟，在这庄严伟大的环境中，我只能默然低头，赞美万能智慧的造物者。

过泰安府以后，朝露还零。各站台都在浓阴之中，最有古趣，最清幽。到此我才下车稍稍散步，远望泰山，悠然神往。默诵“高山仰止，景行行止，虽不能至，心向往之”四句，反复了好几遍。

自此以后，站台上时闻皮靴拖踏声，刀枪相触声，又见黄衣灰衣的兵丁，成队的来往梭巡。我忽然忆起临城劫车的事，知道快到抱犊冈了，我切愿一见。我这时心中只憬憧着梁山泊好汉的生活，武松林冲鲁智深的生活。我不是羡慕什么分金阁，剥皮亭，我羡慕那种激越豪放，大刀阔斧的胸襟！

因此我走出去，问那站在两车挂接处荷枪带弹的兵丁。他说快到临城了，抱犊冈远在几十里外，车上是看不见的。他和我说话极温和，说的是纯正的山东话。我如同远客听到乡音一般，起了无名的喜悦。——山东是我灵魂上的故乡，我只喜欢忠恳的山东人，听那生怯的山东话。

一站一站的近江南了，我旅行的快乐，已经开始。这次我特意定的自己一间房子，为的要自由一些，安静一些，好写些通讯。我靠在长枕上，近窗坐着。向阳那边的窗帘，都严严的掩上。对面一边，为要看风景，便开了一半。凉风徐来，这房里寂静幽阴已极。除了单调的轮声以外，与我家中的书室无异。窗内虽然没有满架的书，而窗外却旋转着伟大的自然。笔在手里，句在心里，只要我不按铃，便没有人进来搅我。龚定庵有句云：“都道西湖清怨极，谁分这般浓福?”今早这样恬静喜悦的心境，是我所梦想不到的。书此不但自慰，并以慰弟弟们和记念我的小朋友。

冰心

一九二三年八月四日津浦道中

通讯七

亲爱的小朋友：

八月十七的下午，约克逊号邮船无数的窗眼里，飞出五色飘扬的纸带，远远的抛到岸上，任凭送别的人牵住的时候，我的心是如何的飞扬而凄恻！

痴绝的无数的送别者，在最远的江岸，仅仅牵着这终于断绝的纸条儿，放这庞然大物，载着最重的离愁，飘然西去！

船上生活，是如何的清新而活泼。除了三餐外，只是随意游戏散步。海上的头三日，我竟完全回到小孩子的境地中去了，套圈子，抛沙袋，乐此不疲，过后又绝然不玩了。后来自己回想很奇怪，无他，海唤起了我童年的回忆，海波声中，童心和游伴都跳跃到我脑中来。我十分的恨这次舟中没有几个小孩子，使我童心来复的三天中，有无猜畅好的游戏！

我自少住在海滨，却没有看见过海平如镜。这次出了吴淞口，一天的航程，一望无际尽是粼粼的微波。凉风习习，舟如在冰上行。到过了高丽界，海水竟似湖光。蓝极绿极，凝成一片。斜阳的金光，长蛇般自天边直接到阑旁人立处。上自穹苍，下至船前的水，自浅红至于深翠，幻成几十色，一层层，一片片的漾开了来。……小朋友，恨我不能画，文字竟是世界上最无用的东西，写不出这空灵的妙景！

八月十八夜，正是双星渡河之夕。晚餐后独倚阑旁，凉风吹衣。银河一片星光，照到深黑的海上。远远听得楼阑下人声笑语，忽然感到家乡渐远。繁星闪烁着，海波吟啸着，凝立悄然，只有惆怅。

十九日黄昏，已近神户，两岸青山，不时的有渔舟往来。日本的小山多半是圆扁的，大家说笑，便道是“馒头山”。这馒头山沿途点缀，直到夜里，远望灯光灿然，已抵神户。船徐徐停住，便有许多人上岸去。我因太晚，只自己又到最高层上，初次看见这般璀璨的世界，天上微月的光，和星光，岸上的灯光，无声相映。不时的还有一串光明从山上横飞过，想是火车周行。……舟中寂然，今夜没有海潮音，静极心绪忽起：“倘若此时母亲也在这里……”我极清晰的忆起北京来，小朋友，恕我，不能往下再写了。

冰心

一九二三年八月二十日，神户

通讯八

亲爱的弟弟们：

波士顿一天一天的下着秋雨，好像永没有开晴的日子。落叶红的黄的堆积在小径上，有一寸来厚，踏下去又湿又软。湖畔是少去的了，然而还是一天一遭。很长很静的道上，自己走着，听着雨点打在伞上的声音。有时自笑不知这般独往独来，冒雨迎风，是何目的！走到了，石矶上，树根上，都是湿的，没有坐处，只能站立一会，望着蒙蒙的雾。湖水白极淡极，四围湖岸的树，都隐没不见，看不出湖的大小，倒觉得神秘。

回来已是天晚，放下绿帘，开了灯，看中国诗词，和新寄来的《晨报副镌》，看到亲切处，竟然忘却身在异国。听得敲门，一声“请进”，回头却是金发蓝睛的女孩子，笑颊粲然的立于明灯之下，常常使我猛觉，笑而吁气！

正不知北京怎样，中国又怎样了？怎么在国内的时候，不曾这样的关心？——前几天早晨，在湖边石上读华兹华斯（Wordsworth）的一首诗，题目是《我在不相识的人中间旅行》（I travelled among unknown men）：

I travelled among unknown men,
　In land beyond the sea,
Nor, England! did I know till then
　What love I bore to thee.

大意是：

直至到了海外，
　在不相识的人中间旅行；
英格兰！我才知道我付与你的
　是何等样的爱。

读此使我怳然如有所得，又怅然如有所失。是呵，不相识的！湖畔归来，远远几簇楼窗的灯火，繁星般的灿烂，但不曾与我以丝毫慰藉的光气！

想起北京城里此时街上正听着卖葡萄，卖枣的声音呢！我真是不堪，在家时黄昏睡起，秋风中听此，往往凄动不宁。有一次似乎是星期日的下午，你们都到安定门外泛舟去了，我自己廊上凝坐，秋风侵衣。一声声卖枣声墙外传来，觉得十分黯淡无趣。正不解为何这般寂寞，忽然你们的笑语喧哗也从墙外传来，我的惆怅，立时消散。自那时起，我承认你们是我的快乐和慰安，我也明白只要人心中有了春气，秋风是不会引人愁思的。但那时却不曾说与你们知道。今日偶然又想起来，这里虽没有卖葡萄甜枣的声响，而窗外风雨交加。——为着人生，不得不别离，却又禁不起别离，你们何以慰我？……一天两次，带着钥匙，忧喜参半的下楼到信橱前去，隔着玻璃，看不见一张白纸。又近看了看，实在没有。无精打采的挪上楼来，不止一次了！明知万里路，不能天天有信，而这两次终不肯不走，你们何以慰我？

夜渐长了，正是读书的好时候，愿隔着地球，和你们一同勉励着在晚餐后一定的时刻用功。只恐我在灯下时，你们却在课室里——回家千万常在母亲跟前！这种光阴是贵过黄金的，不要轻轻抛掷过去，要知道海外的姊姊，是如何的羡慕你们！——往常在家里，夜中写字看书，只管漫无限制，横竖到了休息时间，父亲或母亲就会来催促的，搁笔一笑，觉得乐极。如今到了夜深人倦的时候，只能无聊的自已收拾收拾，去做那还乡的梦。弟弟！想着我，更应当尽量消受你们眼前欢愉的生活！

菊花上市，父亲又忙了，今年种得多不多？我案头只有水仙花，还没有开，总是含苞，总是希望，当常引起我的喜悦。

快到晚餐的时候了。美国的女孩子，真爱打扮，尤其是夜间。第一遍钟响，就忙着穿衣敷粉，纷纷晚妆。夜夜晚餐桌上，个个花枝招展的。“巧笑倩兮，美目盼兮，彼美人兮，西方之人兮。”我曾戏译这四句诗给她们听。攒三聚五的凝神向我，听罢相顾，无不欢笑。

不多说什么了，只有“珍重”二字，愿彼此牢牢守着！

冰心

一九二三年十月二十四日夜，闭壁楼

通讯十

亲爱的小朋友：

我常喜欢挨坐在母亲的旁边，挽住她的衣袖，央求她述说我幼年的事。

母亲凝想地，含笑地，低低地说：

“不过有三个月罢了，偏已是这般多病。听见端药杯的人的脚步声，已知道惊怕啼哭。许多人围在床前，乞怜的眼光，不望着别人，只向着我，似乎已经从人群里认识了你的母亲！”

这时眼泪已湿了我们两个人的眼角！

“你的弥月到了，穿着舅母送的水红绸子的衣服，戴着青缎沿边的大红帽子，抱出到厅堂前。因看你丰满红润的面庞，使我在姊妹妯娌群中，起了骄傲。

“只有七个月，我们都在海舟上，我抱你站在阑旁。海波声中，你已会呼唤‘妈妈’和‘姊姊’。”

对于这件事，父亲和母亲还不时的起争论。父亲说世上没有七个月会说话的孩子。母亲坚执说是的。在我们家庭历史中，这事至今是件疑案。

“浓睡之中猛然听得丐妇求乞的声音，以为母亲已被她们带去了。冷汗被面的惊坐起来，脸和唇都青了，呜咽不能成声。我从后屋连忙进来，珍重的揽住，经过了无数的解释和安慰。自此后，便是睡着，我也不敢轻易的离开你的床前。”

这一节，我仿佛记得，我听时写时都重新起了呜咽！

“有一次你病得重极了。地上铺着席子，我抱着你在上面膝行。正是暑月，你父亲又不在家。你断断续续说的几句话，都不是三岁的孩子所能够说的。因着你奇异的智慧，增加了我无名的恐怖。我打电报给你父亲，说我身体和灵魂上都已不能再支持。忽然一阵大风雨，深忧的我，重病的你，和你疲乏的乳母，都沉沉的睡了一大觉。这一番风雨，把你又从死神的怀抱里，接了过来。”

我不信我智慧，我又信我智慧！母亲以智慧的眼光，看万物都是智慧的，何况她的唯一挚爱的女儿？

“头发又短，又没有一刻肯安静。早晨这左右两个小辫子，总是梳不起来。没有法子，父亲就来帮忙：‘站好了，站好了，要照相了！’父亲拿着照相匣子，假作照着。又短又粗的两个小辫子，好容易天天这样的将就的编好了。”

我奇怪我竟不懂得向父亲索要我每天照的相片！

“陈妈的女儿宝姐，是你的好朋友。她来了，我就关你们两个人在屋里，我自己睡午觉。等我醒来，一切的玩具，小人小马，都当做船，飘浮在脸盆的水里，地上已是水汪汪的。”

宝姐是我一个神秘的朋友，我自始至终不记得，不认识她。然而从母亲口里，我深深的爱了她。

“已经三岁了，或者快四岁了。父亲带你到他的兵舰上去，大家匆匆的替你换上衣服。你自己不知什么时候，把一只小木鹿，放在小靴子里。到船上只要父亲抱着，自己一步也不肯走。放到地上走时，只有一跛一跛的。大家奇怪了，脱下靴子，发现了小木鹿。父亲和他的许多朋友都笑了。——傻孩子！你怎么不会说？”

母亲笑了，我也伏在她的膝上羞愧的笑了。——回想起来，她的质问，和我的羞愧，都是一点理由没有的。十几年前事，提起当面前事说，真是无谓。然而那时我们中间弥漫了痴和爱！

“你最怕我凝神，我至今不知是什么缘故。每逢我凝望窗外，或是稍微的呆了一呆，你就过来呼唤我，摇撼我，说：‘妈妈，你的眼睛怎么不动了？’我有时喜欢你来抱住我，便故意的凝神不动。”

我自己也不知道是什么缘故。也许母亲凝神，多是忧愁的时候，我要搅乱她的思路，也未可知。——无论如何，这是个隐谜！

“然而你自己却也喜凝神。天天吃着饭，呆呆的望着壁上的字画，桌上的钟和花瓶，一碗饭数米粒似的，吃了好几点钟。我急了，便把一切都挪移开。”

这件事我记得，而且很清楚，因为独坐沉思的脾气至今不改。

当她说这些事的时候，我总是脸上堆着笑，眼里满了泪，听完了用她的衣袖来印我的眼角，静静的伏在她的膝上。这时宇宙已经没有了，只有母亲和我，最后我也没有了，只有母亲；因为我本是她的一部分！

这是如何可惊喜的事，从母亲口中，逐渐的发现了，完成了我自己！她从最初已知道我，认识我，喜爱我，在我不知道不承认世界上有个我的时候，她已爱了我了。我从三岁上，才慢慢的在宇宙中寻找到了自己，爱了自己，认识了自己；然而我所知道的自己，不过是母亲意念中的百分之一，千万分之一。

小朋友！当你寻见了世界上有一个人，认识你，知道你，爱你，都千百倍的胜过你自己的时候，你怎能不感激，不流泪，不死心塌地的爱她，而且死心塌地的容她爱你？

有一次，幼小的我，忽然走到母亲面前，仰着脸问说：“妈妈，你到底为什么爱我？”母亲放下针线，用她的面颊，抵住我的前额，温柔地，不迟疑地说：“不为什么，——只因你是我的女儿！”

小朋友！我不信世界上还有人能说这句话！“不为什么”这四个字，从她口里说出来，何等刚决，何等无回旋！她爱我，不是因为我是“冰心”，或是其他人世间的一切虚伪的称呼和名字！她的爱是不附带任何条件的，唯一的理由，就是我是她的女儿。总之，她的爱，是屏除一切，拂拭一切，层层的麾开我前后左右所蒙罩的，使我成为“今我”的原素，而直接的来爱我的自身！

假使我走至幕后，将我二十年的历史和一切都更变了，再走出到她面前，世界上纵没有一个人认识我，只要我仍是她的女儿，她就仍用她坚强无尽的爱来包围我。她爱我的肉体，她爱我的灵魂，她爱我前后左右，过去，将来，现在的一切！

天上的星辰，骤雨般落在大海上，嗤嗤繁响。海波如山一般的汹涌，一切楼屋都在地上旋转，天如同一张蓝纸卷了起来。树叶子满空飞舞，鸟儿归巢，走兽躲到它的洞穴。万象纷乱中，只要我能寻到她，投到她的怀里……天地一切都信她！她对于我的爱，不因着万物毁灭而更变！

她的爱不但包围我，而且普遍的包围着一切爱我的人；而且因着爱我，她也爱了天下的儿女，她更爱了天下的母亲。小朋友！告诉你一句小孩子以为是极浅显，而大人们以为是极高深的话，“世界便是这样的建造起来的!”

世界上没有两件事物，是完全相同的，同在你头上的两根丝发，也不能一般长短。然而——请小朋友们和我同声赞美！只有普天下的母亲的爱，或隐或显，或出或没，不论你用斗量，用尺量，或是用心灵的度量衡来推测；我的母亲对于我，你的母亲对于你，她的和他的母亲对于她和他；她们的爱是一般的长阔高深，分毫都不差减。小朋友！我敢说，也敢信古往今来，没有一个敢来驳我这句话。当我发觉了这神圣的秘密的时候，我竟欢喜感动得伏案痛哭！

我的心潮，沸涌到最高度，我知道于我的病体是不相宜的，而且我更知道我所写的都不出乎你们的智慧范围之外。——窗外正是下着紧一阵慢一阵的秋雨，玫瑰花的香气，也正无声的赞美她们的“自然母亲”的爱！

我现在不在母亲的身畔，——但我知道她的爱没有一刻离开我，她自己也如此说！——暂时无从再打听关于我的幼年的消息；然而我会写信给我的母亲。我说：“亲爱的母亲，请你将我所不知道的关于我的事，随时记下寄来给我。我现在正是考古家一般的，要从深知我的你口中，研究我神秘的自己。”

被上帝祝福的小朋友！你们正在母亲的怀里。——小朋友！我教给你，你看完了这一封信，放下报纸，就快快跑去找你的母亲——若是她出去了，就去坐在门槛上，静静的等她回来——不论在屋里或是院中，把她寻见了，你便上去攀住她，左右亲她的脸，你说：“母亲！若是你有工夫，请你将我小时候的事情，说给我听!”等她坐下了，你便坐在她的膝上，倚在她的胸前，你听得见她心脉和缓的跳动，你仰着脸，会有无数关于你的，你所不知道的美妙的故事，从她口里天乐一般的唱将出来！

然后，——小朋友！我愿你告诉我，她对你所说的都是什么事。

我现在正病着，没有母亲坐在旁边，小朋友一定怜念我，然而我有说不尽的感谢！造物者将我交付给我母亲的时候，竟赋予了我以记忆的心才；现在又从忙碌的课程中替我匀出七日夜来，回想母亲的爱。我病中光阴，因着这回想，寸寸都是甜蜜的。

小朋友，再谈罢，致我的爱与你们的母亲！

你的朋友冰心

一九二三年十二月五日晨，圣卜生疗养院，威尔斯利

通讯十三

亲爱的母亲：

这封信母亲看到时，不知是何情绪。——曾记得母亲有一个女儿，在母亲身畔二十年，曾招母亲欢笑，也曾惹母亲烦恼。六个月前，她竟横海去了。她又病了，在沙穰休息着。这封信便是她写的。

如今她自己寂然的在灯下，听见楼下悠扬凄婉的音乐，和阑旁许多女孩子的笑声，她只不出去。她刚复了几封国内朋友的信，她忽然心绪潮涌，是她到沙穰以来，第一次的惊心。人家问她功课如何，圣诞节曾到华盛顿纽约否，她不知所答。光阴从她眼前飞过，她一事无成，自己病着玩。

她如结的心，不知交给谁慰安好。——她倦弱的腕，在碎纸上纵横写了无数的“算未抵人间离别！”直到写了满纸，她自己才猛然惊觉，也不知这句从何而来！

母亲呵！我不应如此说，我生命中只有“花”，和“光”，和“爱”；我生命中只有祝福，没有诅咒。——但些时的怅惘，也该觉着罢！些时的悲哀而平静的思潮，永在祝福中度生活的我，已支持不住。看！小舟在怒涛中颠簸，失措的舟子，抱着樯杆，哀唤着“天妃”的慈号。我的心舟在起落万丈的思潮中震荡时，母亲！纵使你在万里外，写到“母亲”两个字在纸上时，我无主的心，已有了着落。

一月十夜

昨夜写到此处，护士进来催我去睡。当时虽有无限的哀怨，而一面未尝不深幸有她来阻止我，否则尽着我往下写，不宁的思潮之中，不知要创造出怎样感伤的话来！

母亲！今日沙穰大风雨，天地为白，草木低头。晨五时我已觉得早霞不是一种明媚的颜色，惨绿怪红，凄厉得可怖！只有八时光景，风雨漫天而来，大家从廊上纷纷走进自己屋里，拼命的推着关上门窗。白茫茫里，群山都看不见了。急雨打进窗纱，直击着玻璃，从窗隙中溅进来。狂风循着屋脊流下，将水洞中积雨，吹得喷泉一般的飞洒。我的烦闷，都被这惊人的风雨，吹打散了。单调的生活之

中，原应有个大破坏。——我又忽然想到此时如在约克逊舟上，太平洋里定有奇景可观。

我们的生活是太单调了，只天天随着钟声起卧休息。白日的生涯，还不如梦中热闹。松树的绿意总不改，四围山景就没有变迁了。我忽然恨松柏为何要冬青，否则到底也有个红白绿黄的更换点缀。

为着止水般无聊的生活，我更想弟弟们了！这里的女孩子，只低头刺绣。静极的时候，连针穿过布帛的声音都可以听见。我有时也绣着玩，但不以此为日课；我看点书，写点字，或是倚阑看村里的小孩子，在远处林外溜冰，或推小雪车。有一天静极忽发奇想，想买几挂大炮仗来放放，震一震这寂寂的深山，叫它发空前的回响。——这里，做梦也看不见炮仗。我总想得个发响的东西玩玩。我每每幻想有一管小手枪在手里，安上子弹，抬起枪来，一扳，砰的一声，从铁窗纱内穿将出去！要不然小汽枪也好……但这至终都是潜伏在我心中的幻梦。世界不是我一个人的，我不能任意的破坏沙穰一角的柔静与和平。

母亲！我童心已完全来复了。在这里最适意的，就是静悄悄的过个性的生活。人们不能随便来看，一定的时间和风雪的长途都限制了他们。于是我连一天两小时的无谓的周旋，有时都不必作。自己在门窗洞开，阳光满照的屋子里，或一角回廊上，三岁的孩子似的，一边忙忙的玩，一边呜呜的唱。有时对自己说些极痴鸩的话。休息时间内，偶然睡不着，就自己轻轻的为自己唱催眠的歌。——一切都完全了，只没有母亲在我旁边！

一切思想，也都照着极小的孩子的径路奔放发展：每天卧在床上，护士把我从屋里推出廊外的时候，我仰视着她，心里就当她是我的乳母，这床是我的摇篮。我凝望天空，有三颗最明亮的星星。轻淡的云，隐起一切的星辰的时候，只有这三颗依然吐着光芒。其中的一颗距那两颗稍远，我当他是我的大弟弟，因为他稍大些，能够独立了。那两颗紧挨着，是我的二弟弟和小弟弟。他两个还小一点，虽然自己奔走游玩，却时时注意到其他的一个，总不敢远远跑开。他们知道自己的弱小，常常是守望相助。

这三颗星总是第一班从暮色中出来，使我最先看见，也是末一班在晨曦中隐去，在众星之后，和我道声“暂别”；因此发起了我的爱怜系恋，便白天也能忆起他们来。起先我有意在星辰的书上，寻求出他们的名字，时至今日，我不想寻求了，我已替他们起了名字，他们的总名是“兄弟星”，他们各颗的名字，就是我的三个弟弟的名字。

小弟弟呵，
我灵魂中三颗光明喜乐的星。
温柔的，
　　无可言说的，
　　灵魂深处的孩子呵！

——《繁星》四

如今重忆起来，不知是说弟弟，还是说星星！——自此推想下去，静美的月亮，自然是母亲了。我半夜醒来，开眼看见她，高高的在天上，如同俯着看我，我就欣慰，我又安稳的在她的爱光中睡去。早晨勇敢的灿烂的太阳，自然是父亲了。他从对山的树梢，雍容尔雅的上来，他又温和又严肃的对我说："又是一天了！"我就欢欢喜喜的坐起来，披衣从廊上走到屋里去。

此外满天的星宿，那是我的一切亲爱的人。这样便同时爱了星星，也爱了许多姊妹朋友。——只有小孩子的思想是智慧的，我愿永远如此想；我也愿永远如此信！

窗外仍是狂风雨，我偶然忆起一首诗：题目是《小神秘家》，是 Louis Untermeyer 做的，我录译于下；不知当年母亲和我坐守风雨的时候，我也曾说过这样如痴如慧的话没有？

The Young Mustic
We sat together close and warm，
　My little tired boy and I——
　Watching across the evening sky
The coming of the storm.
No rumblings rose，no thunders crashed，
　The west-wind searcelly sang aloud;
　But from a huge and solid cloud
　The summer lightning flashed，
And then he whispered，"Father，watch;
　I think God's going to light his moon" ——
　"And when，my boy" —— "Oh very soon:
I saw him strike a match!"

大意是：

我的困倦的儿子和我——
　很暖和的相挨的坐着，
　凝望着薄暮天空，
风雨正要来到。

没有隆隆的雷响，
　西风也不着意的吹；
　只在屯积的浓云中，
有电光闪烁。

这时他低声对我说："父亲，看看；
　我想上帝要点上他的月亮了——"
　"孩子，什么时候呢——""呀，快了。
我看见他划了取灯儿！"

风雨仍不止。山上的雪，雨打风吹，完全融化了。下午我还要写点别的文字，我在此停住了。母亲，这封信我想也转给小朋友们看一看，我每忆起他们，就觉得欠他们的债。途中通讯的碎稿，都在闭壁楼的空屋里锁着呢。她们正百计防止我写字，我不敢去向她们要。我素不轻许愿，无端破了一回例，遗我以日夜耿耿的心；然而为着小孩子，对于这次的许愿，我不曾有半星儿的追悔。只恨先忙后病的我对不起他们。——无限的乡心，与此信一齐收束起，母亲，真个不写了，海外山上养病的女儿，祝你万万福！

冰心

一九二四年一月十一日，青山沙穰

通讯十四

我的小朋友：

黄昏睡起，闲走着绕到西边回廊上，看一个病的女孩子。站在她床前说着话儿的时候，抬头看见松梢上一星朗耀，她说："这是你今晚第一颗见到的星儿，对它祝说你的愿望罢！"——同时她低低的度着一支小曲，是：

Star light
Star bright
First star I see tonight
Wish I may
Wish I might
Have the wish I wish to might

小朋友：这是一支极柔媚的儿歌。我不想翻译出来。因为童谣完全以音韵见长，一翻成中国字，念出来就不好听，大意也就是她对我说的那两句话。——倘若你们自己能念，或是姊姊哥哥，姑姑母亲，能教给你们念，也就更好。——她说到此，我略不思索，我合掌向天说："我愿万里外的母亲，不太为平安快乐的我忧虑！"

扣计今天或明天，就是我母亲接到我报告抱病入山的信之日，不知大家如何商量谈论，长吁短叹；岂知无知无愁的我，正在此过起止水浮云的生活来了呢！

去年十二月十九日，我寄给国内朋友一封信，我说："沙穰疗养院，冷冰冰如同雪洞一般。我又整天的必须在朔风里。你们围炉的人，怎知我正在冰天雪地中，与造化挣命！"如今想起，又觉得那话说得太无谓，太怨望了，未曾听见挣命有如今这般温柔的挣法！

生，老，病，死，是人生很重大而又不能避免的事。无论怎样高贵伟大的人，对此切己的事，也丝毫不能为力。这时节只能将自己当作第三者，旁立静听着造化的安排。小朋友，我凝神看着造化轻舒慧腕，来安排我的命运的时候，我忍不住失声赞叹他深思和玄妙。

往常一日几次匆匆走过慰冰湖，一边看晚霞，一边心里想着功课。偷闲划舟，抬头望一望滟滟的湖波，低头看滴答滴答消磨时间的手表，心灵中真是太苦了，然而万没有整天的放下正事来赏玩自然的道理。造物者明明在上，看出了我的隐情，眉头一皱，轻轻的赐予我一场病，这病乃是专以抛撇一切，游泛于自然海中为治疗的。

如今呢？过的是花的生活，生长于光天化日之下，微风细雨之中；过的是鸟的生活，游息于山巅水涯，寄身于上下左右空气环围的巢床里；过的是水的生活，自在的潺潺流走；过的是云的生活，随意的袅袅卷舒。几十页几百页绝妙的诗和诗话，拿起来流水般当功课读的时候，是没有的了。如今不再干那愚拙煞风景的事，如今便四行六行的小诗，也慢慢的拿起，反复吟诵，默然深思。

我爱听碎雪和微雨，我爱看明月和星辰，从前一切世俗的烦忧，占积了我的灵府。偶然一举目，偶然一倾耳，便忙忙又收回心来，没有一次任它奔放过。如今呢，我的心，我不知怎样形容它，它如蛾出茧，如鹰翔空……

碎雪和微雨在檐上，明月和星辰在阑旁，不看也得看，不听也得听，何况病中的我，应以它们为第二生命。病前的我，愿以它们为第二生命而不能的呢？

这故事的美妙，还不止此，——“一天还应在山上走几里路”，这句话从滑稽式的医士口中道出的时候，我不知应如何的欢呼赞美他！小朋友！漫游的生涯，从今开始了！

山后是森林仄径，曲曲折折的在日影掩映中引去，不知有多少远近。我只走到一端，有大岩石处为止。登在上面眺望，我看见满山高高下下的松树。每当我要缥缈深思的时候，我就走这一条路。独自低首行来，我听见干叶枯枝，槭槭楂楂在树巅相语。草上的薄冰，踏着沙沙有声，这时节，林影沉荫中，我凝然黯然，如有所戚。

山前是一层层的大山地，爽阔空旷，无边无限的满地朝阳。层场的尽处，就是一个大冰湖，环以小山高树，是此间小朋友们溜冰处。我最喜在湖上如飞的走过。每逢我要活泼天机的时候，我就走这一条路。我沐着微暖的阳光，在树根下坐地，举目望着无际的耀眼生花的银海。我想天地何其大，人类何其小。当归途中冰湖在我足下溜走的时候，清风过耳，我欣然超然，如有所得。

三年前的夏日在北京西山，曾写了一段小文字，我不十分记得了，大约是：

只有早晨的深谷中
可以和自然对语。
　计划定了
　　岩石点头
　　草花欢笑。
造物者！
　在我们星驰的前途
　　路站上
再遥遥的安置下
　几个早晨的深谷！

原来，造物者为我安置下的几个早晨的深谷，却在离北京数万里外的沙穰，我何其“无心”，造物者何其“有意”？——我还忆起，有“空谷足音”，和杜甫的“绝代有佳人，幽居在空谷”的一首诗，小朋友读过么？我翻来覆去的背诵，只忆得“绝代有佳人，幽居在空谷；自云良家子，零落依草木……摘花不插发，采柏动盈掬——天寒翠袖薄，日暮倚修行”这八句来。黄昏时又去了。那时想起的，有“前不见古人，后不见来者，念天地之悠悠，独怆然而涕下。”归途中又诵“云无心以出岫，鸟倦飞而知还。景翳翳以将入，抚孤松而盘桓。”小朋友，愿你们用心读古人书，他们常在一定的环境中，说出你心中要说的话！

春天已在云中微笑，将临到了。那时我更有温柔的消息，报告你们。我逐日远走开去，渐渐又发现了几处断桥流水。试想看，胸中无一事留滞，日日南北东西，试揭自然的帘幕，蹑足走入仙宫……

这样的病，这样的人生，小朋友，请为我感谢。我的生命中是只有祝福，没有咒诅！

安息的时候已到，卧看星辰去了。小朋友，我以无限欢喜的心，祝你们多福。

冰心

一九二四年一月十五日夜，沙穰

广厅上，四面绿帘低垂。几个女孩子，在一角窗前长椅上，低低笑语。一角话匣子里奏着轻婉的提琴。我在当中的方桌上，写这封信。一个女孩子坐在对面为我画像，她时时唤我抬头看她。我听一听提琴和人家的笑语，一面心潮缓缓流动，一面时时停笔凝神。写完时重读一过，觉得太无次序了，前言不对后语的。然而的确是欢乐的心泉流过的痕迹，不复整理，即付晚邮。

通讯十六

二弟冰叔：

接到你两封冗长而恳挚的信，使我受了无限的安慰。是的！“从松树隙间穿过的阳光，就是你弟弟问安的使者；晚上清凉的风，就是骨肉手足的慰语！”好弟弟！我喜爱而又感激你的满含着诗意的慰安的话！

出乎意外的又收到你赠我的《历代名人词选》，我喜欢到不可言说。父亲说恐怕我已有了，我原有一部《古今词选》，放在闭璧楼的书架上了。可恨我一写信要中国书，她们便有百般的阻拦推托，好像凡是中国书都是充满着艰深的哲理，一看就费人无限的脑力似的。

不忍十分的违反她们的好意，我终于反复的只看些从病院中带来的短诗了。我昨夜收到词选，珍重的一页一页的看着，一面想，难得我有个知心的小弟弟。

这部词，选得似乎稍偏于纤巧方面，错字也时时发现。但大体说起来，总算很好。

你问我去国前后，环境中诗意哪处更足？我无疑地要说："自然是去国后!"在北京城里，不能晨夕与湖山相对，这是第一条件。再一事，就是客中的心情，似乎更容易融会诗句。

离开黄浦江岸，在太平洋舟中，青天碧海，独往独来之间，我常常忆起"海水直下万里深，谁人不言此离苦"两句。因为我无意中看到同舟众人，当倚阑俯视着船头飞溅的浪花的时候，眉宇间似乎都含着凄恻的意绪。

到了威尔斯利，慰冰湖更是我的唯一的良友。或是水边，或是水上，没有一天不到的。母亲寿辰的前一日，又到湖上去了，临水起了乡思，忽然忆起左辅的"浪淘沙"词：

水软橹声柔，
草绿芳洲，
碧桃几树隐红楼；
者是春山魂一片，
招入孤舟。
乡梦不曾休，
惹甚闲愁？
忠州过了又涪州；
掷与巴江流到海，
切莫回头！

觉得情景悉合，随手拾起一片湖石，用小刀刻上"乡梦不曾休，惹甚闲愁？"两句，远远地抛入湖心里。自己便头也不回的走转来。这片小石，自那日起，我信它永在湖心，直到天地的尽头。只要湖水不枯，湖石不烂，我的一片寄托此中的乡心，也永古不能磨灭的！

美国人家，除城市外，往往依山傍水，小巧精致，窗外篱旁，杂种着花草，真合"是处人家，绿深门户"词意。只是没有围墙，空阔有余，深邃不足。路上行人，隔窗可望见翠袖红妆，可听见琴声笑语。词中之"斜阳却照深深院"，"庭院深深深几许"，"不卷珠帘，人在深深处"，"墙内秋千墙外道"，"银汉是红墙，一带遥相隔”等句，在此都用不着了！

田野间林深树密，道路也依着山地的高下，曲折蜿蜒的修来，天趣盎然。想春来野花遍地之时，必是更幽美的。只是逾山越岭的游行，再也看不见一带城墙僧寺。“曲径通幽处，禅房草木深”，“花宫仙梵远微微，月隐高城钟漏稀”，“一片孤城万仞山”，“饮将闷酒城头睡”，“长烟落日孤城闭”，“帘卷疏星庭户悄，隐隐严城钟鼓”等句，在此又都用不着了！

总之，在此处处是“新大陆”的意味，遍地看出鸿蒙初辟的痕迹。国内一片苍古庄严，虽然有的只是颓废剥落的城垣宫殿，却都令人起一种“仰首欲攀低首拜”之思，可爱可敬的五千年的故国呵！

回忆去夏南下，晨过苏州，火车与城墙并行数里。城内湿烟蒙蒙，护城河里系着小舟，层塔露出城头，竟是一幅图画。那时我已想到出了国门，此景便不能再见了！

说到山中的生活，除了看书游山，与女伴谈笑之外，竟没有别的日课。我家灵运公的诗，如“寝瘵谢人徒，绝迹入云峰，岩壑寓耳目，欢爱隔音容”，以及“昔余游京华，未尝废丘壑，矧乃归山川，心迹双寂寞……卧疾丰暇豫，翰墨时间作，怀抱观古今，寝食展戏谑……万事难并欢，达生幸可托”等句，竟将我的生活描写尽了，我自己更不须多说！

又猛忆起杜甫的“思家步月清宵立，忆弟看云白日眠”和苏东坡的“因病得闲殊不恶，安心是药更无方”，对我此时生活而言，直是一字不可移易！青山满山是松，满地是雪，月下景物清幽到不可描画。晚餐后往往至楼前小立，寒光中自不免小起乡愁。又每日午后三时至五时是休息时间，白天里如何睡得着？自然只卧看天上云起，尤往往在此时复看家书，联带的忆到诸弟。——冰仲怕我病中不能多写通讯，岂知我病中较闲，心境亦较清，写的倒比平时多。又我自病后，未曾用一点药饵，真是“安心是药更无方”了。

多看古人句子，令自己少写好些。一面欣与古人契合，一面又有“恨不踊身千载上，趁古人未说吾先说”之叹。——说的已多了，都是你一部词选，引我掉了半天书袋，是谁之过呢？一笑！

青山真有美极的时候。二月七日，正是五天风雪之后，万株树上，都结上一层冰壳。早起极光明的朝阳从东方捧出，照得这些冰树玉枝，寒光激射。下楼微步雪林中曲折行来，偶然回顾，一身自冰玉丛中穿过。小楼一角，隐隐看见我的帘幕。虽然一般的高处不胜寒，而此琼楼玉宇，竟在人间，而非天上。

九日晨同女伴乘雪橇出游。双马飞驰，绕遍青山上下。一路林深处，冰枝拂衣，脆折有声。白雪压地，不见寸土，竟是洁无纤尘的世界。最美的是冰珠串结在野樱桃枝上，红白相间，晶莹向日，觉得人间珍宝，无此璀璨！

途中女伴遥指一发青山，在天末起伏。我忽然想真个离家远了，连青山一发，也不是中原了。此时忽觉悠然意远。——弟弟！我平日总想以“真”为写作的惟一条件，然而算起来，不但是去国以前的文字不“真”，就是去国以后的文字，也没有尽“真”的能事。

我深确的信不论是人情，是物景，到了“尽头”处，是万万说不出来，写不出来的。纵然几番提笔，几番欲说，而语言文字之间，只是搜寻不出配得上形容这些情绪景物的字眼，结果只是搁笔，只是无言。十分不甘泯没了这些情景时，只得随意描摹几个字，稍留些印象。甚至于不妨如古人之结绳记事一般，胡乱画几条墨线在纸上。只要他日再看到这些墨迹时，能在模糊缥缈的意境之中，重现了一番往事，已经是满足有余的了。

去国以前，文字多于情绪。去国以后，情绪多于文字。环境虽常是清丽可写，而我往往写不出。辛幼安的一支“罗敷媚”说：

少年不识愁滋味，
爱上层楼，
爱上层楼，
为赋新词强说愁。
而今识得愁滋味，
欲说还休，
欲说还休，
却道天凉好个秋。

真看得我寂然心死。他虽只说“愁”字，然已盖尽了其他种种一切！——真不知文字情绪不能互相表现的苦处，受者只有我一个人，或是人人都如此？

北京谚语说：“八月十五云遮月，正月十五雪打灯。”去年中秋，此地不曾有月。阴历十四夜，月光灿然。我正想东方谚语，不能适用于西方天象，谁知元宵夜果然雨雪霏霏。十八夜以后，夜夜梦醒见月。只觉空明的枕上，梦与月相续。最好是近两夜，醒时将近黎明，天色碧蓝，一弦金色的月，不远对着弦月凹处，悬着一颗大星。万里无云的天上，只有一星一月，光景真是奇丽。

元夜如何？——听说醉司命夜，家宴席上，母亲想我难过。你们几个兄弟倒会一人一句的笑语慰藉，真是灯草也成了拄杖了！喜笑之余，并此感谢。

纸已尽，不多谈。——此信我以为不妨转小朋友一阅。

冰心

一九二四年三月一日，青山沙穰

通讯十七

小朋友：

健康来复的路上，不幸多歧，这几十天来懒得很；雨后偶然看见几朵浓黄的蒲公英，在匀整的草坡上闪烁，不禁又忆起一件事。

一月十九晨，是雪后浓阴的天。我早起游山，忽然在积雪中，看见了七八朵大开的蒲公英。我俯身摘下握在手里，——真不知这平凡的草卉，竟与梅菊一样的耐寒。我回到楼上，用条黄丝带将这几朵缀将起来，编成王冠的形式。人家问我做什么，我说："我要为我的女王加冕。"说着就随便的给一个女孩子戴上了。

大家欢笑声中，我只无言的卧在床上——我不是为女王加冕，竟是为蒲公英加冕了。蒲公英虽是我最熟识的一种草花，但从来是被人轻忽，从来是不上美人头的。今日因着情不可却，我竟让她在美人头上，照耀了几点钟。

蒲公英是黄色，叠瓣的花，很带着菊花的神意，但我也不曾偏爱她。我对于花卉是普遍的爱怜。虽有时不免喜欢玫瑰的浓郁，和桂花的清远，而在我忧来无方的时候，玫瑰和桂花也一样的成粪土。在我心情怡悦的一刹那顷，高贵清华的菊花，也不能和我手中的蒲公英来占夺位置。

世上的一切事物，只是百千万面大大小小的镜子，重叠对照，反射又反射；于是世上有了这许多璀璨辉煌，虹影般的光彩。没有蒲公英，显不出雏菊；没有平凡，显不出超绝。而且不能因为大家都爱雏菊，世上便消灭了蒲公英；不能因为大家都敬礼超人，世上便消灭了庸碌。即使这一切都能因着世人的爱憎而生灭，只恐到了满山满谷都是菊花和超人的时候，菊花的价值，反不如蒲公英，超人的价值，反不及庸碌了。

所以世上一物有一物的长处，一人有一人的价值。我不能偏爱，也不肯偏憎。悟到万物相衬托的理，我只愿我心如水，处处相平。我愿菊花在我眼中，消失了她的富丽堂皇，蒲公英也解除了她的局促羞涩，博爱的极端，翻成淡漠。但这种普遍淡漠的心，除了博爱的小朋友，有谁知道？

书到此，高天萧然，楼上风紧得很，再谈了，我的小朋友！

冰心

一九二四年五月九日，沙穰疗养院

通讯十九

小朋友：

离青山已将十日了，过了这些天湖海的生涯，但与青山别离之情，不容不告诉你。

美国的佳节，被我在病院中过尽了！七月四号的国庆日，我还想在山中来过。山中自然没有什么，只儿童院中的小朋友，于黄昏时节，曾插着红蓝白三色的花，戴着彩色的纸帽子，举着国旗，整队出到山上游行，口里唱着国歌，从我们楼前走过的时候，我们曾鼓掌欢迎他们。

那夜大家都在我楼上话别，只是黯然中的欢笑。——睡下的时候，我忽然觉得上下的衾单上，满了石子似的多刺的东西，拿出一看，却是无数新生的松子，幸而针刺还软，未曾伤我，我不觉失笑。我们平时，戏弄惯了，在我行前之末一夜，她们自然要尽量的使一下促狭。

大家笑着都奔散了。我已觉倦，也不追逐她们，只笑着将松子纷纷的都掠在地下。衾枕上有了松枝的香气！怪不得她们促我早歇，原来还有这一出喜剧！我卧下，只不曾睡，看着沙穰村中喷起一丛一丛的烟火，红光烛天。今天可听见鞭炮了，我为之怡然。

第二天早起，天气微阴。我绝早起来，悄然的在山中周行。每一棵树，每一丛花，每一个地方，有我埋存手泽之处，都予以极诚恳爱怜之一瞥。山亭及小桥流水之侧，和万松参天的林中，我曾在此流过乡愁之泪，曾在此有清晨之默坐与诵读，有夫人履——（Lady Slipper）和露之采撷，曾在此写过文章与书函。沙穰在我，只觉得弥漫了闲散天真的空气。

黄昏时之一走，又赚得许多眼泪。我自己虽然未曾十分悲惨，也不免黯然。女伴们雁行站在门边，一一握手，纷纷飞扬的白巾之中，听得她们摇铃送我，我看得见她们依稀的泪眼。人生奈何到处是离别？

车走到山顶，我攀窗回望，绿丛中白色的楼屋，我的雪宫，渐从斜阳中隐过。病因缘从今斩断，我倏忽的生了感谢与些些“来日大难”的悲哀！

我曾对朋友说，沙穰如有一片水，我对她的留恋，必不止此。而她是单纯真朴，她和我又结的是护持调理的因缘，仿佛说来，如同我的乳母。我对她之情，深不及母亲，柔不及朋友，但也有另一种自然的感念。

沙穰还彻底的予我以几种从前未有的经验如下：

第一是“弱”。绝对的静养之中，眠食稍一反常，心理上稍有刺激，就觉得精神全隳，温度和脉跃都起变化。我素来不十分信“健康之精神寓于健康之身体”，尤往往从心所欲，过度劳乏了我的身躯。如今理会得身心相关的密切，和病弱扰乱了心灵的安全，我便心悦诚服的听从了医士的指挥。结果我觉得心力之来复，如水徐升。小朋友中有偏重心灵方面之发展与快意的么？望你听我，不蹈此覆辙！

第二是“冷”。冷得真有趣！更有趣的是我自己毫不觉得，只看来访的朋友们的瑟缩寒战，和他们对于我们风雪中户外生活之惊奇，才知道自己的“冷”。冷到时只觉得一阵麻木，眼珠也似乎在冻着，双手互握，也似乎没有感觉。然而我愿小朋友听得见我们在风雪中的欢笑！冻凝的眼珠，还是看书，没有感觉的手，还在写字。此外雪中的拖雪橇，逆风的游行，松树都弯曲着俯在地下，我们的脸上也戴上一层雪面具；自膝以下埋在雪里。四望白茫茫之中，我要骄傲的说，“好的呀！三个月绝冷的风雪中的驱驰，我比你们温炉暖屋，‘雪深三尺不知寒’的人，多练出一些勇敢！”

夜中月明，寒光浸骨，双颊如抵冰块。月下的景物都如凝住，不能转移。天上的冷月冻云，真冷得璀璨！重衾如铁，除自己骨和肉有暖意外，天上人间四周一切都是冷的。我何等的愿在这种光景之中呵，我以为惟有鱼在水里可以比拟。睡到天明，衾单近呼吸呵气处都凝成薄冰。掀衾起坐，雪纷纷坠，薄冰也迸折有声。真有趣呵，我了解“红泪成冰”的词句了。

第三是“闲”。闲得却有时无趣，但最难得的是永远不预想明日如何。我们的生活如印板文字，全然相同的一日一日的悠然过去。病前的苦处，是“预定”，往往半个月后的日程，早已安排就。生命中，岂容有这许多预定，乱人心曲？西方人都永远在预定中过生活，终日匆匆忙忙的，从容宴笑之间，往往有“心焉不属”的光景。我不幸也曾陷入这种漩涡！沙穰的半年，把“预定”两字，轻轻的从我的字典中删去，觉得有说不出的愉快。

“闲”又予我以写作的自由，想提笔就提笔，想搁笔就搁笔。这种流水行云的写作态度，是我一生所未经，沙穰最可纪念处也在此！

第四是“爱”与“同情”。我要以最庄肃的态度来叙述此段。同情和爱，在疾病忧苦之中，原来是这般的重大而慰藉！我从来以为同情是应得的，爱是必得的，便有一种轻藐与忽视。然而此应得与必得，只限于家人骨肉之间。因为家人骨肉之爱，是无条件的，换一句话说，是以血统为条件的。至于朋友同学之间，同情是难得的，爱是不可必得的，幸而得到，那是施者自己人格之伟大！此次久病客居，我的友人的馈送慰问，风雪中殷勤的来访，显然的看出不是敷衍，不是勉强。至于泛泛一面的老夫人们，手抱着花束，和我谈到病情，谈到离家万里，我还无言，她已坠泪。这是人类之所以为人类，世界之所以成世界呵！我一病何足惜？

病中看到人所施于我，病后我知何以施于人。一病换得了“施于人”之道，我一病真何足惜！

“同病相怜”这一句话何等真切？院中女伴的互相怜惜，互相爱护的光景，都使人有无限之赞叹！一个女孩子体温之增高，或其他病情上之变化，都能使全院女伴起了吁嗟。病榻旁默默的握手，慰言已尽，而哀怜的眼里，盈盈的含着同情悲悯的泪光！来从四海，有何亲眷？只一缕病中爱人爱己，知人知己之哀情，将这些异国异族的女孩儿亲密的联在一起。谁道爱和同情，在生命中是可轻藐的呢？

爱在右，同情在左，走在生命路的两旁，随时撒种，随时开花，将这一径长途，点缀得香花弥漫，使穿枝拂叶的行人，踏着荆棘，不觉得痛苦，有泪可落，也不是悲凉。

初病时曾戏对友人说：“假如我的死能演出一出悲剧，那我的不死，我愿能演一出喜剧！”在众生的生命上，撒下爱和同情的种子，这是否演出喜剧呢，我将于此下深思了！

总之，生命路愈走愈远，所得的也愈多。我以为领略人生，要如滚针毡，用血肉之躯去遍挨遍尝，要它针针见血！离合悲欢，不尽其致时，觉不出生命的神秘和伟大。我所经历真不足道！且喜此关一过，来日方长，我所能告诉小朋友的，将来或不止此。

屋中有书三千卷，琴五六具，弹的拨的都有，但我至今未曾动它一动。与水久别，此十日中我自然尽量的过湖畔海边的生活。水上归来，只低头学绣，将在沙穰时淘气的精神，全部收起。我原说过，只有无人的山中，容得童心的再现呵！

大西洋之游，还有许多可纪。写的已多了，留着下次说罢。祝你们安乐！

冰心

一九二四年七月十四日，默特佛

通讯二十

小朋友：

水畔驰车，看斜阳在水上泼散出的闪烁的金光，晚风吹来，春衫嫌薄。这种生涯，是何等的宜于病后呵！

在这里，出游稍远便可看见水。曲折行来，道滑如拭。重重的树荫之外，不时倏忽的掩映着水光。我最爱的是玷池（Spot Pond），称她为池真委屈了，她比小的湖还大呢！——有三四个小岛在水中央，上面随意地长着小树。池四围是丛林，绿意浓极。每日晚餐后我便出来游散，缓驰的车上，湖光中看遍了美人芳草！——真是“水边多丽人”。看三三两两成群携手的人儿，男孩子都去领卷袖，女孩子穿着颜色极明艳的夏衣，短发飘拂，轻柔的笑声，从水面，从晚风中传来，非常的浪漫而潇洒。到此猛忆及曾皙对孔子言志，在“暮春者”之后，“浴乎沂风乎舞雩”之前，加上一句“春服既成”，遂有无限的飘扬态度，真是千古隽语！

此外的如玄妙湖（Mystic Lake），侦池（Spy Pond），角池（Horn Pond）等处，都是很秀丽的地方。大概湖的美处在“明媚”。水上的轻风，皱起万叠微波，湖畔再有芊芊的芳草，再有青青的树林，有平坦的道路，有曲折的白色阑干，黄昏时便是天然的临眺乘凉的所在。湖上落日，更是绝妙的画图。夜中归去，长桥上两串徐徐互相往来移动的灯星，颗颗含着凉意。若是明月中天，不必说，光景尤其宜人了！

前几天游大西洋滨岸（Revere Beach），沙滩上游人如蚁。或坐或立，或弄潮为戏，大家都是穿着泅水衣服。沿岸两三里的游艺场，乐声沨沨，人声嘈杂。小孩子们都在铁马铁车上，也有空中旋转车，也有小飞艇，五光十色的。机关一动，都纷纷奔驰，高举凌空。我看那些小朋友们都很欢喜得意的！

这里成了“人海”，如蚁的游人，盖没了浪花。我觉得无味。我们捩转车来，直到娜罕（Nahant）去。

渐渐的静了下来。还在树林子里，我已迎到了冷意侵人的海风。再三四转，大海和岩石都横到了跟前！这是海的真面目呵。浩浩万里的蔚蓝无底的洪涛，壮厉的海风，蓬蓬的吹来，带着腥咸的气味。在闻到腥咸的海味之时，我往往忆及童年拾卵石贝壳的光景，而惊叹海之伟大。在我抱肩迎着吹人欲折的海风之时，才了解海之所以为海，全在乎这不可御的凛然的冷意！

在嶙峋的大海石之间，岩隙的树荫之下，我望着卵岩（Egg Rock），也看见上面白色的灯塔。此时静极，只几处很精致的避暑别墅，悄然的立在断岩之上。悲壮的海风，穿过丛林，似乎在奏“天风海涛”之曲。支颐凝坐，想海波尽处，是群龙见首的欧洲，我和平的故乡，比这可望不可即的海天还遥远呢！

故乡没有这明媚的湖光，故乡没有汪洋的大海，故乡没有葱绿的树林，故乡没有连阡的芳草。北京只是尘土飞扬的街道，泥泞的小胡同，灰色的城墙，流汗的人力车夫的奔走。我的故乡，我的北京，是一无所有！

小朋友，我不是一个乐而忘返的人，此间纵是地上的乐园，我却仍是“在客”。我寄母亲信中曾说：

……北京似乎是一无所有！——北京纵是一无所有，然已有了我的爱。有了我的爱，便是有了一切！灰色的城围里，住着我最宝爱的一切的人。飞扬的尘土呵，何时容我再嗅着我故乡的香气……

易卜生曾说过："海上的人，心潮往往和海波一般的起伏动荡"。而那一瞬间静坐在岩上的我的思想，比海波尤加一倍的起伏。海上的黄昏星已出，海风似在催我归去。归途中很怅惘。只是还买了一筐新从海里拾出的蛤蜊。当我和车边赤足捧筐的孩子问价时，他仰着通红的小脸笑向着我。他岂知我正默默的为他祝福，祝福他终身享乐此海上拾贝的生涯！

谈到水，又忆起慰冰来。那天送一位日本朋友回南那铁（South Natick）去，道经威尔斯利。车驰穿校址，我先看见圣卜生疗养院，门窗掩闭的凝立在山上。想起此中三星期的小住，虽仍能微笑，我心实凄然不乐。再走已见了慰冰湖上闪烁的银光，我只向她一瞥眼。闭璧楼塔院等等也都从眼前飞过。年前的旧梦重寻，中间隔以一段病缘，小朋友当可推知我黯然的心理！

又是在行色匆匆里，一两天要到新汉寿（New Hampshire）去。似乎又是在山风松涛之中，到时方可知梗概。晚风中先草此，暑天宜习静，愿你们多写作！

冰心

一九二四年七月二十二日，默特佛

通讯二十二

亲爱的小读者：

每天黄昏独自走到山顶看日落，便看见戚叩落亚（Chocorua）的最高峰。全山葱绿，而峰上却稍赤裸，露出山骨。似乎太高了，天风劲厉，不容易生长树木。天边总统山脉（Presidential Range）中诸岭蜿蜒，华盛顿（Washington），麦迭生（Madison）众山重叠相映。不知为何，我只爱看戚叩落亚。

餐桌上谈起来了，C夫人告诉我戚叩落亚是个美洲红人酋长，因情不遂，登最高峰上坠崖自杀。戚叩落亚山便因他命名。她说着又说她记忆不真，最好找一找书看看。我也以山势"英雄"而戚叩落亚死的太"儿女"为恨。今天从书架上取下一本书叫做白岭（The White Mountains）的，看了一遍。关于戚叩落亚的死因，与C夫人说的不同，我觉得这故事不妨说给小朋友听听！

书上说："戚叩落亚可称为新英格兰一带最秀丽最堪入画之高山。"——新英格兰系包括美东 Maine，N. H，Mass，R. I.，Vermont，Coun.，六省而言，是英国殖民初登岸处，故名。——"高三千五百四十尺，山上有泉，山间有河，山下有湖。新汉寿诸山之中，没有比它再含有美术的和诗的意味的了。

“戚叩落亚山是从一个红人酋长得名。这个酋长被白人杀死于是山的最高峰下。传说不一，一说在罗敷窝（Lovewell）一战之后，红人都向坎拿大退走，只有戚叩落亚留恋故乡和他祖宗的坟墓，不肯与族人同去。他和白人友善，特别的与一个名叫康壁（Campbell）的交好。戚叩落亚只有一个儿子，他一生的爱恋和希望，都倾注在这儿子身上。偶然有一次因着族人会议的事，他须到坎拿大去。他不忍使这儿子受长途风霜之苦，便将他交托给康壁，自己走了。他的儿子在康壁家中，备受款待。只一天，这孩子无意中寻到一瓶毒狐的药，他好奇心盛，一口气喝了下去。等到戚叩落亚回来，只得到他儿子死了葬了的消息！这误会的心碎的酋长，在他负伤的灵魂上，深深刻下了复仇的誓愿。这一天康壁从田间归来，看见他妻和子的尸身，纵横的倒在帐篷的内外。康壁狂奔出去寻觅戚叩落亚，在山巅将他寻见了。正在他发狂似的向白人诅咒的时候，康壁将他射死于最高峰下。

“又一说，戚叩落亚是红人族中的神觋。他的儿子与康壁相好，不幸以意外之灾死在康壁家里。以下的便与上文相同。

“又一说，戚叩落亚是个无罪无猜的红酋，对白人尤其和蔼。只因那时麻撒出色（Massachusetts）百姓，憎恶红人，在波士顿征求红人之首，每头颁报以百金。于是有一群猎者，贪图巨利，追逐这无辜的红酋，将他乱枪射死于最高峰下！

“英雄的戚叩落亚，在他将死未绝之时，张目扬齿，狂呼的诅咒说：‘灾祸临到你们了，白人呵！我愿巨灵在云间发声，其言如火，重重的降罚给你们。我戚叩落亚有一个儿子，而你们在光天化日之下，将他杀死！我愿闪电焚灼你们的肉体，愿暴风与烈火扫荡你们的居民！愿恶魔吹死气在你们的牛羊身上！愿你们的坟墓沦为红人的战场！愿虎豹狼虫吞噬你们的骨殖！我戚叩落亚如今到巨灵那里去，而我的诅咒却永远的追随着你们！’”

这故事于此终止了。书上说：“此后续来的移民，都不能安生居住，天灾人祸，相继而来；暴风雨，瘟疫，牛羊的死亡，红人的侵袭，岁岁不绝。然而在事实上，近山一带的居民，并未曾受红人之侵迫，只在此数十年中不能牧养牲畜，牛羊死亡相继。大家都归咎于戚叩落亚的诅词。后经科学者的试验，乃是他们饮用的水中，含有石灰质的缘故。

“戚叩落亚的坟墓，传说是在东南山脚下，但还没有确实寻到。”

每天黄昏独自走到山顶看日落，看夕阳自戚叩落亚的最高峰尖下坠，其红如火！连那十八世纪的老屋都隐在丛林之中时，大地上只山岭纵横，看不出一点文化文明之踪迹！这时我往往神游于数百年前，想此山正是束额插羽，奔走如飞的红人的世界。我微微的起了悲哀。红人身躯壮硕，容貌黝红而伟丽，与中国人种相似，只是不讲智力，受制被驱于白人，便沦于万劫不复之地！……

那天到康卫（Conway）去，在村店中买了一个小红泥人，金冠散发，首插绿羽，头上围着五色丝绦，腰间束带。我放他在桌上，给他起名叫戚叩落亚，纪念我对于戚叩落亚之追慕，及此次白岭之游。等到年终时节，我拟请他到中国一行，代我贺我母亲新春之喜。——匆此。

冰心

一九二四年八月六日，白岭

通讯二十三

冰季小弟：

这是清晨绝早的时候，朝日未出，朝露犹零，早餐后便又须离此而去。我以黯然的眼光望着白岭，却又不能不偷这匆匆言别的一早晨，写几个字给你。

只因昨夜在迢迢银河之侧，看见了织女星，猛忆起今天是故国的七月七夕，无数最甜柔的故事，最凄然轻婉的诗歌，以及应景的赏心乐事，都随此佳节而生。我远客他乡，把这些都睽违了，……这且不必管他！

我所要写的，是我们大家太缺少娱乐了。无精打采的娱乐，绝不能使人生润泽，事业进步。娱乐至少与工作有同等的价值，或者说娱乐是工作之一部分！

娱乐不是“消遣”。“消遣”两字的背后，隐隐的站着“无聊”。百无聊赖的时候，才有消遣；侘傺疾病的时候，才有消遣！对于国事，对于人生，灰心丧志的时候，才有消遣！试看如今一般人所谓的娱乐，是如何的昏乱，如何的无精打采？我决不以这等的娱乐为娱乐！真正的娱乐是应着真正的工作的要求而发生的，换言之，打起精神做真正的工作的人，才热烈的想望，或预备真正的娱乐！

当然的，中国人要有中国人的娱乐，我们有四千多年的故事，传说和历史。我们娱乐的时地和依据，至少比人家多出一倍。从新年说起罢，新年之后，有元宵。这千千万万的繁灯，作树下廊前的点缀，何等灿烂？舞龙灯更是小孩子最热狂最活泼的游戏。三月三日是古人修禊节，也便是我们绝好的野餐时期。流觞曲水，不但仿古人余韵，而且有趣。清明扫墓，虽不焚化纸钱，也可训练小孩子一种恭肃静默的对先人的敬礼；假如清明植树能名实相副，每人每年在祖墓旁边，种一棵小树，不到十年，我们中国也到处有了葱蔚的山林。五月五是特别为小孩子的节期，花花绿绿的香囊，五色丝，大家打扮小孩子。一年中只是这几天，觉得街头巷尾的小孩子，加倍喜欢！这天又是龙舟节，出去泛舟，或是两个学校间的竞渡，也是极好的日子。七月七，是女儿节，只这名字已有无限的温柔！凉夜风静，秋星灿然。庭中陈设着小几瓜果，遍延女伴，轻悄谈笑，仰看双星缓缓渡桥。小孩子满握着煮熟的蚕豆，大家互赠，小手相握，谓之“结缘”。这两字又何其美妙？我每以为“缘”之意想，十分精微，“缘”之一字，十分难译，有天意，有人情，有死生流转，有地久天长。苏子瞻赠他的弟弟子由诗，有“与君世世为兄弟，更结来生未了因。”小弟弟，我今天以这两语从万里外遥赠你了！

八月十五中秋节，满月的银光之下，说着蟾蜍玉兔的故事，何其清切？九月九重阳节，古人登高的日子，我们正好有远足旅行，游览名胜。国庆日不必说，尤须庆祝一下子，只因我觉得除却政治机关及商店悬旗外，家庭中纪念这节期的，似乎没有！

往下不再细说了。翻开古书看一看，如《帝京景物志》之类，还可找出许多有意思可纪念的娱乐的日子来。我觉得中国的节期，都比人家的清雅，每一节期都附以温柔，高洁的故事，惊才绝艳的诗歌，甚至于集会时的食品用器，如五月五的龙舟，粽子，七月七的蚕豆，八月十五的月饼，以及各节期的说不尽的等等一切……我们是一点不必创造。招集小孩子，故事现成，食品现成，玩具现成，要编制歌曲，供小孩的戏唱，也有数不尽的古诗，古文，古词为蓝本。古人供给我们这许多美好的材料，叫我们有最高尚的娱乐，如我们仍不知领略享受，真是太对不起了！

破除迷信，是件极好的事。最可惜的是迷信破除了以后，这些美好的节期，也随着被大家冷淡了下去。我当然不是提倡迷信，偶像崇拜和小孩子扮演神仙故事，截然的是两件事！

不能多写了。朝日已出，厨娘已忙着预备早餐。在今晚日落之前，我便可在一个小海岛之上，你可猜想我是如何的喜欢！我看《诗经》，最爱的是：“蒹葭苍苍，白露为霜，所谓伊人，在水一方……溯回从之，宛在水中央。”我最喜在“水中央”三字，觉得有说不出的飘荡与萦回！——自我开始旅行，除了日记及纸笔之外，半本书也没有带，引用各诗，也许错误，请你找找看。

预算在海上住到月圆时节。“海上生明月”的光景，我已预备下全副心情，供它动荡，那时如写得出，再写些信寄你。

你的姊姊

一九二四年八月七日，白岭

通讯二十七

小读者：

无端应了惠登大学（Wheaton College）之招，前天下午到梦野(Mansfield) 去。

到了车站，看了车表，才知从波士顿到梦野是要经过沙穰的，我忽然起了无名的怅惘！

我离院后回到沙穰去看病友已有两次。每次都是很惘然，心中很怯，静默中强作微笑。看见道旁的落叶与枯枝，似乎一枝一叶都予我以“转战”的回忆！这次不直到沙穰去，态度似乎较客观些，而感喟仍是不免！我记得以前从医院的廊上，遥遥的能看见从林隙中穿过的白烟一线的火车。我记住地点，凝神远望，果然看见雪白的楼瓦，斜阳中映衬得如同琼宫玉宇一般……

清晨七时从梦野回来，车上又瞥见了！早春的天气，朝阳正暖，候鸟初来。我记得前年此日，山路上我的飘扬的春衣！那时是怎样的止水停云般的心情呵！

小朋友！一病算得什么？便值得这样的惊心？我常常这般的问着自己。然而我的多年不见的朋友，都说我改了。虽说不出不同处在哪里，而病前病后却是迥若两人。假如这是真的呢？是幸还是不幸，似乎还值得低徊罢！

昨天回来后，休息之余，心中只怅怅的，念不下书去。夜中灯下翻出病中和你们通讯来看。小朋友，我以一身兼作了得胜者与失败者，两重悲哀之中，我觉得我禁不住有许多欲说的话！

看见过力士搏狮么？当他屏息负隅，张空拳于狰狞的爪牙之下的时候，他虽有震恐，虽有狂傲，但他决不暇有萧瑟与悲哀。等到一阵神力用过，倏忽中掷此百兽之王于死的铁门之内以后，他神志昏聩的抱头颓坐。在春雷般的欢呼声中，他无力的抬起眼来，看见了在他身旁鬣毛森张，似余残喘的巨物。我信他必忽然起了一阵难禁的战栗，他的全身没在微弱与寂寞的海里！

一败涂地的拿破仑，重过滑铁卢，不必说他有无限的忿激，太息与激昂！然而他的激感，是狂涌而不是深微，是一个人都可抵挡得住。而建了不世之功，退老闲居的惠灵吞，日暮出游，驱车到此战争旧地，他也有一番激感！他仿佛中起了苍茫的怅惘，无主的伤神。斜阳下独立，这白发盈头的老将，在百番转战之后，竟受不住这闲却健儿身手的无边萧瑟！悲哀，得胜者的悲哀呵！

小朋友，与病魔奋战期中的我，是怎样的勇敢与喜乐！我作小孩子，我作 Eskimo，我“足踏枯枝，静听着树叶微语”，我“试揭自然的帘幕，蹑足走入仙宫”。

如今呢，往事都成陈迹！我“终日矜持”，我“低头学绣”，我“如同缓流的水，半年来无有声响”。是的呵，“一回到健康道上，世事已接踵而来”！虽然我曾应许“我至爱的母亲”说：“我既绝对的认识了生命，我便愿低首去领略。我便愿遍尝了人生中之各趣；人生中之各趣，我便愿遍尝！——我甘心乐意以别的泪与病的血为贽，推开了生命的宫门。”我又应许小朋友说：“领略人生，要如滚针毡，用血肉之躯去遍挨遍尝，要它针针见血！……来日方长，我所能告诉小朋友的，将来或不止此。”而针针见血的生命中之各趣，是须用一片一片天真的童心去换来的。互相叠积传递之间，我还不知要预备下多少怯弱与惊惶的代价！我改了，为了小朋友与我至爱的母亲，我十分情愿屈服于生命的权威之下。然而我愿小朋友倾耳听一听这弱者，失败者的悲哀！

在我热情忠实的小朋友面前，略消了我胸中块垒之后，我愿报告小朋友一个大家欢喜的消息。这时我的母亲正在东半球数着月亮呢！再经过四次月圆，我又可在母亲怀里，便是小朋友也不必耐心的读我一月前，明日黄花的手书了！我是如何的喜欢呵！

小朋友，我觉得对不起！我又以悱恻的思想，贡献给你们。然而我的“诗的女神”只是一个满蕴着温柔，微带着忧愁的，就让她这样的抒写也好。

敬祝你们的喜乐与健康！

冰心

一九二六年三月十二日，娜安辟迦楼

再寄小读者

导读：

这是冰心写给小朋友们的一些信，共二十篇。这二十篇通讯最初陆续发表在《人民日报》、《儿童文学丛刊》、《儿童时代》这些刊物上。作者在这些通讯里面用的是孩子们熟悉的语言，她以一颗满是关怀的心教化孩子们，期望他们能树立正确的思想理念，还给孩子们讲了她到的一些国家和她在异国的一些见闻。文中她赞扬已逝的母亲，难掩对母亲的怀念。面对着新中国的建立，看着祖国发生的翻天覆地的变化，她胸中充满了希望和欣喜。她对孩童身心的关心一如既往，并殷切企盼着孩子们能够健康快乐地成长。

通讯一

似曾相识的小朋友们：

先感谢《人民日报》副刊编辑的一封信，再感谢中国作协的号召，把我的心又推进到我的心窝里来了！

二十几年来，中断了和你们的通讯，真不知给我自己带来了多少的惭愧和烦恼。我有许多话，许多事情，不知从何说起，因为那些话，那些事情，虽然很有趣，很动人，但却也很零乱，很片断，写不出一篇大文章，就是写了，也不一定就是一篇好文章。因此这些年来，从我心上眼前掠过的那些感受，我也就忍心地让它滑出我的记忆之外，淡化入模糊的烟雾之中。

在这不平常的春天里，我又极其真切，极其炽热地想起你们来了。我似乎看见了你们漆黑发光的大眼睛，笑嘻嘻的通红而略带腼腆的小脸。你们是爱听好玩有趣的事情的，不管它多么零碎，多么片断。你们本来就是我写作的对象，这一点是异常地明确的！好吧，我如今再拿起这支笔来，给你们写通讯。不论我走到哪里，我要把热爱你们的心，带到那里！我要不断地写，好好地写，把我看到听到想到的事情，只要我觉得你们会感到兴趣，会对你们有益的，我都要尽量地对你们倾吐。安心地等待着吧，我的小朋友！

自从决心再给你们写通讯，我好几夜不能安眠。今早四点钟就醒了，睁开眼来是满窗的明月！我忽然想起不知是哪位古诗人写的一首词的下半阕，是："卷地西风天欲曙，半帘残月梦初回，十年消息上心来。"就是说：在天快亮的时候，窗外刮着卷地的西风，从梦中醒来看见了淡白的月光照着半段窗帘；这里"消息"两个字，可以当作"事情"讲，就是说，把十年来的往事，一下子都回忆起来了！

小朋友，从我第一次开始给你们写通讯算起，不止十年，乃是三十多年了。这三十多年之中，我们亲爱的祖国，经过了多大的变迁！这变迁是翻天覆地的，从地狱翻上了天堂，而且一步一步地更要光明灿烂。我们都是幸福的！我总算赶上了这个时代，而最幸福的还是你们，有多少美好的日子等着你们来过，更有多少伟大的事业等着你们去作呵！

我在枕上的心境，和这位诗人是迥不相同的！虽然也有满窗的明月，而窗外吹拂的却是和煦的东风。一会儿朝阳就要升起，祖国方圆九百多万平方公里的土地上，将要有六亿人民满怀愉快和信心，开始着和平的劳动。小朋友们也许觉得这是日常生活，但是在三十年前，这种的日常生活，是我所不能想象的！

我鼻子里有点发辣，眼睛里有点发酸，但我决不是难过。你们将来一定会懂得我这时这种兴奋的心情的——这篇通讯就到此为止吧，让我再重复初寄小读者通讯一的末一句话：

"我心中莫可名状，我觉得非常的荣幸！"

你的朋友　冰心

一九五八年三月十一日，北京

通讯二

小朋友：

今天让我们来谈"友谊"。

友谊是人我关系中最可宝贵的一段因缘——朋友虽列于五伦之末，而朋友的范围却包括得最广，你的君，臣，（现在可以说是领袖，上司）父，子，兄，弟，夫，妇，同时都可以是你的朋友。

朋友是不分国籍，不限年龄，不拘性别的；只要理想相同，兴趣相近，情感相洽，意气相投的人，都可以很坚固的联结在一起。世界上有多少崇高理想的实现，艰巨事业的创立，伟大艺术的产生，都是一班志同道合的朋友，共同努力，相互切磋的结果。这种例子，在中外古今的历史上，是到处可以找到的。

同时，不但相似相同的人格，容易成为朋友，而朋友往往还是你空虚的填满，缺憾的补足，心灵的加深——你自己率直豪爽，你更佩服你朋友的谦退深沉；你自己热情好动，你更欣赏你朋友的冲淡静默；你自己多愁善病，你更羡慕你朋友的健硕欢欣。各种不同的人格，如同琴瑟上不同的弦子，和谐合奏，就能发出天乐般悦耳的共鸣。

交友是一种艺术。

热情，活泼，而富于同情心的人，常常能吸引许多朋友，而磁石只吸引着钢铁，月亮只吸引着海潮。

你能择友，则你的朋友将加倍的宝贵你的友情。

不要只想你能从朋友那里得到什么，也要想你的朋友能从你这里得到什么。

肯耕种的才有收获，能贡献的才配接受。

友谊是宁神药，是兴奋剂。

使你堕落，消沉的，不是你的好朋友。同时也要警惕，你是否在使你的朋友奋兴，向上？

友谊是大海中的灯塔，沙漠里的绿洲。

当你的心帆飘流于“理”“欲”的三叉江口，波涛汹涌，礁石嶙峋，你要寻望你朋友的一点隐射的灵光，来照临，来指引。当你颠顿在人生枯燥炎热的旅途上，你的辛劳，你的担负，得不到一些酬报和支持的时候，你要奔憩在你朋友的亭亭绿荫之下，就饮于荡涤烦秽的甘泉。

古人有句说：“最难风雨故人来”，——不但气候上有风雨，心灵上也有风雨！

你的心灵曾否走失于空山荒野之中，风吹雨打，四顾茫茫，忽然有你的朋友，开启了“同情”的柴扉，延请你进入他“爱”的茅庐，卸去你劳苦的蓑衣，拭去你脸上的泪雨，而把你推坐在“友情”的温暖炉火之前。

同时你也要常常开着同情的心门，生起友爱的炉火，在屋前了望。

友谊中只有快乐，只有慰安，只有奋兴，只有连结。

友谊中虽然也有痛苦，古人的诗文中，不少伤逝惜别之句，然而友谊是不死的，友谊是不因离别而断隔的。“海内存知己，天涯若比邻”，“得一知己，可以无恨”，这痛苦里是没有“寂寞”的，因为我们已经享有了那些朋友的友情！“寂寞”——心灵上的孤独，才是世界上最可怕的东西！

小朋友，在人生路上，我们虽然是孤身启程，而沿途却逐渐加入了许多同行的好伴，形成了一个整齐的队伍，并肩携手，载欣载奔，使我们克服了世路的险峻崎岖，忘却了长行的疲乏劳顿，我们要如何感谢人世间有这一种关系，这一段因缘？

愿你们永远是我的好朋友，假如我配，就请你们也让我做你们的好朋友。

冰心

一九四二年十二月二十二日，重庆

通讯三

亲爱的小朋友：

昨夜还看见新月，今晨起来，却又是浓阴的天！空山万静，我生起一盆炭火，掩上斋门，在窗前桌上，供上腊梅一枝，名香一炷，清茶一碗，自己扶头默坐，细细的来忆念我的母亲。

今天是旧历腊八，从前是我的母亲忆念她的母亲的日子，如今竟轮到我了。

母亲逝世，今天整整十三年了，年年此日，我总是出外排遣，不敢任自己哀情的奔放。今天却要凭着“冷”与“静”，来细细的忆念我至爱的母亲。

十三年以来，母亲的音容渐远渐淡，我是如同从最高峰上，缓步下山，但每一驻足回望，只觉得山势愈巍峨，山容愈静穆，我知道我离山愈远，而这座山峰，愈会无限度的增高的。

激荡的悲怀，渐归平静，十几年来涉世较深，阅人更众，我深深的觉得我敬爱她，不只因为她是我的母亲，实在因为她是我平生所遇到的，最卓越的人格。

她一生多病，而身体上的疾病，并不曾影响她心灵的健康。她一生好静，而她常是她周围一切欢笑与热闹的发动者。她不曾进过私塾或学校，而她能欣赏旧文学，接受新思想，她一生没有过多余的财产，而她能急人之急，周老济贫。她在家是个娇生惯养的独女，而嫁后在三四十口的大家庭中，能敬上怜下，得每一个人的敬爱。在家庭布置上，她喜欢整齐精美，而精美中并不显出骄奢。在家人衣着上，她喜欢素淡质朴，而质朴里并不显出寒酸。她对子女婢仆，从没有过疾言厉色，而一家人都翕然的敬重她的言词。她一生在我们中间，真如父亲所说的，是“清风入座，明月当头”，这是何等有修养，能包容的伟大的人格呵！

十几年来，母亲永恒的生活在我们的忆念之中。我们一家团聚，或是三三两两的在一起，常常有大家忽然沉默的一刹那，虽然大家都不说出什么，但我们彼此晓得，在这一刹那的沉默中，我们都在痛忆着母亲。

我们在玩到好山水时想起她，读到一本好书时想起她，听到一番好谈话时想起她，看到一个美好的人时，也想起她——假如母亲尚在，和我们一同欣赏，不知她要发怎样美妙的议论？要下怎样精确的批评？我们不但在快乐的时候想起她，在忧患的时候更想起她，我们爱惜她的身体，抗战以来的逃难，逃警报，我们都想假如母亲仍在，她脆弱的身躯，决受不起这样的奔波与惊恐，反因着她的早逝，而感谢上天。但我们也想到，假如母亲尚在，不知她要怎样热烈，怎样兴奋，要给我们以多大的鼓励与慰安——但这一切，现在都谈不到了。

在我一生中，母亲是最用精神来慰励我的一个人，十几年“教师”，“主妇”，“母亲”的生活中，我也就常用我的精神去慰励别人。而在我自己疲倦，烦躁，颓丧的时候，心灵上就会感到无边的迷惘与空虚！我想：假如母亲尚在，纵使我不发一言，只要我能倚在她的身旁，伏在她的肩上，闭目宁神在她轻轻的摩抚中，我就能得到莫大的慰安与温暖，我就能再有勇气，再有精神去应付一切，但是：十三年来这种空虚，竟无法填满了，悲哀，失母的悲哀呵！

一朵梅花，无声的落在桌上。香尽，茶凉！炭火也烧成了灰，我只觉得心头起栗，站起来推窗外望，一片迷茫，原来雾更大了！雾点凝聚在松枝上。千百棵松树，千万条的松针尖上，挑着千万颗晶莹的泪珠……

恕我不往下写吧，——有母亲的小朋友，愿你永远生活在母亲的恩慈中。没有母亲的小朋友，愿你母亲的美华永远生活在你的人格里！

你的朋友　冰心

一九四二年一月三日，歌乐山

通讯四

亲爱的小朋友：

一位从军的小朋友，要我谈生命，这问题很费我思索。

我不敢说生命是什么，我只能说生命像什么。

生命像向东流的一江春水，它从最高处发源，冰雪是它的前身。它聚集起许多细流，合成一股有力的洪涛，向下奔注，它曲折的穿过了悬岩削壁，冲倒了层沙积土，挟卷着滚滚的沙石，快乐勇敢的流走，一路上它享乐着它所遭遇的一切——

有时候它遇到巉岩前阻，它愤激的奔腾了起来，怒吼着，回旋着，前波后浪的起伏催逼，直到它涌过了，冲倒了这危崖，它才心平气和的一泻千里。

有时候它经过了细细的平沙，斜阳芳草里，看见了夹岸红艳的桃花，它快乐而又羞怯，静静地流着，低低地吟唱着，轻轻的度过这一段浪漫的行程。

有时候它遇到暴风雨，这激电，这迅雷，使它心魂惊骇，疾风吹卷起它，大雨击打着它，它暂时浑浊了，扰乱了，而雨过天晴，只加给它许多新生的力量。

有时候它遇到了晚霞和新月，向它照耀，向它投影，清冷中带些幽幽的温暖：这时它只想憩息，只想睡眠，而那股前进的力量，仍催逼着它向前走……

终于有一天，它远远地望见了大海，呵！它已到了行程的终结，这大海，使它屏息，使它低头。她多么辽阔，多么伟大！多么光明，又多么黑暗！大海庄严的伸出臂儿来接引它。它一声不响的流入她的怀里。它消融了，归化了，说不上快乐，也没有悲哀！

也许有一天，它再从海上蓬蓬的雨点中升起，飞向西来，再形成一道江流，再冲倒两旁的石壁，再来寻夹岸的桃花。

然而我不敢说来生，也不敢信来生！

生命又像一棵小树，它从地底里聚集起许多生力，在冰雪下欠伸，在早春润湿的泥土中，勇敢快乐的破壳出来。它也许长在平原上，岩石中，城墙里，只要它抬头看见了天，呵，看见了天！它便伸出嫩叶来吸收空气，承受日光，在雨中吟唱，在风中跳舞。它也许受着大树的荫遮，也许受着大树的覆压，而它青春生长的力量，终使它穿枝拂叶的挣脱了出来，在烈日下挺立抬头！

它过着骄奢的春天，它也许开出满树的繁花，蜂蝶围绕着它飘翔喧闹，小鸟在它枝头欣赏唱歌，它会听见黄莺清吟，杜鹃啼血，也许还听见枭鸟的怪嗥。

它长到最茂盛的中年，它伸展出它如盖的浓荫，来荫庇树下的幽花芳草，它结出累累的果实，来呈现大地无尽的甜美与芳馨。

秋风起了，将它的叶子，由浓绿吹到绯红，秋阳下它再有一番的庄严灿烂，不是开花的骄傲，也不是结果的快乐，而是成功后的宁静的怡悦！

终于有一天，冬天的朔风，把它的黄叶干枝，卷落吹抖，它无力的在空中旋舞，在根下呻吟。大地庄严的伸出手儿来接引它，它一声不响的落在她的怀里。它消融了，归化了，它说不上快乐，也没有悲哀！

也许有一天，它再从地下的果仁中，破裂了出来，又长成一棵小树，再穿过丛莽的严遮，再来听黄莺的歌唱。

然而我不敢说来生，也不敢信来生。

宇宙是一个大生命，我们是宇宙大气中之一息。江流入海，叶落归根，我们是大生命中之一叶，大生命中之一滴。

在宇宙的大生命中，我们是多么卑微，多么渺小，而一滴一叶，也有它自己的使命！

要知道：生命的象征是活动，是生长，一滴一叶的活动生长，合成了整个宇宙的进化运行。

要记住：不是每一道江流都能入海，不流动的便成了死湖；不是每一粒种子都能成树，不生长的便成了空壳！

生命中不是永远快乐，也不是永远痛苦，快乐和痛苦是相生相成的。等于水道要经过不同的两岸，树木要经过常变的四时。

在快乐中我们要感谢生命，在痛苦中我们也要感谢生命。快乐固然兴奋，苦痛又何尝不美丽？我曾读到一个警句，是："愿你生命中有够多的云翳，来造成一个美丽的黄昏。"——（May there be enough clouds in your life to make a beautiful sunset.）

世界，国家和个人生命中的云翳，没有比今天再多的了。

小朋友，我们愿不愿意有一个成功后快乐的回忆，就是这位诗人所谓之"美丽的黄昏"？

祝福你的朋友　冰心

一九四四年十二月一日，雨夜歌乐山

通讯五

亲爱的小朋友：

在上一封信中，我曾提到了西西里岛的访问。这个岛我从前没有到过，因此我对它的印象也最深。这个被称为意大利靴尖上的足球的西西里，面积有两万五千平方公里，居民在五百万以上。在这里的一段旅程，我们和海结了不解之缘！我们住的旅馆，都是面临大海的，我们和意大利朋友聚餐的饭店，也都挑选海边名胜之地；枕上听得见鸥鸣和潮响，用饭的时候，仿佛也在啖咽着蔚蓝的水光。一路乘车，更是沿着迂回的海岸，一眼望去，不是无际的平沙，就是嶙峋的礁石，上面还有耸立的碉堡，而眼前一片无边的海水，更永远是反映着空阔的天光，变幻无极，仪态万千，海水是很蓝的；在晴朗的天空之下，更是像古诗上所说的："水如碧玉山如黛"，光艳得不可描画！那颜色是一层一层的，远处是深蓝，稍近是碧绿，遇有溪河入海处，这一层水色又是微黄的。唐诗有："一道残阳铺水中，半江瑟瑟半江红。"这两句写的极好，因为它不但写出斜阳，连江上的微风，也在"瑟瑟"两字中，表现出来了！

车窗的另一面，不是长着碧绿庄稼的整齐田地，便是长着上千盈百的杏树、桃树、桔柑树、橄榄树的山坡上的果园。陌上花开，风景如画。在这片丰饶美丽的土地上的居民，是使人艳羡的！

但是，昨天早晨，我在翻阅罗马“中东和东方学院”送给我们的一本意大利摄影画册，读到上面的序言，里面有：西西里岛，四面被地中海所围抱，也被希腊人、腓尼斯人、撒拉逊人聚居过，被德国人、法国人、西班牙人占领过……西西里岛上，曾是罗马帝国的军队骨干的农民，失去了他们的自由，在重利盘剥之下，他们失了土地，又被招募成为一支无地产的农奴队伍。地主住在城市里，只在夏天，才到他的田庄上来避暑，朝代更迭，土地易主，而直到今天，在意大利土地上辛苦劳动的，都不是土地的主人！这是多么悲惨的境遇！这个意大利靴尖上的足球，在外来的统治者脚上，踢来踢去，虽然在文化艺术上遗留了些精美的宫殿教堂的建筑，里面都有最精致的宝石嵌镶的图案，和颜色鲜艳、神态如生的壁画，而当地的农民生活，却永远停留在半封建半开化的状态之中。“四海无闲田，农夫犹饿死”的惨状，在这里是还存在的！

在罗马的一个晚餐会上，意大利最著名的诗人卡罗·勒维坐在我的旁边。他滔滔不断地告诉我，在意大利南部，尤其是西西里一带，农民过着受压迫被剥削的生活。意大利北部的工业，是比较发达的，而南部的资源，却从未被开发过，于是南部饥饿失业的队伍，就成群地被招送到北方去作工，痛苦流离，成了他们千百年来的命运！

当诗人说这些话的时候，神情是激动的，眼光是悲愤的，使我的回忆中的西西里的水光山色，蒙上了一层阴沉的暗影！我又回忆到在岛上的一个小市镇——巴格里亚——的农民欢迎会上，另一位诗人卜提达，向我们致了最热烈的欢迎词。卜提达是巴格里亚市穷苦人民的儿子，他用西西里方言写诗，强烈地揭露了当地人民的黑暗生活。他送给我一本他的诗集：《面包就是面包》的法文译本，上面有卡罗·勒维写的序，说卜提达以钢铁般的坚强洪壮的声音，叫出了岛上人民的不幸。可惜我不懂得法文，只好等将来请人读给我听了。

广大的人民是广阔的天空，人民的诗人就该像天空下透明的大海，它永远忠实地反映出天空的明暗阴晴，呼叫出人民的苦乐和希望。这样，他的诗里才有颜色，才有感情。勒维和卜提达都是大海般的诗人，我们应该向他们学习。

今天是复活节，一早醒起，就听到从四面传来的悠扬而嘹亮的钟声。罗马城里，大大小小有五百多座教堂；登高望时，金色，绿色，灰色的圆顶，在丛树中层层隐现。这几天来，罗马街上，尤其是商店的橱窗里，洋溢着节日的气氛，金彩辉煌的巧克力做成的大鸡蛋，到处都是。今天上午出去走了一走，因为明天要到佛劳伦斯去，先给你们发出这封信，罗马的古迹，等以后再谈吧！

今夜罗马大雷雨，电光闪闪，雷声大得像巨炮一般。现在祖国已是早晨，小朋友正走在上学的路上，向你们珍重地说声早安吧！

你的朋友　冰心

一九五八年四月六日，意大利，罗马

通讯六

亲爱的小朋友：

四月十二日，我们在微雨中到达意大利东海岸的威尼斯。

威尼斯是世界闻名的水上城市，常有人把它比作中国的苏州。但是苏州基本上是陆地上的城市，不过城里有许多河道和桥梁。威尼斯却是由一百多个小岛组成的，一条较宽的曲折的水道，就算是大街，其余许许多多纵横交织的小水道，就算是小巷。三四百座大大小小的桥，将这些小岛上的一簇一簇的楼屋，穿连了起来。这里没有车马，只有往来如织的大小汽艇，代替了公共汽车和小卧车；此外还有黑色的、两端翘起、轻巧可爱的小游船，叫做Gondola，译作“共渡乐”，也还可以谐音会意。

这座小城，是极有趣的！你们想象看：家家户户，面临着水街小巷，一开起门来，就看见荡漾的海水和飞翔的海鸥。门口石阶旁边，长满了厚厚的青苔，从石阶上跳上公共汽艇，就上街去了。这座城里，当然也有教堂，有宫殿，和其他的公共建筑，座座都紧靠着水边。夜间一行行一串串的灯火，倒影在颤摇的水光里，真是静美极了！

威尼斯是意大利东海岸对东方贸易的三大港口之一，其余的两个是它南边的巴利和北边的特利斯提。在它的繁盛的时代，就是公元后十三世纪，那时是中国的元朝，有个商人名叫马可波罗曾到过中国，在扬州作过官。他在中国住了二十多年，回到威尼斯之后，写了一本游记，极称中国文物之盛。在他的游记里，曾仔细地描写过芦沟桥，因此直到现在，欧洲人还把芦沟桥称作马可波罗桥。

国际间的贸品，常常是文化交流的开端，精美的商品的互换，促进了两国人民相互的爱慕与了解。和平劳动的人民，是欢迎这种“有无相通”的。近几年来，中意两国间的贸易，由于人为的障碍，大大地减少了。这几个港口的冷落，使得意大利的工商业者，渴望和中国重建邦交，畅通贸易，这种热切的呼声，是我们到处可以听到的。

这几天欧洲的气候，真是反常！昨天在帕都瓦城，遇见大雪，那里本已是桃红似锦，柳碧如茵，而天空中的雪片，却是搓棉扯絮一般，纷纷下落。在雪光之中，看到融融的春景，在我还是第一次！昨晚起雪化成雨，凉意逼人，现在我的窗外呼啸着呜呜的海风，风声中夹杂着悠扬的钟声；回忆起二十几年前的初春，我也是在阴雨中游了威尼斯，它的明媚的一面，我至今还没有看到！今天又是星期六，在寂静的时间中，我极其亲切地想起了你们。住学校的小朋友们，现在都该回到家里了吧？灯光之下，不知你们和家里人谈了些什么？是你们学习的情况，还是奋进的计划？又有几天没有看到祖国的报纸，消息都非常隔膜了。出国真不能走得太久，思想跟不上就使人落后！小朋友一定会笑我又“想家”了吧？——同行的人都冒雨出去参观，明天又要赶路，我独自留下，抽空再写几行，免得你们盼望，遥祝你们好好地度一个快乐的星期天！

你的朋友　冰心

一九五八年四月十二日夜，意大利威尼斯

通讯七

亲爱的小朋友：

昨天我们从意大利又回到瑞士，明天要出发到英国去了，三星期的意大利之游，应当对你们作一个总结。

我们访问了意大利的大小二十个城市，说一句总话，我实在喜欢意大利，首先是它的首都罗马，和我们的北京一样，是个美丽雄伟的首都。它的古老的建筑，和博物馆里的雕刻、绘画，以及出土的文物，都和北京的建筑和博物馆一样，充分地呈现了它的劳动人民的惊人的智慧！关于意大利，将来有时间再详细地述说，如今先举出几个最突出的印象，给小朋友们画一个轮廓。

第一个是：欧洲人说，意大利是用石头建造起来的，这是古意大利建筑的一个特点。古意大利的教堂、宫殿、城堡、桥梁、街道……绝大部分都是用石头盖起铺起的，至少是建筑物外面都用的是石板、石片；仰顶和墙壁上都有各色花石宝石嵌镶的人物；屋顶上、喷泉上和广场上都有石像，一眼望去，给人一种坚洁清凉的感觉。意大利的美丽的建筑，可描写的真是太多了，我最喜欢的是比萨的斜塔、教堂和洗礼堂。这一簇简洁、玲珑而庄严的白石建筑，相依相衬地排列在一角城墙的前面，使人看过永不会忘记！

第二个是：在意大利旅行，到处都离不了水。意大利的边界，有四分之三与水为邻，北部多山的地方，却有许多大大小小美丽的湖泊。各个城市里都有形形色色的喷泉，最奇丽的是罗马郊外的提伏里泉园。这座泉园原是皇家别墅，建造在小山上，园里大小有六千条喷泉，在山巅，在池上，在路旁……宽者如帘，细者如线，大的奔越下流，如同山间的瀑布，小的轻莹上喷，如同火树银花，一片清辉交织之中，再听到那“大珠小珠落玉盘”的大小错落的泉声，这个新奇的感受，也是使人永不忘记的！

但是，最使人不能忘却的，是意大利的可爱的人民！他们是才气横溢，热情奔放的：这表现在他们的天才的文艺创造上，科学的发明上；表现在他们为自由和独立的斗争上；表现在对朋友的热爱上。意大利人民把中国人民当作最好的朋友。他们关心我们、热爱我们，他们认为我们的成就，就是他们的成就；我们的胜利就是他们的胜利；中国人民一寸一尺的进步，都给他们以莫大的鼓舞。当我们离开意大利的前夕，在他们的英雄城市都灵，我们被邀到一个群众的集会——在这里应当补述一下：都灵城是在一九四五年，在它自己人民的艰苦斗争之下，得到解放的。这次的斗争，人民游击队死亡的数目，在百分之四十七以上！我们曾到烈士墓前，献过花束——这集会是在一个工人俱乐部召开的，会场上挤满了热情的男女老幼，台上横挂着“欢迎中国来宾”的中文标语（是意大利人自己写的），长桌上摆满了大大小小的酒杯。他们送给我们都灵市特产的蜜甜的巧克力糖，猩红的玫瑰花，给我们满满地斟上香醇的都灵酒。他们的欢迎词，是真挚而热烈的。我们的每一句答词，都得到春雷般的鼓掌与欢呼。在饮酒叙谈的中间，都不断地有群众过来和我们握手拥抱，不断地也有儿童们送上画片，要求我们签名——谈到意大利的儿童，他们真是可爱！他们是那样地天真活泼，又是那样地温文有礼。在以后的通讯里，我要对你们谈一个意大利小姑娘所给我的深刻的印象。我们又在整装待发之中。“且听下回分解”吧！

我们在意大利的访问，就在上述的高涨的热潮中结束。回到旅馆已是半夜，我久久不能入睡！国际间劳动人民的和平友谊，是世界持久和平的最巩固的基础。在亚洲，在非洲，在欧洲，我们已有了亿万的和平宫的建筑工人，正在一砖一石地把屋基垒了起来。你们是我们的接班人，好好地继续努力吧！

祝你们健康快乐！

你的朋友　冰心

一九五八年四月二十一日，瑞士波尔尼

通讯八

亲爱的小朋友：

来到英国已经十天了，访问的日程是忙逼的。我现在是在英国北部苏格兰首府的爱丁堡，一座旅馆的窗前，时间已过半夜，树影摇曳，满月的银光，射在我的信纸上，活泼而激越的苏格兰民歌的余音，还在我耳边荡漾。趁着我睡不着的时间，来给我所惦念的小朋友写几个字。

在第二次世界大战以前，一九三六年的冬天，我曾到过英国，那时只在伦敦住了一两星期，在牛津和剑桥两个大学作了很短的访问。这次重来，走的地方较多，接触的方面也较广，有许多感想，真不知从哪里说起——先从"一世之雄"的"大英帝国"说起吧！

英国——大不列颠，是由大不列颠岛北部的苏格兰，中南部的英格兰，西部的威尔士，和爱尔兰岛北部一角组成的。这个位置在欧洲西北部大西洋中的岛国，面积不过二十四万多平方公里，而它却占有着比本土大过一百五十倍的殖民地！原因是：在它十七世纪时期的资产阶级革命以后，十八世纪，苏格兰工人瓦特又完成了蒸汽机的制造，从此英国进入工业革命后的大生产时期，林立的工厂，纵横交错的铁路，往来如梭的船只，使得"英国成了世界的工厂，世界成了英国的市场"！工商业的发展，海外贸易的发达，殖民地的侵占，资本的积累，使它掌握了海上的霸权。三百年中，它巧取豪夺，从殖民地榨取了无限的财富，来建设和供养它的本土。因此在英国土地上，到处可以看见外面被烟雾熏得灰暗而里面富丽堂皇的宫室、教堂，银行……等石头建筑；碧绿辽阔的，贵族地主的花园；近代化的华丽舒适的旅馆、俱乐部……"大英帝国"的统治者，在这里过着不劳而获，穷奢极欲的生活！

第一次世界大战以后，英国的海上霸权，逐渐转移到美国手里，它的经济实力就开始动摇了。第二次世界大战以后，亚洲和非洲的民族解放运动，更是风起云涌，殖民地和半殖民地的国家，一个一个地独立起来了。"大英帝国"在衰落解体之中，而英国广大劳动人民和进步人士，却坚持着在保卫和平、保卫劳动人民权利的斗争中，寻求正确而光明的出路！

以上是英国现在社会状况的一个轮廓，如今我带着小朋友，从伦敦起，游览一番吧。

伦敦是英国的首都，位置在泰晤士河入海处的两岸，人口将近九百万。这里有许多高大的建筑，平整的街道，但是我最欣赏的，是城里散布着的几个阔大的公园！西方的公园设计是：亭台楼阁少（或者没有），而树木花卉多。一大片一大片绿油油的草地，一大堆一大堆葱郁的树木，草地边缘种着各种各色鲜艳的花，这时正是春天，花园里盛开着黄色的迎春，紫色的丁香，红色的杜鹃……最爽心悦目的是红紫黄白各色的郁金香，一朵朵像玲珑的宝石制成的杯盏一样，在朝阳下承接着清露。树下和路旁，都安放着长椅，老人们在椅子上休息，看报，织活，小孩子们在草地上奔走游戏。中午下班的时候，更有许多职工人员，在草地上坐、卧、吃干粮、晒太阳——这当然是在春天有阳光的日子，一般说来，伦敦的晴天比北京是少多了。

从伦敦一路往北走，坐汽车、坐火车，一路看见的也都是一绿无际的牧场和田野。英国虽然在纬度上和我们的黑龙江同一方位——北纬五十至六十度之间，只因它是海洋气候，潮湿多雨，宜于绿化，积雪化后，下面露出的却是绿绒绒的青草，因此在学校里，乡村中，到处都有一片一方的大草地，旁边种些杂花。这种花园或草场，对于居民的游息和健康，都有很大的好处。

苏格兰是田地少，牧场多。我们到了两个城市，就是格拉斯哥和爱丁堡。我很喜欢爱丁堡！这座城依山傍海，人口不过五十万，大街的设计是一边楼屋，一边花园，这样显得清旷而幽静，郊外的山间有许多小湖。我们看见故宫山后的广场上，张起几十个彩色的帐幕，旗帜飘扬。据说苏格兰的矿工，照例在五月的第一个星期一，在这里庆祝自己的节日。庆祝的节目中有游行，跳舞，各种工人体育竞赛，工人铜乐队和管乐队的竞赛等等。可惜我们昨天晚上就走了，没有能够参加。

苏格兰的管乐队是有名的，演奏者穿着民族服装——多褶的方格子短裙和长袜，长袜口上斜插一把小刀，腰间挂一个刻花的皮袋。他们演奏的常常是苏格兰最动人的民歌。谈到苏格兰民歌，昨天晚上在格拉斯哥城，英中友好协会的欢迎会上，听到许多首多半是十八世纪苏格兰诗人勃恩斯写的。勃恩斯是农民的儿子，苏格兰人民所最喜爱的诗人。他的诗都是用方言写的，富于人民性、正义感，淳朴、美丽，音乐性也极强。当手风琴拉起，短笛吹起，歌唱家唱起，刚唱过一两句，观众就会情不自禁地，眉飞色舞地和将起来，全场欢动，就这样一首又一首地几乎唱到夜半！今天晚上，有几位苏格兰诗人约我在一个小酒馆聚谈，又谈到民歌，正好隔座有几个青年学生，正在低声合唱，诗人们把其中一位少女，簇拥到我面前来请她为我这远客歌唱。她很羞涩地望着我，——一面放开她的清脆柔婉的歌喉，不到一会儿，那几个男女学生，以及许多客人，都围了上来，有的高声合唱，有的含笑静听，直到酒馆关门的时间——夜里十点钟——我们还从门内移到门外，踏着皎洁的月光，在马路边的树下，唱到半夜……

听人家唱民歌，使我亲切地回忆起许多我们自己的民歌，尤其是兄弟民族同胞所唱的，翻身的和歌颂毛主席的热情奔放的民歌！回来一路在浓密的树影中穿行，月亮大得很，街上是一片静寂。今天又是五一节，这里没有放假，也没有游行，遥想祖国北京的天安门前，今夜正是灯月交辉，焰火烛天。小朋友，尽情地欢乐吧，你们是幸福的！

在脑海里音乐浪潮的澎湃声中，我向我的小朋友说一句热情的晚安！

你的朋友　冰心

一九五八年五月二日，英国爱丁堡

通讯九

亲爱的小朋友：

我给你们寄的“通讯八”，是在英国苏格兰首府爱丁堡写的，如今我又从苏联的首都莫斯科，给你们写信。中间我曾访问过英国南部的威尔斯和几个大学，又到过瑞士，六月初回到祖国。十月初，我又参加了亚非国家作家会议的中国代表团，来到了苏联的乌兹别克共和国的首都塔什干。在塔什干开会的几天，有许多很激动人心的事情，应该向小朋友报道一下，我想你们一定会喜欢听的。

小朋友们知道，我们中国人民在一千多年以前，已经和亚非两洲的人民，有了很亲密的来往。两洲的商人们彼此交易着精美的货物，我们送出去的是：丝绸，茶叶，磁器，纸张……接受进来的是：象牙，香料，珠宝……这条横穿过亚洲的交通大路，因为运送过大量的中国的美丽的丝绸，而被称为丝绸大路。在这条丝绸大路上，一千多年来曾经走过来往不绝的车马，和一串一串的昂头缓步的骆驼。在东来西去的马蹄声，车轮声，和骆驼的铃铎声中，我们亚非各国的人民在路上相逢，在路边歇马凉亭里，喝茶休息，高兴地互相握手，互相问讯，交换着双方国家里一切贸易和文化的消息。这些人里面，更有我们的学者和教徒，和各行业的专家，他们把中国造指南针，造火药，造纸和印刷等等技术，传到亚非各国去，也把亚非各国的算术，医学，天文学等介绍到中国来。我们也交换着动植物的优良品种，像马匹，葡萄，马铃薯，棉花，……这频繁广泛的文化交流，大大地促进了我们双方的文化的发展，和友谊的巩固。因此，我们决不能容忍，在最近一百年来，帝国主义者以强暴的武力，来切断我们的交流，破坏我们的文化！

作家们是替人民说话的，是把人民的心思写出来给人民看的。亚非各国的作家们代表着人民的愿望，在塔什干城欢聚畅谈，是亚非历史上的一件大事，它的影响和意义是很大的。

我们开会的地点，苏联的乌兹别克共和国，是在中亚细亚地区，它的首都塔什干城，本是丝绸大路边的一个城市。我们是在十月四日，刚下过雨的一个黄昏到达的。从飞机上往下看，我们发现一个近代的城市，许多高大的楼屋和工厂的烟囱，矗立在浓密的树林之中。下了飞机，我们立刻被引进了一个童话般的美丽的世界！这时太阳已经藏在阴云的后面，塔什干的林荫大道上，放出千千万万的五色的灯光，这一串一串的灯彩，有的横挂在大道的上空，有的排成各国的文字——“和平”。街市的广场上，有用五色电灯照射的喷泉，路边树下种着各种各色的鲜花，玫瑰的花香，在清新的空气中，更显得强烈。塔什干的人民，笑容满面，穿着节日的盛装，戴着绣花的小帽，在路上和旅馆门前，拍手欢迎着从远方来的客人。

代表们居住的新塔什干旅馆，是特为亚非作家会议而赶建起来的一座八层楼的建筑，它正对着我们的会场——那伐伊剧场。这两处门前，日夜聚集着许多人，尤其是塔什干的小朋友们。他们总是笑嘻嘻地拥上前来，拿着小本请我们签名，或是送给我们一件小小的礼物。从非洲来的，穿着鲜丽的服装的代表们，更是常常受他们的包围，在这时，这些代表们黝黑的脸上，就不自主地发出了喜爱的微笑，和快乐的光辉。

开会的情形，在此不能细说了。这一次会议包括将近四十个亚非国家和地区的一百八十多个代表，还有许多从世界各国来的观察员。亚非作家们的愿望是一致的，他们都代表着人民谴责了战争根源的殖民主义者，呼吁着亚非人民要更深的互相了解与团结，大家都表示要在自己创作岗位上，为这一个崇高的目的而努力。

会议开幕的这一天，塔什干的小学生们和少先队员们，曾排队给主席台上的代表们献花，他们在台上朗诵着他们的祝贺和愿望，当中有一句话说：“希望各国的作家叔叔和阿姨们，多多地给我们写些故事，一些好的故事。”他们特别响亮地念出那个“好”字，台上台下的作家们都高兴地笑了起来。是的，我们一定要写些故事，尤其要写得“好”，好来帮助我们渴望的热情的小朋友们，精神百倍地去建设和平幸福的新社会。

这封信到此为止吧，祝小朋友们快乐进步！

你的朋友　冰心

一九五八年十月二十九日，莫斯科

通讯十

亲爱的小朋友：

在塔什干开过亚非国家作家会议以后，我们曾到乌兹别克共和国各地去参观。我们参观了三个集体农庄，一处油田，几个工厂——纺织厂，茶叶包装厂等；还有几个学校，从幼儿园直到大学。无论走到什么地方，我们心中总是十分惊喜，十分激动！这里本是有名的“饥饿的草原”，在社会主义革命以前，这里还是一眼看不见边的茫茫的黄沙，没有青草，也没有树林。春天，山顶的积雪，融化成浑浊的山洪，沿着秃山危崖，翻滚而下，潜没在流沙地里，一会儿就看不见了，一阵风起，烈日下的黄沙，又在天空飞扬。在这里，从前住着几乎全部是文盲的人民，过着牛马不如的奴隶式的生活。这些悲惨的景象和故事，几乎不会使人相信了。我们现在所看到的，是多么幸福美好的一幅图画呵！

我们在乌兹别克境内的参观旅行，都是飞机来往。这里的天空，永远是晴朗的，从飞机上下望，看见的是：在丘陵和黄沙之间，不时有一簇一簇的绿树，和一大片一大片的棉田，闪闪发光的河流，在棉田里蜿蜒穿行。村庄和城市都是半现在葱郁的树林之中，街市像尺划的一样，极其齐整。飞机着地，我们坐着最新式的小卧车，进入城市，塔什干城不必说了，就像撒玛尔汗、安集延、费尔加纳，也都不亚于我所看过的欧洲的城市，整个城建筑在绿洲之中，浓密的树荫，伏盖着宽广的柏油路，伏盖着高大的层楼，其中有公共机关，有书店，有剧场，有旅馆，还有陈列着精美货物的百货商店。马路中间种着各样的繁花，最普通的是浮动着清香的各色的玫瑰。马路上走着服装整洁的男女老幼，上班的，上学的，个个脸上露出幸福的微笑，向着远方来客，投射着亲切的眼光！这便是从前的“饥饿的草原”和它的落后困苦的人民，十月革命的一声炮响，给他们带来了社会主义的优越制度，他们整个地翻了身了！

乌兹别克的人民，自豪地告诉我们说：“我们这里，地上布满了白金——棉花，地下布满了乌金——石油。”我们参观过安集延的自动化的油井，产量是每天五百吨。油区有十二公里长，十四公里宽，由七百公尺以外的调度室里操纵的吸油机，一上一下地，散布在这广大的丘陵上的二百五十个井口上，不停地操作。这“饥饿的草原”不但驯服地向勇敢的乌兹别克劳动人民，献上丰富的石油，它也献上了每年三百万公担的棉花（居苏联全国棉花产量的百分之六十）。谈到棉花，我们看到的真是太多了，不但在绵延无际的棉田里，而且在城市的广场上，甚至于公路上，都铺着一层厚厚的白雪一般的棉花！这正是晒棉花的季节，丰富的产量，使得广大的晒棉场地都不够用的了，快乐的农民只好借用了平坦而阔大的广场和公路，我们的汽车也就快乐地让出公路，而在土路上飞驰了！

我们默默地在吸取着羡慕着这一切，我们不但为乌兹别克人民眼前的幸福生活，感到高兴，更为我们自己将来的幸福生活，感到无限的欢欣和鼓舞。乌兹别克的今天，就是我们西北地区的明天，而且是不远的明天！只有在社会主义的优越制度下，才显出劳动人民力量的伟大。在社会主义的创造热情鼓舞下，人类发现了自己的伟大与尊严，他们团结起来，伸出千百万双粗壮的手臂，向冷漠的大自然，夺取自己的幸福生活。

在此，我遥望南方，向我们在祖国的柴达木，克拉玛依，三门峡，刘家峡，甘肃，新疆，青海各地……兴修农田水利和开发油井的男女青年们致敬！让我们鼓足干劲，迎头赶上吧！

乌兹别克这地方，可写的岂止石油和棉花？他们还有比蜜还甜的葡萄和瓜果。提到瓜果，真是“口颊留芳”，留着和安集延大运河一块儿描写吧！

祝你们三好！

你的朋友　冰心

一九五八年十一月二日，莫斯科

通讯十一

亲爱的小朋友：

你们看到这封信的时候，已经到了六一儿童节了。我在这里首先向你们献上热烈的祝贺！

六一节真是一个好日子！一年四季里头，就是五六月之交，天气不冷不热，穿上薄薄的衣服，身上显得那么轻快。至于我们的周围呢，是树木，是庄稼，都已经长得绿油油的了；是河水，是泉水，都流得哗哗地响；春天虽然过完了，可是有许多鲜艳的花在枝头上开得正盛呢；头上的天是蓝蓝的，当你跑着跳着的时候，和暖的风吹拂在脸上，你心里觉得多么快乐，痛快！

就在这一天，在这么一个使人快乐高兴的天气里，大家都特别想到你们，学校里的老师，幼儿园、托儿所的阿姨，你们的父母，还有许许多多爱你们的人……对了，还有毛主席！没有等到你们补充，我赶紧先说出来了！小朋友，一提到今天儿童的幸福生活，谁会把毛主席忘了呢？毛主席是最关怀最爱惜你们的呵！

话说回来吧，就是你们周围的这些爱护你们的人，替你们预备下新的衣服或是鞋子，好玩的玩具，好吃的糖果；还带你们去参加热闹的集会，去看专为你们演的电影、木偶戏、戏剧，去逛公园、动物园，……还有许多我所没看过，不知道的好玩有趣的事情。总而言之，我知道你们从五一节过后，就盼望着这一天，五月三十一号这一天晚上，一定是带着满心的快乐，把干净或是簇新的衣服鞋袜准备在床边，才爬上床去睡觉的。在六一节这一天晚上，一定是又疲乏又兴奋地抱着一本新图书或是一件新的玩具，躺到床上去的。我想你们不会一下子就睡着了吧？因为在你们兴奋的脑子里，许多白天看到的光彩和活动的种种形象，还在走马灯似地飞转着呢！

小朋友，你们多么幸福，除了一年到头都有人关怀你们，爱护你们之外，大家都还在六月一号这一天，给你们安排下一个你们自己的节日，让你们尽情地享乐，尽情地游玩。今年的六一节过去了，明年的六一节又来了，仿佛是很容易似的。但是你们也许知道，在十年以前，中华人民共和国成立以前，我们就没有这么一个快乐的节日；不但没有这么一个节日，我们的儿童的生活，还很悲惨的呢！

我只举一个例子：今年三月我到河南郑州的时候，参观了郑州东北的东风水渠，和离渠头六里的黄河边上的花园口灌溉中心。谈到花园口，我们必须先谈到黄河：黄河是我们国家里有名的一条害河，它的流量并不太大，但它常常决口，就是在春夏水大的时候，河里的水常常把河堤涨裂了奔流出来，淹死许多人和牲畜，也损坏了许多房屋和庄稼。和我同去的一位老先生告诉我，说黄河又名悬河，原因是从山区和高原冲刷带来的黄河水里的泥沙，到了中原，水流一慢了就渐渐地沉积起来，这就使河床越来越高，河水就四散奔流，河两旁的居民连忙筑起水堤来防止它。千百年来，河床的泥沙愈积愈高，河水愈升愈高，水堤也愈加愈高，这道河水就像悬在空中的水沟一样，成了一条最危险的害河！

在一九三八年，说来是二十年以前的事了，正是日本帝国主义者侵略我们的时候，他们从华北步步进逼，那时蒋介石所领导的国民党腐朽政府，不但不能抵抗日寇的侵略，却为了维持他们的统治，竟然以防止日军前进为名，在花园口这地方扒开了大堤，像千万头狂奔的猛兽一样的洪水，就涌进了河南、安徽、江苏三省的六十四个县的一千四百万亩土地，淹死了八十九万多人，房舍耕畜也一洗而空，造成了空前的使人怒发冲冠的惨剧！

而今天呢，在我们的党和亲爱的毛主席的领导下，我们勤劳、勇敢、聪明的人民，破除了黄河大堤，建成了造福万民的东风渠，把沙荒泥积的大地，变成了鱼米花果之乡。我们那天走过的时候，平坦的大路两旁，树木青翠，远远的麦田，整齐得像绿毯一样，大路的北边，积水成湖，在夕阳下放着金光，据说里面养着几十万尾的鱼。这里不久要建成一座北湖公园，让劳动人民和儿童们，在下工放学的时候，可以来划船游息，这里人民的生活将更加幸福美好……

在我们乘坐的大汽车，向着花园口灌溉中心飞驰的时候，经过一个大院子，仿佛是农村的幼儿园，大门敞开着，里面坐着一圈穿着红红绿绿衣服的小朋友，远远望去，好像是一串美丽的花环！这景象一掠就过去了，但是这一串美丽的花环，给了我极深的印象。我想，多么幸福的毛泽东时代的儿童！他们在二十年前还是人间地狱的花园口，今天过起了天上乐园的生活，他们不会知道二十年前这里的儿童，是怎样地痛苦；也不能想象为着他们今天幸福的生活，有多少革命烈士付出了鲜血和生命。

小朋友，你们的幸福生活，不是轻易地得来的，世界上也不是每一个儿童都像你们一样的幸福。在我们国家里，西藏的儿童，在叛乱平息之后，刚刚走上幸福的生活；台湾的儿童，还在水深火热之中。在资本主义国家里，比如美国，还有许多儿童在失学，在挨饿，更不用说过快乐的儿童节了。祖国美好的将来，是我们大家的，更是你们的。你们的前辈替你们开出一条幸福的道路，你们也必须把这条道路开得更平坦，更宽阔，使你们的后代和世界上一切的儿童，都能过比你们还要幸福的日子。

小朋友，你们要怎样做呢，就是要听党的话，听老师、辅导员、父母的话，他们号召你们做的，是为了能使大家的生活更幸福更美好，使你们的心身锻炼得更健壮。你们要好好地照他们的话去做，并且要做得很好，你们是我们的接班人，后人总比前人强，我相信你们在建设社会主义的事业上，一定会比我们做得更好。

好了，下次再谈吧，祝你们节日快乐！

你的朋友　冰心

一九五九年五月十一日，北京

通讯十二

亲爱的小朋友：

今年七月一日，是我们中国共产党成立三十八周年的日子，也就是我们亲爱的党三十八岁的生日。我们全中国的人民都在欢欣鼓舞地迎接这个伟大的生日，用自己出色的工作成绩和学习成绩，来向这个伟大的节日献礼！

中国共产党，自从他一诞生，就举起一面迎风招展的革命红旗，领导全国穷苦的、要求过自由幸福生活的人民，走上通向社会主义社会的大道。这三十八年的革命道路，是悠长而艰苦的！不知道有多少人，男的、女的、甚至于还有儿童，都为革命的伟大事业，贡献出自己宝贵的生命！如今，不但是我们从前的受压迫、受剥削、黑暗、落后的生活，已经成为过去；而且我们还在以飞跃的速度，向着自由幸福的生活迈进！这种生活在三十几年前还是儿童的人们看来，几乎是一个不能想象、不敢想望的幻梦，而在解放后十年中长大的，今天的小朋友看来，也许就会像时时刻刻可以享受到的清水和空气一样，是一件很平常的东西了。

时刻能喝到清水、呼吸到新鲜空气的人们，不容易体会到清水和空气的可贵，但是长年困处在污浊、黑暗闭室的地方的人，就会迫切地需求，大声地呼喊，要求得到这些宝贵的东西，得到之后还要永远珍爱着这些宝贵的东西。

这些日子，我和小朋友们一样，心里总在惦记着刚从黑暗、落后、残酷的农权制度下解放出来的西藏小朋友，想到他们已经永远结束了他们苦难的童年，从今起开始仰望着迎面的阳光，走上平坦的和平劳动、自由建设的大道。我心里真是为他们高兴，更为着我们祖国大家庭里的又一个姊妹兄弟，肩并肩地跨进了社会主义而高兴。

我知道西藏的小朋友们，是更能体会到解放后的自由和快乐，而更加热爱他们的恩人——中国共产党的。

他们怎能不感到痛快，“好像取下了压在头上的石块那么轻松”呢？他们从今起，再也不是万恶的农奴主的私产了；他们的名字，再也不登记在农奴主的帐簿上了；他们再也不用带着自己的耕畜和农具，去白白地替农奴主耕种了；他们再也不要忍受劳瘁的工作和惨酷的刑罚了；他们再也没有还不清的债务和支不完的差役了……今天，在他们的周围，都是愉快的脸，喜笑的声音，焕发的精神和冲天的干劲，他们怎能不和成年人一样，在摩拳擦掌，准备在这一片富饶的土地上，创造出一座自由幸福的乐园呢？

小朋友，西藏在祖国的西南边疆，是亚洲也是世界上最大的一个高原，历来被人们称为“世界的屋脊”。一座弯弯的像新月形的大山，躺在我国和印度的交界上，这就是喜马拉雅山，它的最高峰叫做珠穆朗玛峰，高达八千八百多公尺，是世界第一高峰。喜马拉雅山上终年积雪，在金色的阳光下，衬着青翠的松林，风景是十分美丽的。

我虽然没有去过西藏，但是从书里，从去过西藏的朋友们的口中，知道西藏不但是个美丽的，而且是个富饶的地方。那里阳光充足，气候高爽，可以种植各种各样的农产品。在水利方面，高山的雪水下注，流成湖泊，也可以引成渠道，用来灌溉。西藏以产金著名，煤矿也很丰富。此外还有许许多多宝贵的、对于工业建设极其有利的矿产，也正在勘察之中。现在西藏的劳动人民，已经解放出他们勤劳的双手，这一大片处女地上，有多少开发的工作好做呵！

小朋友，西藏的小朋友们的快乐和兴奋，是可以想象得到的，他们心里会想：假如在世界屋脊上，能建起一座全世界最高的天文台，来观测天象，那有多好！在水源最丰富的大山下，能建起一座大发电站，让这一片高原大放光明，那有多好！在蕴藏丰富的群山峻岭之中，深深的往下挖掘，挖出金子，铁砂，还有煤块……，就可以用煤来煮饭取暖，留下牛粪来做肥料了。也可以用煤来炼铁、炼钢，造拖拉机、造机器了，那有多好！……总之，他们的幻想和理想是无边无限的，他们的脑子里不断地闪出光亮四射的火花，他们决心要努力学习，锻炼身体，在中国共产党的领导下，把人民的西藏，建设成世界屋脊上一座光明灿烂的乐园！

建设新西藏的责任和快乐，不只是西藏的小朋友们的，祖国各民族的小朋友们也都有份；建天文台也好，造水电站也好，开发土地也好……小朋友们的幻想比我要奔放很多。好好地准备起来吧，在中国共产党高举的红旗之下，我们会看见你们在这祖国的高原上，创造出我们所难以想象的奇迹！

话说得远了，就此收住吧，祝你们天天向上！

你的朋友　冰心

一九五九年六月八日

通讯十三

亲爱的小朋友：

暑假又来到了，你们的读书计划早已订下了吧！

小朋友们不都是爱看故事书的吗？尤其是年纪较小的孩子，更喜欢看或者听关于动物的故事，比如猪哥哥啦，兔妹妹啦……当我们看到听到这些故事的时候，我们的脑子里不就立刻涌现出这些动物肥肥胖胖、蹦蹦跳跳、善良活泼的形象么？这些形象是多么可爱呵。

天下的儿童都是一样的，不论是中国、英国或美国的儿童，都喜欢看生动有趣的故事和动物的性格结合起来的各种书画。但是在号称自由民主的美国，他们的作家却不能自由地写书，美国的小朋友也不能自由地看动物故事！他们禁止这些书，并不是因为书里的小动物有什么不好的行为，而是因为它们皮毛的颜色是黑的。

小朋友们，你觉得奇怪吗？事情是这样的：不久以前，在美国南方的亚拉巴马州，有一本儿童读物，叫做《小兔的婚礼》，里面说的是一只小黑兔和一只小白

兔结婚的故事，这下大大地激怒了一些议员先生，他们在州议会上提出要禁止这本书。后来因为这个提议受到世界人民的讪笑，才暂时停止了。六月下旬，美国南方的佛罗里达州的一些议员，又在议会上提出要查禁一本叫做《三只小猪》的儿童读物。这故事里面有白的、花的、黑的三只小猪，被一只凶恶的狼捉住了。小黑猪最聪明，它乘狼不备，赶快逃掉，小花猪和小白猪没逃出去，就被狼吃了。

这样的两本浅显的儿童读物，居然会在隆重的州议会上被提出要求查禁，真是极其荒唐极其可笑的事情。但是从这件事情上面，也反映出了一个很重要的问题：就是美国有些白种人，对于国内一千七百多万黑种人的歧视和迫害，已经到了多么严重的地步！这真使世界上一切爱好自由平等、有正义感的人们，感到极端的愤怒！

美国的黑人在自己国家里的地位，是比白种人低下的。他们在生活上受到种种的限制，并且还受到严重的迫害。比方说，他们不能和白人一起坐车，一起上学，一起开会，一起居住，一起吃饭……总而言之，他们是被“隔离”起来的，他们必须躲开白人，在一切的生活权利上给白人让路。假如不这样做，他们就要受到最残酷的迫害，他们会毫无保障地被白人枪杀，吊死，烧死，挨打受骂更是不必提的了。因为美国的白种人认为黑种人肤色黑，因此智力也低，说他们是劣等民族，绝对不能和白人平起平坐，生活在一处的。

按照这个“道理”，于是上面说的那两本儿童读物，在有些白种人眼中，就犯了不可饶恕的错误了。小黑兔怎么胆敢和小白兔结婚呢？小黑猪怎么会比小白猪更聪明呢？凡是毛色黑的，都是劣等动物呵！

小朋友，生活在自由幸福环境里的中国儿童，能够想象世界上还有这样蛮不讲理的事情么？

以美帝国主义为首的殖民主义集团，把黑种的非洲人，和白种人以外的有色人种，都作为他们歧视和迫害的对象！小朋友，你们有的没有赶上看到殖民主义者在我们国土上、领海上那种无法无天的暴行；或者看到的已经记不清了……但是，可别忘了，美帝国主义还占据着我们的领土台湾呵！

现在，在亚洲，比如日本，在非洲，比如乌干达……还有许许多多的地方，这些国家里的人民，都在为反抗殖民主义者的歧视和迫害而不断斗争着。我们深信一切受压迫的人们，会把骑在他们头上的恶魔摔到地下去的。但是他们在斗争的道路上，还会碰到许多的困难和挫折，我们决不能让美国的黑人小朋友们，以及日本、乌干达等地的小朋友们，在他们的艰苦斗争中感到无助和孤单，我们要时时刻刻地想到他们，我们要响应每一个反对战争保卫和平的号召，在促进国际的团结和友谊上，尽上我们自己的一分力量……什么时候和平的力量大过战争的力量，帝国主义殖民主义者就在什么时候偃旗息鼓、退败下去，被压迫的民族就会翻身，连美国的儿童读物上的小黑兔、小黑猪……也都可以在书页上自由地和小朋友见面了，那不是一件大大痛快的事情么？

下次再谈吧！祝你们快乐。

你的朋友　冰心

一九五九年七月七日，北京

通讯十四

亲爱的小朋友：

读到这封信的时候，你们一定已经上学了；休息了一个暑假，重新回到学校里，一定感到新鲜而兴奋吧。

小朋友，你们的暑假生活过得丰富么？去过哪些有趣的地方？参加过哪些有意义的活动？看了哪些好书或是戏剧和电影？访问了哪些英雄、模范？你们那里下过滂沱大雨了么？河水涨了么？你们参加防涝或是防旱的工作了么？这一个多月中发生过多少值得记忆的事情呵！你们把这些事情，都写在日记上了么？或是写在信上给亲戚朋友们看了么？

小朋友，你们喜欢写信写日记么？你们写的时候觉得有困难么？是不是有时候觉得提起笔来无话可说呢？或是心中有话笔下写不出来呢？或是眼前闪烁着事物的形象、颜色、动作，笔下却形容不出来，而只好以“好看极了”，“好玩极了”，“有意思极了”等等简单模糊的字句，轻轻带过就算了呢？还有，你们是不是也有“提笔忘字”，在信上日记上写下许多错字的时候呢？

今年夏天，我带两个小朋友去逛北京西郊的动物园。这两个孩子都是小学三年级的学生，都很聪明活泼。那一回，我们玩得可真高兴。回来后他俩都写了日记。第一个孩子只写了四五十字（里面还有好几个错字!），他只提到某月某日和什么人去逛了动物园，底下就像记帐似地列举了一些动物的名字，什么白熊、大象、猴子、狮子、斑马、孔雀等等，他觉得“好玩极了”，以后就回来吃饭睡觉了。第二个孩子却写了一千多字，他从那天的天气和动物园里的游人等写起，以及那些动物，如白熊、大象、斑马、孔雀等等的动作、形态和皮毛、羽毛的颜色，都写得十分生动鲜明；而且他把我对他们谈过的话，也记下来了！我说：“我小的时候，也逛过这个动物园，那时它叫‘万牲园’，里面只有几只很平常的动物，还有脱了毛的孔雀、老掉了牙的大象……现在却有这么多的珍禽异兽，而且差不多每年每月都增加新的种类。”还有我对他们谈的许多外国动物园的情形，他也有条不紊地记下了。他的这一篇日记，写得整整齐齐，没有一个错字，使人看了很舒服，没有去过北京动物园的人读了，会引起一种“身临其境”的真切的感觉。

这个孩子的老师和母亲对我所说的话，证实了我对他的评价：他是一个好学生。他很喜欢语文课，老师讲课的时候，他总是专心地听，笔记也写得很好，从来没有错字；他尤其喜欢读书，辅导员和老师介绍过的书刊，他总是读得很仔细，不但记住书里的故事，还把书里优美的、有力的字句和词汇，都摘记在一个小本子里。他脑子里积攒的词汇很多，又会灵活运用，因此他写起作文来，毫不费力，每次作文他都写得很好，写信写日记，也是如此。老师对他的学习成绩是很满意的，对于他的作文，尤其称赞，认为他已经找到了提高阅读和写作能力的门径。

语文是一门基础知识，是一门工具学科。学会了学好了语文，我们才能很好地了解其他的课文，才会读书看报，才会写信写日记，才会写好“作文”。你们现在的语文课本，里面有许多思想性很高的、写得很好的故事和诗歌，老师们又讲得很好，你们应当抓紧学习的时光，好好地听讲，好好地写笔记，还要细看每个字的写法。把语文学好了，就会同那位写日记写得很好的小朋友一样，阅读和写作的能力也不断地提高。到了你能够很好地掌握文字这个工具，使它能为表达你的思想感情而熟练地服务的时候，你将会感到无限的快乐，而看你的文章的人，也会感到快乐的。

再谈吧，愿你们在新学年中好好地学习语文！

你的朋友　冰心

一九五九年八月十九日，北京

通讯十五

亲爱的小朋友：

我心中充满了喜悦。窗外晚霞在天，新月已出，大院里小孩子欢笑奔走的声音，在凉爽的晚风中荡漾……小朋友，我们多么幸福，生活在新中国，多少伟大辉煌的事迹，都让我们看到了！当然，你们比我更幸福了，因为你们将来能够看到的一切，在敢想敢干的新社会里，是我所不能想象得到的呵！

我刚从天安门前散步回来——这些日子，整个北京就像一个大家庭里，准备空前的喜事一般地，一家大小，喜喜欢欢，忙忙碌碌。天安门前面两边，从去年的冬天起，看它拆房，看它破土，看它奠基，看它搭起脚手架……每次从那边走过，都是潮水般的人群和车群，真是车水马龙，各种机器的声音，摇山震岳。春天到来，地面渐渐收拾得平坦了，从内蒙古刮来的春风，仍旧扬起扑面的尘土。在扑面的尘土中穿行的人们，仍是心中充满了希望的热情与喜悦，因为我们知道在不久的将来，天安门前面，四十公顷的大广场上，将永不再有尘土了！

这广场上是日新月异，几天不从那里经过，就变了个样子。一架一架雪白的朵朵棉桃似的大电灯，在宽阔的马路两旁竖立起来了；天安门两厢的大厦的脚手架都拆走了，涌现出两座庄严雄伟的建筑。一棵一棵的大松树、大柳树、大枫树，从城外连根移来，栽在人民英雄纪念碑的两旁。这些大树，将使这广场上，一年四季有最爽人心目的颜色。松树的苍绿、柳叶的青翠和枫叶的绯红，将衬映得四周高大的建筑，更加庄严，更加美丽。

我今天下午在广场上散步的时候，举目东望，正看见新建成的中国革命博物馆和历史博物馆的高楼巨柱。这博物馆和西边的全国人民代表大会礼堂，遥遥相对。这两座大建筑都有四十五公尺高，比正面的天安门楼还高出一段，但因为广场宽阔，新建筑的颜色比黄瓦红墙的天安门楼，又浅了一些，因此显得十分调和配称。

全国人民代表大会礼堂，前几天我曾去参观过。它给我的是一种梦游仙境似的感觉，又好像是一个小孩子忽然走入了童话的世界。我这一辈子看见过许多国家的议会大厦，在我的记忆中，还没有一处比它更伟大的。这个能容万人的大礼堂，真是庄严肃穆，气象万千！一万个座位是分摆在三层地面上，第一层是人大代表席，可容纳三千六百人，每个席位前都有写字台，台上有专用的扩音器和收听的意译风，二层和三层都是大挑台，一共有六千多座位。但是承担这六千个座位的两层宽大的挑台，却没有一根支顶的柱子。因此坐在这一万多个座位中的任一个位上，都可以很清楚地看到主席台上的一切。主席台口，宽三十二米，可以坐三百个人的主席团。这里还可以演出大型的歌舞剧和大型的交响乐，台前的大乐池，能容几百人的乐团演奏。

礼堂的照明，是屋顶的最华丽的灯光。当中一朵朝向太阳的大葵花，葵花心中是一颗光芒四射的大红星，象征着亿万人民的心，朝向着我们亲爱的党。葵花的外面，是三环波浪形的灯圈，圈内圈外布满了繁星似的五百盏灿烂的灯光。天蓝色的墙壁上接屋顶，是圆穹形的水天一色，坐在大礼堂里，就像坐在寥廓静穆的夏夜的星空下一样！

小朋友，在我们祖国的首都，光是今年一年中就出现了几十座大大小小的新的建筑；若是细说起来，几天几夜也描写不完。光是全国人民代表大会礼堂一处，就够说上一天半天的。我只把大礼堂约略描述一下，其余的等你们自己来看。小朋友们来日方长，前途似锦，你们将来不但可以到里面参观，还可以在里面开会呢，只看你们自己的努力了。

我现在要告诉小朋友的，就是我在天安门广场上所涌起的潮水般的感想。当四十多年前，我像你们这么大的年纪，初到北京的时候，我看见的是黄瓦上长满了乱草的故宫；褪了色的红墙；下雪下雨时泥泞污浊，刮风时尘土飞扬的街道；坐着汽车马车的，是扬威耀武的洋人和骑在人民头上的统治者；行走和开车拉车的却是饥饿憔悴的劳动人民。哪会想到在几十年后，我们几千年来受尽了压迫剥削的人民大众，能有这般扬眉吐气欢欣鼓舞的今天！

小朋友，“没有共产党，就没有新中国”，没有革命烈士们洒出的鲜血，就染不出我们今天飘扬高举的五星红旗。祖国的勤劳勇敢的亿万人民，若没有中国共产党的正确英明的领导，是闯不出这个灿烂光明的世界的。我们要牢牢记住这件事实，我们的心，永远要像人大礼堂的屋顶上的那朵向日葵，满怀热爱地倾向那颗象征着中国共产党的光芒四射的红星！

当我在广场上徘徊瞻眺的时候，准备在国庆节游行的小朋友们，正在练习走队。他们举着花束，整齐严肃地行进。还有许多等着操练的小朋友，都散坐在广场的四周。在这宽阔的地面上，人形显得那么细小，天空显得那么广漠而蔚蓝，从对面路上开来的一辆一辆大汽车，看去就像小小的玩具一般。这时我忽然感到我们的祖国是多么广大，党对我们的关怀是多么深厚，而我们自己在这中间又显得多么渺小！但是“渺小”是从个人的角度来看的，“聚沙成塔，集腋成裘”，党是永远重视群众的力量的，小朋友，让我们永远团结在一起，为祖国的繁荣富强而努力吧！

祝你们节日快乐！

你的朋友　冰心

一九五九年九月九日，北京

通讯十六

亲爱的小朋友：

今年的国庆日，当我站在观礼台上，看到少先队的浩荡整齐的队伍，精神焕发地走过天安门，数不清的彩色的汽球和雪白的鸽子，从他们高举的手中飞起；在广场两边，面对天安门的小朋友的队伍，也一起摇舞着手里的花束，高呼“毛主席万岁”的时候，使我深切地感到社会主义国家里的儿童是何等地幸福，前途是何等地光明。社会主义国家的特征之一，就是对于我们的接班人的无微不至的爱护和关怀，要使每一个儿童在德育、智育、体育各方面，都得到充分发展的机会。但是，为着铲除我们中国儿童身心发展的障碍，我们亲爱的党在以往的几十年中，曾付出了多少代价呵！

记得四、五年前，我在一个资本主义国家访问的时候，遇到过一位好心肠的医生，他上午给交费的病人看病，下午是免费给穷人看病。他对我极其难过地说：“我们周围的穷人太多了，他们受着饥饿和疾病的侵袭，每年有许多许多的大人和孩子，像苍蝇一样地死去！我是一个医生，我个人的能力所及，就是分出半天的工夫，牺牲半天的诊费收入，来替穷人看病。但是这样做并没有使我得到安慰，也没有解决什么问题，有许多事实，知道了反而引起我的愤怒和难过！这种例子多得很，就像今天下午，我看了一个肺病已到第三期的码头工人，他双颊通红，咳嗽得直不起腰来，他恳求我给他一点止咳的药，免得监工的人听见他咳嗽就要停止他的工作。我对他说：‘吃药是没有用处的，你必须长期休养！’他睁大了眼睛，仿佛听到神话似的，但立刻又苦笑着说：‘休养？我怎么能休养呢，我有六个孩子呵，大夫！我要求做工还来不及呢。’他扶着桌子站起来，垂着头说：‘为着孩子们，我必须……我也愿意苦干到死。’我看着他低头伛偻地走去的背影，感到我的心头压上一块千斤重的铁饼！我几乎恨我自己的职业，我给他们看了病，却不能给他们从根本上治病……这个社会，怎么好？而在你们新中国里，儿童们多幸福呵！没有失业的父亲和母亲，生病有人管，上学有人管，一切的一切都有人管……可是什么时候我们的孩子才能享受到那样的幸福呢？”

去年的四月，我在意大利的米兰城，访问了一个电车工人的家，他住在十年前第二次世界大战时炸坏了的半座房子里，一家五口人住着两间又潮湿又阴暗的小屋。这时天气还很冷，他的年老的母亲，正坐在门边，借着户外的微光，在缝补着小孩的衣服。看见我们来了，他们一家人——母亲、妻子和儿女立刻亲热地把我们围住，这时门外又涌进许多老人和妇女，也有小孩，都是住在这方场上破屋子里的邻居。他们争着问讯我们国家里工人的情况，也争着对我们诉说他们的困苦的境遇。他们说：“一个工人的家庭，一家四口人，至少也得七万个里拉一个月，才够开销，可是我们的工资，每月只有四万五千个里拉呵。”我们对于意大利钱币的价值，是没有概念的，后来一位妇女对我们举例说：“比方说吧，小孩的鞋子一双两千到四千个里拉……你就知道这点工资够不够开销了；当然，疾病和意外的花费还不算在内。我们做家庭预算的时候，根本就不敢想到这些……”她又对我叹了口气说："什么时候，我们工人能熬到像你们那样的好日子呢!"

回来的路上，陪我们的意大利朋友，对我背诵一首描写意大利工人家庭的孩子的诗，诗的大意是："父亲领来工资，还没有递到母亲手里，钱袋已经半空了，父亲叹息着，母亲也低着头。他们都不敢拿眼睛看我们，我们还能有什么要求呢?街上传来杂技团奏乐的声音，还有卖冰棒的喊声……但是我们整个月来的想望，也和钱袋一样地空了!"这是怎样的一首使人"心头压上一块铁饼"的诗呵!

一回到祖国来，我心头的铁饼就消失了。小朋友，为着我们目前幸福的生活，我们更要常常惦念那些在痛苦的环境中过活的儿童。为使世界上所有的儿童，都能得到像我们一样的幸福生活，我们要奋斗到底!

祝你们不断进步。

你的朋友　冰心

一九五九年十月十四日，北京

通讯十七

亲爱的小朋友：

前几天，我怀着极其兴奋的心情，去访问一位从甘南地区来北京参加群英会的年轻医生——李贡。在接待室里，负责的同志给我介绍一位身穿蓝布制服，胸前佩着闪闪发光的奖章，中等身材，两道粗粗的浓眉，双颊红润，满面含笑的年轻人，这就是我所听说的、那位有高度的革命人道主义的、全心全意为藏族人民服务的医生了。

我们谈话的时候，他开始是很腼腆。但在我们不断地发问之下，在他自己深沉的回忆之中，他才渐渐地越说越兴奋，越说越流畅，他那极其动人的故事，使我听了有好几次忍不住流下感动的热泪!

李贡医生今年才二十六岁，甘肃兰州人，在一九五四年，当他从兰州卫生学校毕业，分配到甘南地区工作的时候，他就十分兴奋，心想自己要和藏族的勤劳勇敢、能歌善舞的人民，一同生活一同工作了，及至到了草原，那艰苦的环境，使他犹豫了起来。那里是海拔四千公尺的高原，冷得连夏天的早晚还要穿着棉衣，住的是不蔽风雨的布帐篷，生活的一切得自己动手来做，医疗工作上也没有助手，自己和藏民言语不通……这些困难，向着这个热情的青年人，像压顶的泰山一样，劈空飞来，他的思想斗争开始了。

反复考虑的结果，他决定留下了。他想：党培养了我这么多年，不为的是让我好好地为人民服务吗？现在面对着广大的藏族同胞，我就在困难前面低头退缩，我怎么对得起培养我的、热爱人民的党呢？一想到党，他的勇气无限量地升起来了，他决定在草原上坚持下去。

此后，四年之中，他勤勤恳恳地做着帐圈巡回医疗工作，不论白天黑夜，路近路远，都按照党的指示，想尽一切办法，克服种种困难，治疗着看护着每一个就医的藏族人民。因为他的不懈的热情和良好的医疗成绩，来到他这里就诊的藏族人民越来越多了。他和藏族人民建立了家人骨肉般的深厚的感情。同时更是不断地在他们中间扩大了政治影响，提高了党的威信。他的四年工作之中，有许多动人的故事。

一九五五年的春天，欧拉地区的草原上，发生了一次大火，一个名叫曹加的藏族妇女，因为从大火中抢救牛羊，右臂被燎伤得很厉害。李贡医生替她整整地治疗了几个月。他用尽一切办法——打针敷药，可是曹加的伤口总不能长合。有一天，当他在帐篷里学习的时候，听见几个候诊的病人在帐外草地上谈话，一个藏族老太太问曹加说："共产党的医生技术怎么样？你的伤口好些了么？"曹加说："共产党的医生技术也不见得怎么好，我已经治疗了几个月了，还不见好转，我想我还是去找藏族医生吧！"李贡医生听了这些话，心里如同被人猛刺一刀似的，他想："藏族同胞是把我代表了一切的共产党的医生了，我的医疗工作如不做好，不就就降低了党在藏族人民中间的威信么？"他一面深深地同情着这个久被痛苦纠缠着的藏族妇女，一面又着急自己的周围没有一个老师或者同行，可以商量请教。他忍住满心愁苦，镇静地出去和曹加谈话，请她过三天再来。这三天之中，他不停地翻看手边仅有的两本医书，看到了一种皮肤移植的疗法，就是把一块好皮肤割下来移植在伤口上，来帮助伤口长合的方法。三天之后，他对曹加说明这个办法，动员她把腿上的皮肤取下移植在手臂上的时候，曹加吓得跳了起来，说："我的手臂还没有治好，还要把我的腿也弄坏了么？好了，再不要给我治了！"这几句话，又好像枪弹一样，在李贡医生的脑子里爆炸了起来！他想来想去，最后决心把自己的皮肤取下，来给她作移植的手术。他请曹加明天再来。这一夜，他把手边仅有的简单的手术工具，取出来消了毒……他从来没有做过这种手术，而且是从自己腿上取下一块皮肤，他不由自主地觉得一阵一阵的胆怯。这时天已经亮了。不久，曹加来了，他让曹加躺下，用被单盖上她的脸，吩咐她不要往这边看。当他在自己的腿上打了麻醉针，开始剪下第一块皮肤的时候，曹加坐起来了，惊惶的眼光中充满了感激的泪水，抽咽着说："我从前没有听见过，也更没有看见过这样的医生，连自己的皮肉都割下来给病人治病。共产党是我的恩人，我至死也忘不了共产党!”

曹加的手臂完全好了，她和她的丈夫牵了一只羊，来谢李贡医生。李贡医生说：“共产党和毛主席派我来就是给大家来治病的，不要感谢我，应该感谢共产党和毛主席。”又请他们把那只羊仍旧带回去。他们万分感激地说：“共产党和毛主席真是比父母还亲，比太阳还热，我们到死也要跟着共产党走!”他们这话是从心底说出来的，曹加的丈夫在此后的、为本族人民服务的事业中，献出了宝贵的生命。

小朋友，这只是李医生的故事之一。不知你们听了这个故事，也受到感动了么?你佩服、喜爱这位年轻的医生么?你们愿意向他学习么?他能够这样勇敢地为人民的利益而贡献出自己的一切，就是因为他挖掘到了一切力量的源泉。只要时时刻刻地想到党，深深地体会到党的为人民服务的真挚崇高的愿望，坚决地要保持爱护党的影响和威信，任何一个人，无论他多年轻，都会自然而然地把群众的利益放在个人的利益之上，满怀乐意地去关心别人，忘掉自己。

这是我从李贡医生的谈话中所得到的启发，我愿意把我所得到的再告诉我的亲爱的小朋友!

你的朋友　冰心

一九五九年十一月十二日

通讯十八

亲爱的小朋友：

新年好!我想在齐步跨进一九六〇年的六亿五千万中国人民当中，你们是最最高兴的吧?时间过得越快，离开你们实际参加祖国社会主义建设的时期就越近了，你们不感到兴奋么?

你们在今天都做些什么呢?是在打乒乓球么?是在看一本新书么?还是去参观了什么人民公社或是工厂了呢?

谈到参观人民公社，我在今年的十月底，曾去参观了北京郊区黄土冈人民公社的园艺队，(这个园艺队包括两个苗圃队和三个盆花队，这五个队一共占地一千七百多亩，有花三百多种，五十万盆，树苗不计其数!)我好久就想去访问他们了，因为这公社的园艺队供给了绿化、美化我们的首都的大部分的树木和花朵。当我们看到首都市郊的街道两旁，绿树葱茏、鲜花耀眼，或是当我们把一束一束美丽芬芳的鲜花，献到我们的领袖、英雄、模范、先进工作者和来自外国的贵宾手里的时候，我们总会感谢这些终年辛苦替我们培养花树的公社园艺队员们的。

我说“终年辛苦”，因为在我下去访问之前，只知道春夏时节，花树萌芽开花，最需要修剪灌溉，却不晓得秋冬是花农最忙的季节，当我们看到满树嫩芽，满枝香花的时候，那已经是他们秋冬苦干的成绩展览了！

十月底在北京，年轻的人还没有穿上棉袄，我到这公社樊家村鲜花生产队的时候，他们已在忙忙碌碌地做花洞的窗架，安玻璃，砌墙，编席子……准备着把盆里和地上的花，都挪到花洞里去过冬。这工作真不简单呀！特别是那几天，天天都可能有“霜冻”的警报，队员们就像抢修什么工程似的，在迷镑的朝雾中，在凝冷的月光下，加紧地工作。小伙子大姑娘们一边欢腾地说笑，一边热烘烘地往花洞里抬大花盆，搬小花盆，还从地里起出一棵一棵的花来，堆在小车上，推着赶着地往花洞里送……。

我在这公社里住了几天，把五个生产队都巡礼了一番，其中黄土冈茉莉花生产队给我的印象最深，生产队副队长刘伯伯对我的谈话，最详尽也最动人，我不妨对小朋友再说一遍。

我是在一个薰房里找到刘伯伯的，他正在侍弄着几百盆的含苞欲放的茉莉。薰房里清香四溢，热气蒸人，他身上穿的是单衣单裤，还是一身的汗，满脸的汗！茉莉本是在华南一带的植物，没有这么高的气温培养着，在北方的初冬是开不出花来的，但是养花的人多么辛苦呵！

刘伯伯满脸含笑地招待我们，他指点着这满坑满架绿油油的点缀着万点银星似的茉莉花枝，眼光里洋溢着无限的热情和高兴。他告诉我们：这生产队有三百多间薰房，一万七千多盆茉莉花，这茉莉花根，都是在广东生长的。每年春节后，用稻草包扎好从火车上运来，到后分棵栽到盆里，先放在冷洞，慢慢地一批一批送进薰房，最先是放在火坑上，薰到开出花来，再从坑上挪到架上玻璃棚底下的阳光下面，摘下花，然后再一批一批搬回冷洞。到夏天自然都放在屋外。这样一年可以摘五次花——房内两次，房外三次。这些花，都送到茶叶公司去，在那里，烘茶叶的工人们，在烘笼里铺上一层茶叶，上面再铺上一层茉莉花，这样层层地铺起，放在微火上烘。烘好了就用筛子把茉莉花筛出去，茶叶里就有一股茉莉花的香气，这就是我们所最爱喝的、祖国的名产：茉莉花茶。

刘伯伯说：“培养花就跟培养孩子一样，一点都不能大意呀！花朵是最娇嫩的了，太冷了不行，太热了也不行，太干了不行，太湿了也不行，又要和暖的阳光，又要新鲜的空气……因此我们养花的人是要日夜守在花的旁边的。”我说：“您太辛苦了。”他笑着摇头说：“不辛苦！养了多年的花了，一进薰房不用看寒暑表，光凭皮肤的感觉，就知道房里的热度是多高，只用手指弹一弹瓦盆，就知道这盆花缺不缺水。看着这一大片一大片的花，开得好，摘得多，给国家创造了财富，给人民喷香的茶喝，养花的人的快乐也就说不尽了！”

从薰房出来，刘伯伯请我们在他的办公室——也就是薰房的一端——喝点开水，我们问起他养了多少年的花，他才又感慨又兴奋地对我们说着他的过去。原来他是河北故南人，六岁的时候，他父亲逃荒，一个挑子把他挑到黄土冈来的，他从十二三岁起，就在当地一个恶霸地主赵泉的花厂里当花匠，一年到头劳碌辛苦，才拿到每月五角钱的工资，他说：“那时候吃的苦，就说不完了。一九四九年，黄土冈解放了，我也解放了！恶霸赵泉枪毙了，我分到三间瓦房，三十亩地，以后我们八户贫农就组织起合作社来……去年人民公社化以后，我们这里因为土质适宜，就专门发展起茉莉花房来。本来嘛，我们现在又有人，又有地，大家干惯了这一手活，现在为自己干，又是为集体干，干劲的高就不用提啦。我们的队员，从前每人管六百盆花的，现在每人管八百盆还多。至于我们的生活，和从前比起，真是天上地下。从前黄土冈哪有自行车？现在就多着啦。毛主席说要人人都吃上饭，只有我们才知道这句话不简单。”

从茉莉花队出来，我一路上细细想着刘伯伯所说的话，他提到培养花就像培养孩子一样，就使我想到党对小朋友们的培养，那份小心在意，也决不在刘伯伯之下。他说：“谁要是说‘现在生活不好’，这简直是闭着眼睛说瞎话！”这句话代表了全国人民的声音，也给我上了一堂很好的政治课，因此，我愿意小朋友们在出去参观工厂、公社的时候，也千万不要放过可以使自己受到深刻教育的机会。

再对你们说一声“新年好”，祝你们不断进步。

你的朋友　冰心

一九五九年十二月十三日

通讯十九

亲爱的小朋友：

日子过得多快！刚给你们贺过新年，春节又来到了。春节的假期比较长些，你们有些什么活动呢？

前几天，我同几个朋友在一起闲谈。我们兴奋地谈着二十世纪的六十年代，先是把年月往后推，回顾五十年代，乃至四十、三十、二十年代，那时，我们祖国的情况多么糟糕；我们又回过来谈六十年代的今天，大家都眉飞色舞，觉得我们真是幸福，都赶上了毛泽东时代，我们应该为祖国的社会主义建设，多贡献一些力量，这样，我们的余年才不算是白白地过去……

小朋友，和我在一起座谈的老朋友，都是岁数很大的人了，最年轻的也有四十几岁，也许他们比你们父亲的年纪都大了，但是我们还是越谈越热烈，从六十年代，推想到七十、八十年代，乃至二十一世纪，都说那时的世界真不知道将是个怎样辉煌灿烂的样子，大家都希望能够活到那个时候，可以亲眼看看。

当大家谈到将来，恨不得自己晚生几十年；于是我就欢乐而兴奋地想到你们，你们多幸福呵！当然，灿烂辉煌的祖国和世界，是要人来创造的，你们的责任多么重大呵，你们的事业又是多么伟大呵！

我自己的大半辈子，过的是反动统治的日子，在那些苦难的日子里，不知有多少人经历过流离失所的凄惨生活，更得不到学习文化的机会。而你们就大不相同了，你们几乎是一生下来，就过着人民当家作主的日子，人人都有求学的机会，人人都有钻研科学技术的机会，自然界将像一方未经雕凿的白玉一般，会在你们万能的手中变成玲珑精致的作品，这只要你们好好听党的话，从小立下雄心大志，刻苦学习，敢想、敢说、敢做，那二十一世纪的祖国和世界，将是更灿烂辉煌的新天地。

你们目前的条件是很好的，我们亲爱的党和毛主席永远关怀新生一代的全面发展，并且为你们的科技活动创设了优越的条件；我知道在许多地方，都有少年科技指导站、少年宫、少年之家等，一九五八年秋季起，为贯彻党的教育和生产劳动相结合的方针，在许许多多的中小学里，都开辟了小工厂和实验园地。去年春天，我在河南洛阳参观的时候，我访问了敬事街小学的“六一工厂”，在无线电车间里，看到小朋友们在生产小收音机，做得十分精致；还有小先生在对小学生讲解收音机的构造原理呢，小先生不过十一二岁，小学生就更小了！我们中间有人喜欢得慨叹说：“我小的时候，根本没有看见过收音机！我的儿子小的时候，就喜欢研究收音机，但是我们没有力量让他研究。而现在，这些孩子多幸福呵，这么小的年纪就会做收音机，大了还不知将会创造出什么样奇妙的机器呢！”

我还知道，有许多的中小学校，都和人民公社和工厂挂了钩，使学生的科技活动，有了新的内容。比如养猪、种菜、帮工厂做轻微的劳动等等，在农民和工人的指导之下，和农作物、牲畜、机器接触，通过劳动实践，再深钻进去，无论哪一门科学技术，都会像万花筒一般地日新月异，更会引起你们攀登科学高峰的兴趣和雄心。

小朋友，最精深的科技，掌握在爱好和平的人民的手里，这也是保卫和平的有力武器。现在东风已经早早吹起了，东风已经绝对压倒西风。小朋友，你们的壮志雄心，应当像一团团的火焰！风助火势，一定会把战争贩子和资本主义世界像枯草残叶般地烧得干干净净的。

纸已尽，祝你们春节愉快，不断进步！

你的朋友　冰心

一九六〇年一月十七日夜

通讯二十

亲爱的小朋友：

最近我到湖北省参观，看到了一个省份的工农业盛况，以及其他各方面的巨大成就，使我受了极大的感动和教育。我想给小朋友们谈谈汉江丹江口水利枢纽工程，这个高速度进行的伟大工程，和工地上千万民工的冲天干劲，谁看了都会惊叹钦佩的！

枢纽工程的坝址——丹江口，在湖北省光化县北三十公里。丹江是汉江的支流，从河南流来，在这里和汉江汇合了。汉江是长江的最大支流之一，它从陕西的秦岭发源，到了汉口，又与长江汇合，东流入海。汉口市就是以在汉江之口而得名的。

这条“三千里汉江”，它的流域的广阔，在长江流域中占第一位。两岸的农产品和地下资源，都极其丰富。尤其是中下游江汉平原，是最富饶的鱼米之乡。但是这三千里汉江，千百年来，是两岸人民所恐惧、怨恨的重大灾害。原因是汉江上流的流量很大，降雨量又集中在每年的七至十月之间，连绵的暴雨在汉江上中游汇聚起来，奔腾下泻，给两岸人民带来生命财产的损失是无法计算的。汉江人民曾经悲惨地唱着这样的一首民歌：

汉江滚滚浪滔天
十年倒有九年淹
五月六月渍水起
七月洪水漫屋檐
卖了儿女卖妻子
到头还是死外边

但是，在反动统治的年代里，有谁关心到人民冻毙饿死，妻离子散的生活呢？汉江两岸勤劳勇敢的人民，只好过着提心吊胆的日子。他们千万年来治理洪水的强烈愿望，一直没法实现。直到十年前，全国解放后，我们亲爱的党，领导了汉江两岸人民，开始进行了汉江分洪和修堤的工作。到了一九五八年九月，在党的光辉照耀下，汉江丹江口水利枢纽工程，终于破土开工了！

参加丹江口建坝工程的是，河南、湖北十七个县一百一十七个人民公社，和全国各地几十个支援单位来的工人。有一首民歌把他们的热情和干劲，淋漓尽致地唱出来了：

工人来到丹江口
叠叠青山齐发抖
千军万马开进来
党的红旗前面走
多快好省建汉江
土洋并举有智谋
分秒必争筑大坝
要叫洪水永低头
山沟变成幸福海
云里行船荡渔舟
穷山野岭改面貌
子孙幸福万年秋

要知道这些民工从哪里来的冲天干劲，只从十万大军中的“三师三团的一千八百八十人中，就有一千一百四十三个人的家属，是在一九三五年被洪水淹死的”这件事实来看，就了解他们这样风里雨里猛攻苦干，实在是报祖宗千年之仇，造儿孙万世之福的。

我站在高大的围堰上，眼前是两岸高山，和一条挤在一旁缓流的江水；在坝基前的一片工地上，只见海洋般的人群，挑担的、推车的，上下飞走，欢声雷动。丹江口建坝工程，是土法上马的。他们筑这个围堰的时候，没有用两千一百吨的钢板桩，也没有用三千立方米大，十米长，三十分米宽的木板桩，这些条件，当时都不具备。但是群众的智慧终于冲破了这个重大的困难。他们采用了就地取材，“以土赶水”的土办法，在隆冬严寒的天气里，短短的五十天中，十万大军用自己的双手双肩：

挑起一担
高山去一半
挑起两担
高山变平川

就这样地移山倒海，把一百多万方的土、砂、石方推进汹涌的江流里。一九五九年一月二十六日，最后三小时零十分钟，围堰完全合拢了。千年为害的汉江，从此拦腰绑住，永远驯服地为人民服务了！

现在这拦河大坝，正在热火朝天的建筑期中，今年内全部工程可以基本完成。大坝全长达三千一百零九公尺，拦洪后，水库面积达一千零二十平方公里，深达一百公尺，比被称为东亚第一的我国东北小丰满水库，还大几倍。它不止担负了两岸一千六百万亩土地的灌溉任务，还要发电四十三点三亿度，支援周围几百里的工业建设。在发电量上，它也是东亚第一的。此外，它还便利了上下船只的航行，物资的畅通。同时，水库还可养鱼一亿斤，供给五十万人（每人每年二百斤）吃上一年！

小朋友，在谈到我国水利建设的远景时，还有“南水北调”这一条，就是把南方的水调到北方去利用。丹江口水利枢纽工程，就是一个开端。我们首先把汉水引到淮河，以后还可把汉水引到黄河，使华北广大平原和淮河流域的缺水地区（六千万亩田地）都长起葱绿的稻秧。等到长江三峡水库建成以后，长江、淮河、黄河、汉江的水都可一脉相通。那时，祖国的东、西、南、北，真是一片风光明媚的锦绣河山了！小朋友，你说这远景美好不美好？

写的太长了，就此停住吧。祝你们像春天的树木一样天天向上。

冰心

一九六〇年三月二十七日

三寄小读者

导读：

这些通讯是冰心老人在一九七八年到一九八〇年之间写给小朋友的，陆续发表于一九七八年到一九八〇年的《儿童时代》，共十篇。冰心“爱的哲学”的内容中包括了儿童之爱，儿童一直是她歌颂和赞美的主题，她对儿童存有一颗无比关怀与爱护的心。在这些通讯里，她用亲切的话语告诉小朋友们要热爱自己的祖国；她告诉小朋友们关于学习的事；她企望小朋友们能够在学习的同时不落下对身体的锻炼；她希望孩子们能与人友好、乐于帮助别人；她祝愿孩子们能够“三好”。作者盼望着孩子们能健康地成长，在未来的世界里担负起他们应当担负的责任。她对儿童的这种关爱完全发自内心，这种爱滋润了无数小朋友的心灵。

通讯一

亲爱的小朋友：

在我写《寄小读者》的五十五年后，《再寄小读者》的二十年后，重新提起笔来写《三寄小读者》，心情还只能拿五十五年前所讲的：“我心中莫可名状，我感到非常地荣幸”这句话来描述了！

我三次荣幸地和亲爱的小读者通讯之间，半个多世纪过去了。我这一次的“莫可名状”的心情，是“宁静”多于“兴奋”，“喜悦”多于“感喟”。这半个多世纪的经历，使我对毛主席的“世界是在进步的，前途是光明的，这个历史的总趋势任何人也改变不了”这段教导，有了无限的信心。几十年前日本帝国主义者的侵略，和几年前“四人帮”的专横，都改变不了革命人民事业的逻辑！

我是在“五四”爱国运动之后才开始写作的，还是从“五四”运动谈起吧。

昨天我去参加了有着“五四”革命传统的北京大学建校八十周年的纪念大会。我的周围是彩旗招展，锣鼓喧天；我的面前是两万多名北大的师生员工和家属，其中就有来自三十六个国家的留学生，还有一些戴着红领巾的少年儿童。就是这些少年儿童，敲锣打鼓，挥舞着花束，把我们带进会场来的！

回忆起五十九年前的“五四”，那时，没有认识到革命人民力量的我，哪里想到我们会有这样光明幸福的今天？去年的九月六日，我写的《天安门，与毛主席的名字联在一起》这首诗里，第一节就是描写当年“五四”示威游行的情景：

五十八年前——
我们一队队穿着
长衫和裙子的青年，
踏着丛生的春草，
挥舞着零乱的小旗，
走过破敝黯旧的天安门。
我们喊：“打倒卖国贼！”
“打倒日本帝国主义！”
悲愤填满了我们的胸臆！

自从“中国出了个毛泽东”，他和中国共产党，领导着中国各族人民，把我们当时的最大的敌人——三座大山，彻底推翻了！中国人民站起来了，“五四”运动时代的理想实现了，我们是如何地欢欣鼓舞呵！

毛主席还指示我们要继承五四运动的科学和民主精神的光荣传统，并在马克思主义的基础上加以改造；这就是毛主席为我们树立的实事求是和群众路线的优良作风；而祸国殃民的“四人帮”，为了篡党夺权，极力干扰和破坏毛主席的革命路线，扼杀科学和民主的精神，推行蒙昧主义和愚民政策，把“文盲加流氓”式的人物，当做青少年的样板。亲爱的小读者，当“四人帮”横行的时候，看着你们身心备受腐蚀摧残的情景，也真是“悲愤填满了我们的胸臆”呵！

和人民心连心的党中央率领着全国各族人民，把万恶不赦的“四人帮”，押上了历史的审判台。我们又是如何地欢欣鼓舞呵！

亲爱的小朋友，“四人帮”这块大绊脚石搬走了，障碍扫除了！我们必须立即开始新的长征，向着四个现代化迈进。到了本世纪之末，你们正是年富力强时节，正在以灿烂的青春，贡献给壮丽的事业。做个历史的主人，这负担真是不轻呵！

你们现在要怎样地培养共产主义的情操和集体英雄主义的气概，特别是发扬毛主席所指示的：要继承“五四”运动的科学和民主的光荣传统，树立实事求是和群众路线的优良作风……这些，在我们党和国家领导人的讲话里，在报纸刊物的论文里，在你们老师和家长的谈话里，你们都看得听得很多了，你们要好好地记住吃透，我就不再重复了。

这封信写得长了，在十几年之后重新提起笔来，总感到纸短情长，不能自已！好在以后我还将继续不断地写下去。这信赶在“六一节”和你们见面，就此结束吧。

我将永远和你们在一起，努力好好学习，天天向上！

你们的朋友　冰心

一九七八年五月五日

通讯二

亲爱的小朋友：

在这篇通讯里，我给你们介绍一幅极其感人的图画，题目是《清洁工人的怀念》。画的是我们敬爱的周总理正在和一位清洁工人握手。画上的题词，是以清洁工人的口气写的：在这夜深人静的街头，谁想到总理握着俺这拿帚把的手，“同志，你辛苦了，人民感谢你。”说得俺心中暖，热泪流。总理呵，有多少个这样夜深的时候，您操劳国事最辛苦，您挂念着人民的喜和忧。总理呵，谁说您已去，您没有走。人民的总理与日月同光辉，人民的怀念与天地共长久。

看！画的左上角，是人民大会堂，门前只停着一辆轿车，司机站在车边等着，是“夜深人静”了呵。周总理在操劳国事之后，很疲倦了，他走出人民大会堂，正要上车，抬头看见远远的大街的那一边，还有一位清洁工人在低头扫地，立刻健步走过宽阔的大街，用双手紧紧握住这位工人的右手，以短短的诚挚亲切的话，替广大人民表示了由衷的感谢。画的右上角，是落了叶的树枝，地上还有几片未扫尽的落叶。这位工人肩挂一只铁簸箕，左手握着帚把。深夜的秋风是寒冷的，但是总理的一句“你辛苦了”，使得他“心中暖，热泪流”。这幅画刻划出了人民的总理和人民心连心，关怀着每一个人的辛苦工作，却没有想到自己的日夜辛劳。总理是多么伟大呵！

自从我去年在一次美术展览会上看到这幅画后，印象就很深，今天向你们提起，就是因为今年四月下旬，我陪外国朋友到颐和园游览的时候，有了一些感触！

当我们走进园门穿过昆明湖边长廊的时候，我看见一路都有散扔的包糖果面包和包冰棍的乱纸。长廊两旁的栏杆上，坐着站着许许多多笑语纷纭的春游的小朋友。当然，那天园里游人很多，这些纸不一定都是小朋友们扔的，但我却不能不想到这里可能也有他们的一份。走到长廊的尽头，我看见一位很年轻的女清洁工人，正在低头扫着地上的乱纸。我猛然觉得眼前一亮，周总理和清洁工人握手的这幅画，又高悬在我的面前！周总理对清洁工人的关怀，永远是我们学习的榜样。我们这些春游的人，能不能以总理之心为心，能不能在公共游憩观赏的地方，多注意一些公德，多讲一些清洁卫生，来减少一些清洁工人的辛苦呢？

由于“四人帮”对于儿童教育的干扰和破坏，我们多少年来没有听到关于五爱（爱祖国、爱人民、爱劳动、爱科学、爱护公共财物）的宣传了。砸玻璃、拆桌椅等等都成了“反潮流”的“勇敢”行动，乱扔果皮糖纸甚至随地吐谈，就更不在话下了。想起在革命战争时期，伟大的毛主席和革命前辈们所率领的工农红军，在那样艰苦辛劳的情况下，还是一进到村镇，就扫地，就挑水……和人民打成一片，打出了一座红色江山，使我们今天能在这片辽阔壮丽的国土上尽情地观赏游览，尽情地呼吸着清洁新鲜的空气，我们又该怎样地来保护它珍爱它呢？

亲爱的小朋友们，你们是在本世纪末实现四个现代化的主力军，肩负着提高我们科学文化水平的光荣而重大的任务，你们现在是不是要在具体的事情上——哪怕是一件小事，以具体的行动来表示你们是在继承和发扬革命前辈的优良的作风和传统，来表示你们要把自己培养成为共产主义接班人的决心呢？

小朋友们，“四人帮”的流毒必须肃清，“五爱”的教育必须重讲，让我们还是从《清洁工人的怀念》这幅画谈起。让我们以后在集体和个人出去过队日或做户外活动的时候，尽情欢乐之余，要记住，把游玩或野餐过的地方，收拾得干干净净，把果皮糖纸之类的东西拣起包起扔在果皮箱或垃圾箱里。若是在山巅水隅找不到果皮箱或垃圾箱，就把这些东西收在挎包里带回来，丢进垃圾箱里。这种做法，也许老师和家长们都对你们讲过了，在这里，我就再提醒一下吧。

春去夏来，风和日暖，你们的户外活动一定更多了，祝你们身体健康，精神愉快！

你们忠实的朋友　冰心

一九七八年五月十八日

通讯三

亲爱的小朋友：

这封通讯间隔得太久了！前些日子我一直在忙些其他的写作，其实我的心里时刻都在惦念着你们！尤其是在上学年临末的那几天夜里，我望到我住处前面宿舍楼上的每一扇窗户里的灯光，都是亮到夜半，就知道灯下有许多小朋友正在准备期终考试。我是又高兴又担心。“四人帮”打倒了，老师和家长都敢于抓你们的功课了，你们自己也知道刻苦用功了。

但是几年的积欠，在几个月几天之间，要把它补上，究竟是一件很吃力的事，我真怕你们因为拼命补课备考，睡不好觉也吃不下饭，把身体搞垮了。何况我们敬爱的领袖毛主席对你们提出“三好”学生的希望，头一条就是“身体好”呢。

但是期末考试过去了，暑假来了，是不是可以暂时歇一歇力，喘一口气，把暑期作业放一放，先痛快地玩上几天，等到秋季上学之前再赶着补上呢？我觉得这也是不科学不切合实际的想法。

亲爱的小朋友，今年的六月十二日，我们中国科学文化界的巨人、郭沫若老爷爷和我们永别了。他在今年三月留给了我们一篇光彩夺目的文章，题目是《科学的春天》，我想许多小朋友都已经读过。有的小朋友也许还会背诵吧。在这篇文章里，他郑重地提出：“我祝愿全国的青少年从小立志献身于雄伟的共产主义事业，努力培育革命理想，切实学好现代科学技术，以勤奋学习为光荣，以不求上进为可耻。你们是初升的太阳，希望寄托在你们身上。革命加科学将使你们如虎添翼，把老一代革命家和科学家点燃的火炬接下去，青出于蓝而胜于蓝。”

青出于蓝而胜于蓝，这就是“赶”而又“超”。郭老爷爷又说：“赶超，关键是时间。时间就是生命，时间就是速度，时间就是力量。”小朋友，关于时间的可贵，时光流逝之迅速，恐怕你们不像我们老年人体会得那样深刻！我常想，我已是将八十岁的人了，就拿八十年整段的时间来算一算，就有二万九千多个日夜（29200 日夜），就有七十多万个小时（700800 小时），就有四千两百多万分钟（42048000 分钟），就有二十五亿多秒钟（2522880000 秒钟），在这八十年之中，我浪费了多少的年、月、日、时、分、秒呵！我若是在学习和工作上努力地争分夺秒的话，我该可以多做多少工作呵。一想起来，我是多么难过，多么后悔呵！

那么，我是不是说小朋友们除了八小时的睡眠和吃饭的时间以外，都必须用于学习和复习功课呢？不是的，绝对不是的。我们要夺取时间，就必须善于使用我们用以夺取时间的武器，那就是我们的脑子，脑子这个最宝贵的武器，不用就要生锈，多用就更灵活，过度就会损伤。生锈或者损伤，它就不能锐利地去替我们冲锋陷阵、攀高攻关！

因此，为了使我们的脑子能够合理地工作和合理地休息，我们必须学会科学地安排时间。头脑这件东西，和小朋友一样，是十分活泼好动的，除了睡觉之外，它是不肯休息的（其实在我们睡觉的时间里，它还给我们布置了一些童话一样的梦境……），但它在重复地做同样的工作，做得太久的时候，它就不耐烦而疲劳起来了。我有一位小朋友，是个“三好”学生。有一次我问他怎样能做到“三好”，他笑着说：“问题就在于合理安排时间。具体地说，我严格遵守早睡早起的习惯，晚上九时以前一定睡觉，早上六时以前一定起床，铺床叠被，洗脸漱口以后，做早操或跑步，在早饭后上学前，我就做比较繁难的作业，比如算术。早晨头脑最清醒，做起作业来，往往事半功倍。上课时，我坚持专心听讲，专心做笔记，这样比下课后再去问老师或问同学就省事得多。午饭后，上课前，我一定按时睡午觉，这样，头脑得到了休息，下午上课就有精神。下课回家，我就做作业，但我决不使自己做到头昏眼花。我感到头脑疲劳了，我就给它换一种工作，比如说作文作不下去了，我就起来看看一些青少年读物和报纸，或做些户外游戏，比如说打球、跑步、或做些家务劳动，比如说打饭抹桌，涮盘洗碗，倒垃圾……”他说到这里，笑了，说：“其实现在我的同学们也都是这样安排时间的，各人家庭的情况不一样，时间表就也不完全一样，但是在打倒‘四人帮’以后，我们都努力地利用每一分每一秒，使我们的每一分每一秒都用在向‘三好’进军的事情上面。我们觉得学会合理地科学地安排时间，就是提高科学文化水平的开始！”

今天，我回忆着他讲的这些话，觉得并没有什么特别出奇的地方，也没有说什么“雄心壮志”，比如说到了本世纪之末他要做什么“家”等等，但他却有一股扎扎实实，利用每一分每一秒的时间，苦干加巧干，一步一个脚印地，走到二十一世纪，来实现他所要完成的新时期的总任务的决心和信心。他是在“时刻准备着”！

让我们都向他学习吧，祝你们

身体好，学习好，工作好！

你们的朋友　冰心

一九七八年七月二十七日

通讯四

亲爱的小朋友：

这些年来，尤其是最近，我常常收到小朋友们的来信，问我怎样才能写好作文。我真觉得一时无从说起，而且每一个小朋友的具体情况不同，我也不能一一作答。我想来想去，只能从我自己的写作经验和实践说起。

首先，创作来源于生活，没有生活中的真情实事，写出来的东西就不鲜明，不生动；没有生活中真正感人的情境，写出来的东西，就不能感人。古人说“情文相生”，也就是说真挚的感情，产生了真挚的文字。那么，从真实的生活中，把使你喜欢或使你难过的事情，形象地反映了出来，自然就会写成一篇比较好的文章。

许多小朋友问道：“我遇到过许多使我感动的事情，心里也有许多感想，可就是有‘意思’没有‘词儿’，怎样办?”那么，从我自己的经验来说，除了多看书多借鉴之外，没有别的办法。

小朋友比我幸福多了！我小的时候，旧社会很少有为儿童编写的读物，也很少适宜于儿童阅读的东西。我只在大人的书架上乱翻，勉强看得懂的，就抽出来看，那些书也不过是《西游记》、《水浒传》、《三国演义》之类，以后就是些唐诗、宋词，以及《古文观止》等等，但是现在想起来，也就是这些古书，给了我很大的益处。

毛主席教导我们说：“我们必须继承一切优秀的文学艺术遗产，批判地吸收其中一切有益的东西，作为我们从此时此地的人民生活中的文学艺术原料创造作品时候的借鉴。有这个借鉴和没有这个借鉴是不同的，这里有文野之分，粗细之分，高低之分，快慢之分。”我自己对于毛主席这段话的体会是：借鉴前人的文章诗词，至少可以丰富我们的词汇，使得我们在写情写境的时候，可以写得更简练些，更鲜明些，更生动些。

“四人帮”打倒了，不但有更多的少年儿童刊物和读物出版了，还有许多在“四人帮”横行时候，不能再版的现代作品，如《刘白羽散文选》，以及“四人帮”打倒了之后的新作品，如刘心武老师的《母校留念》短篇小说集等也出版了。我只举了以上两本，其他还有许许多多，有待于小朋友自己去翻阅了——此外，重新出版了《唐诗选》、《宋词选》、《古文观止》等古书，这些古代作品，都是经过精选的，有机会可以拿来看看，不懂得的地方可以看注解，还可以问老师；最方便的还是自己会用工具书，如查《新华字典》，或《辞海》、《辞源》。一个词或字，经过自己去查去找，也更容易记住。

就这样，你看的书多了，可以借鉴的东西也多了，你的词汇就丰富了。当你写一篇作文，如《我的第一位老师》的时候，你的第一位老师的形象，微笑地站在你的面前，你就会运用你新学到的词汇，来描写她的容貌、声音、语言、行动。因为你写的是你所熟悉的真人真事，而你写得又那样地鲜明生动，那自然就是一篇好文章。当你写一篇作文，如《动物园的一天》，你就会用你新学到的词汇，来描写出你所看到的鸟、兽、虫、鱼；花、草、树、木的种种的颜色、动作和声音。因为你形容得那么逼真、活泼，就一定会得到读者的欣赏和共鸣。这就是“情文相生”的另一方面！

小朋友，炎暑过去了，学校又开学了。我能体会到你们见到老师和同学们，以及捧着新课本时的欢喜情绪，这都是鼓舞你们向科学文化进军的力量。我希望你们不但要好好学习课内的书，有空的时候，也多看些课外的书，比如说，像我在上面提到的那一些。这不但是为帮助你写好作文，最重要的还是扩大你的知识面。知识就是力量，我们社会主义祖国的接班人，就需要这种力量，是不是？

希望你们爱书，好书永远是我们最好的朋友！

你们的朋友　冰心

一九七八年九月七日

通讯五

亲爱的小朋友：

昨天下午有两位日本青年人来看我，我们虽是初次见面，谈起来却像旧友重逢那样地兴奋、欢喜！

这两位青年人，一位是日本东京日中学院（这所学院是专学汉语的，从一九六四年创办起，已经毕业了一万多名学生了）的教师，现在北京的一所外语学院教授日语。另一位是在我国工作的日本专家的儿子，他从小在北京，从小学念到大学毕业。他们都是三十岁以下的年轻人！

我们三个年纪相差半个世纪的人，却滔滔不绝地从中日两国几千年来互相学习互相补充的血肉相连的文化谈起，谈到一九七二年九月的中日邦交正常化的声明、和今年八月中日和平友好条约的签订、以及今年的十月邓副总理的访日等等。我们都深深地怀念着亲切关怀中日友好事业的毛主席和周总理，他们都深信中国和日本这两个有着深广的文化关系的、一衣带水的两岸的伟大民族，终究会紧紧地携起手来，为亚洲和世界的和平进步，作出贡献。现在，中日两国十亿人民的愿望终于实现了。周总理曾经说过，“饮水不忘掘井人”，日本朋友谈到这里，很难过地说：“周总理曾答应我们说，在日中和平友好条约签订之后，在樱花盛开时节，他将到日本去访问。现在我们饮到了这股和平友好的涌泉活水，而我们竟然不能受到中国方面最伟大的掘井人周总理的访问，明年樱花时节，我们将如何地怀念他呵！”过了一会，我说：“你们在今年十月的‘万山红遍’、‘枫叶如丹’的红叶季节，不是接受了我们邓小平副总理的访问吗？一桩伟大的事业，一定有很好的接班人，让我们都努力做他们的接班人吧。”小朋友，当时我说这些话，不但是安慰他们，也是安慰和鞭策我自己。谈起中日友好，这二十多年来，中日两方的老一辈人，辛辛苦苦、一锄一锹地掘出了这一口清甜的涌泉活水，是走过了极其曲折的道路，做了极其艰巨的努力的！这个成果，来得不易，小朋友们必须永远铭记！

说起中日两国文化上的来往与交流，早在公元一世纪的时候，汉朝班固所作的《汉书》里，就有关于日本的记载，此后如唐朝的鉴真法师（死在日本），诗人李白的诗友、日本人晁卿（死在中国）等，他们对于交流文化的伟大事迹，都是我们所钦佩而且乐道的。此后两国有了更加频繁的来往，将来你们读历史时都会知道而且会感到兴趣的。

从我自己来说，解放前因为赴美就学，就有几次路经日本，解放后又参加了好几次的友好代表团去过日本，结交了日本的广大人民，参观过日本美丽的国土，就深深地感到我们两国文化上相互的深广影响和人民间的深厚友谊。我们两国人民之间，无论在文字上、绘画上、建筑上、医药上，甚至在穿衣吃饭上，都有着共同的语言。为了亚洲和世界的稳定和平，我们这两个勇敢勤劳的伟大民族，一定要世世代代地友好下去。

这两位日本朋友，同我谈的话很多，那位从北京大学毕业的青年，悲愤地谈到“四人帮”对北京大学的摧残和压迫，谈到《天安门诗抄》，谈到“四人帮”粉碎以后的狂喜。那位日中学院的教师，同我谈到日本人民所最敬爱的中国名人，是毛主席、周总理和鲁迅。最后谈到中国的儿童，他说：“您不是很爱孩子吗？我也很爱孩子。我刚到中国不久，还没有同中国儿童接触的机会，但是每个星期天，我都带着照相机，到公园去照孩子们活动的相片。我觉得中国的儿童，特别地天真活泼！”我笑了，我说，“你不觉得日本儿童也是天真活泼可爱吗？”他们也都笑了，说：“是呵，他们都是我们很好的接班人呵！”临走时，他们和我紧紧地握手，再三地说：“我们希望您多为儿童写作！”

亲爱的小朋友，我实在没有一时一刻忘记我的喜爱和责任。你们是早晨八九点钟的太阳，希望寄托在你们的身上！

毛主席在第一届全国人民代表大会的开幕词里，勉励我们要“为了建设一个伟大的社会主义国家而奋斗，为了保卫国际和平和发展人类进步事业而奋斗”。在新的长征路上，你们是在共产党领导下一支庞大的生力军，你们肩上负着：建设一个四个现代化的社会主义祖国，和保卫国际和平和人类进步的重大而艰巨的责任。为了完成这个任务，我希望你们也把我们肩上的促进中日和平友好的责任，分担起来，接受过去，因为这是我们拥有九亿人口的中国，对于亚洲和世界的进步和平，所能贡献的一个重要的组成部分！

祝你们健康、进步！

你们的朋友　冰心

一九七八年十一月十九日夜

通讯六

亲爱的小朋友：

窗外一声爆竹，把我从沉思中惊醒了，往窗外看时，我看见一个小朋友正在雪地上放爆竹呢。他只有七八岁光景，穿着一件蓝色棉猴，蹲在地上，把手臂伸得长长地在点一支立在地上的鞭炮。远远地还站着一个穿着红色棉猴的小女孩，大概是他的妹妹吧。她双手捂着耳朵，充满着惊喜的双眼却注视着那嗤嗤发声的鞭炮……多么生动而可爱的一幅图画呵！这使我想起我小的时候，每到新春季节，总会看见人家门口贴的红纸春联，上面有的写着："爆竹一声除旧，桃符万户更新"——桃符就是春联的别名——这对春联，到现在也还有其现实的意义，就是说一声巨响的爆竹，一阵浓烈的硝烟，扫除了阻碍我们前进的一切旧的东西，比如说，封建主义、官僚主义；之后，家家户户的春联还要写上他们自己迎接新春的最新最好的决心和愿望，这不但是鞭策自己，也是鼓励别人！小朋友，一九七九年来到了，我们最新最美的决心和愿望是什么呢？

党的三中全会，向我们号召说："全党工作的着重点应该从一九七九年转移到社会主义现代化的建设上来。"小朋友，你们都是社会主义现代化的后备军，今天，你们的着重点应该放在哪里呢？

四个现代化关键在科技，基础在教育，而中小学的教育更是基础的基础！那么，在中小学的课程里，哪一门是最重要的呢？我觉得最重要的还应当是语文！

文字是写在纸上的语言。认不清、看不懂文字就等于视而不见的瞎子；写不出、写不好文字就等于说不出话的哑巴。生活在旧社会的广大劳动人民所吃过的不识字的苦，我们听到看到的难道还少吗？

有好几位数、理、化的教师，都恳切地对我谈过，学生如不把语文学好，就看不懂数、理、化的书本和习题，对于他所认为最重要的数、理、化课程，就不会有很好的理解。他们感慨地说："数、理、化学不好，拉了四个现代化的后腿，而语文学不好就拉了数、理、化的后腿。"他们讲得多么深刻呵！

学习语文本来就是要培养我们识字、阅读和写作的能力，这是在四个现代化长征路上最起码的武装。语文又是一切装备中，最锐利的武器。语文学好了，工作才能做好，才能精益求精，学外语也是如此。还有，无论外语学得多好，如果不在本国语文上下功夫，也就不能把外语翻译得准确、鲜明、生动，也就不能收到"洋为中用"的效果！

要学好语文，上课、听讲、做作业，当然是主要的，但这还不够。我们一定要把学习语文的门户开得大大的，除了课本之外，各人要自己找书看，看到好书后，同学之间还要互相介绍，也要向老师和家长请教。

小朋友，切不可把看书当作一种负担，看书是一种快乐，一种享受。苏联文学家高尔基曾经这样说过："我兴奋地、惊异地阅读了许多书，但这些书并没有使我脱离现实，反而加强了我对现实的兴趣，提高了观察、比较的能力，燃起了我对生活知识的渴望。"你一旦进入了生活知识的宝库，你就会感到又喜又惊，流连忘返。而你从这宝库里所探到的一切，就会把你"全副披挂"了起来，使你能在社会主义现代化的长征路上，成为一个无比坚强的战士。

让我告诉你们一个大好的消息：全国少年儿童读物出版工作会议，拟定了一个一九七八年至一九八〇年部分重点少儿读物出版的规划。拟定出版的图书有：《少年百科全书》、《小学生文库》、《少年自然科学丛书》、《少年科学画册》以及《外国儿童文学名著》等将近三十套。我们有了已经出版的许多儿童读物，再加上这将近三十套的图书，在将来的三年中，就尽够你们在知识的海洋中游泳的了。不是吗？

我在充满了希望与喜悦的心情之中，向你们祝贺，愿你们过一个健康快乐的春节！

你们的朋友　冰心

一九七八年十二月三十日

通讯七

亲爱的小朋友：

去年十二月中旬，我得到美国威尔斯利大学（Wellesley College）的一封信，是一位中文系的助教写来的。她说：她将带领一个访问团来到北京，她们希望能在中华人民共和国见到一位校友。她还客气地说：为了有助于她们对今日中国的了解，团员们都极其兴奋地企待着这一次会见。

小朋友，威尔斯利女子大学就是我早年在美国留学时，上的那所大学。它是只收女生的，二十年代时约有两三千个学生，都住在校园里。我是个研究生，本来可以住在校外，但我是"外国人"，在美国没有家或亲戚，因此也就让我住在校内。我很爱这个校园，回国后，我常常想起它，梦见它，它的旁边有一个波光滟滟的慰冰湖，湖畔的校舍里住着我的好老师、好同学。近几年来它又和美国著名的工科大学，麻省理工学院的工科班或理科班，联合上课，而且成立了一个中文系。这都是半世纪以前想象不到的！

今年一月二十三日的下午，我在北京友谊宾馆和我的美国同学会见了！

我怀着企待和兴奋的心情，进入了会客厅。我看见坐成一大圆圈的几十个美国姑娘，她们穿的不是细褶裙子，而是长裤；不同颜色的头发，梳的不是髻儿，而是有的披散着，有的剪得比较短，这不是半个世纪以前我所熟悉的装束，但是那热情的笑脸和兴奋的目光，不是和我以前在校园里所遇见的一模一样吗？

我不禁像重逢久别的旧友那样，伸出手去，叫了出来："好呀！姑娘们，慰冰湖怎么样了？"

在这一声招呼下，顿时满屋子活跃起来了，我的矜持和她们的腼腆，一下子都消失了！这些大学生都是二十上下年纪，最大的就是那位中文系的助教，和我到美国那年的岁数一样——二十三岁。其中还有一个学生，是今天在北京过她的十八岁生日的！

我们的谈话是热闹而杂乱的。我问起我的老师们，这些学生是已经不认识了或者只听到那些名字。我住过的宿舍，除了闭璧楼还在（一个学生高兴地叫："我就住在那里！"），而娜安辟迦楼，这所美国著名诗人惠特曼曾经描写过的那座楼，早已拆了重建了。只有慰冰湖还是波光荡漾地偎倚在校园的旁边。

她们争着告诉我：她们已经参观过故宫博物院，游览过颐和园了。她们登上那巍峨的万里长城，还都登上了最高的烽火台。

从万里长城，我们谈到了中国四千年的悠久的历史和文化，谈到了今日的中国，中国的九亿人民，谈到了已故的毛主席和周总理，谈到了今日中国的党中央。她们知道得最多的，是我们敬爱的周总理。

她们又谈到她们大学近几年来才成立的中文系，系里有中国的和美国的教授，读的是茅盾，老舍，巴金和曹禺几位作家的著作。我告诉她们，茅盾、巴金和曹禺都还健在，而且都在继续写作，她们又惊喜地欢呼了起来。

最后，我们的谈锋，自然而然地集中到中美人民的友谊上，她们都认为中国和美国这两个太平洋两岸最古和最新的伟大民族，携起手来，取长补短，互相学习，一定会为世界和平和人类进步作出极大的贡献！

这正是我心里的话！我说："我年纪大了，我也要为这伟大的事业，尽上我自己的力量。但你们是初升的太阳，将来的世界是属于你们美国和中国以及世界上的青少年的。你们有责任把这个世界建设得和平而美好。"

我知道她们在傍晚还要到友谊商店去买些纪念品，也要去吃一顿北京的烤鸭，在祝愿她们有一个快乐的夜晚之后，我就站起来和她们道别。她们依依不舍地留我和她们合照了几张相片，又把我送到宾馆门口。

回家的路上，我向天仰首，感到天空也高旷得多了，广阔的马路两旁排列整齐的看不到头的杨树枝头，虽然还没有叶子，但已在回黄转绿。我闻到了浓郁的春天气息！

小朋友，世界人民之间的友谊是宝贵的，我们要珍爱它，培育它，促进它。你们是二十一世纪的主人翁，你们要和美国的青少年，日本的青少年，和欧洲、非洲、拉丁美洲以及其他各国的青少年团结起来，把我们老一辈人为世界和平、人类进步所做的努力，继续和发展下去。

情长纸短，不尽欲言，祝你们三好！

你们的朋友　冰心

一九七九年二月二十二日

通讯八

亲爱的小朋友：

节日好！好久没有给你们写信了，但是在这一春天里，我一刻也没有把你们忘掉，特别是看到春草绿了，春花开了，想到在春天里生气勃勃地锻炼着、学习着、工作着的我国的两亿小朋友，我对我国的四个现代化的未来，总是充满着希望和喜悦。现在借着向你们祝贺节日的机会，告诉你们我最近遇到的很难忘记的一件事。

有一天早晨，我出去开会，因为是雨后初晴，这大院里的地上还是很滑的，我只顾低头看路，忽然听见前面有清脆的声音叫：“老爷爷，慢点走，等我来扶您！”抬头看时，原来是一个背着书包、戴着红领巾、梳着双辫的小姑娘，正在追上一位老爷爷，扶着他的胳臂，慢慢地走过一段泥泞的路。等到走上了柏油大路，老爷爷向她点了点头，她才放了手，笑着跳着向前走了。这时马路边有几个小孩子，正在围住一棵新栽上的小杨树使劲地摇晃。这个小姑娘走过去，不知道对那些孩子说些什么，孩子们都放了手，抬头看着她不好意思地笑着。她笑着拍了拍每个孩子的头，正要往前走，又看见马路上散落着一些纸片，那是走在她前面的那个男孩子边走边撒的。她就停下来，把那些碎纸一片一片地捡了起来，三步两步地追上前去，把这些纸塞在那个男孩子的手里。他们站在路边说了几句话，我也听不见他们说些什么，只看见那个男孩子先是低下头，后来又点了头，最后他们两人又说又笑地向前走去。我想再跟她走下去，但是我开会地点和她要去的学校不在一条路上，我们必须分开走了。而我还是站在路口望着他们并肩走去的背影，久久舍不得离开。

多么好的一个孩子！只在短短的几分钟里，短短的一段路上，她已经做了这几件好事，那么，在一天、一年、一生中，她该为人民为国家做多少好事呢？

亲爱的小朋友，我们都知道而且坚信，只有现在的“三好”学生，才能胜任地负起实现我国四个现代化的光荣任务。

关于怎样能做到身体好，学习好，小朋友们一定都听得很多，在此我就不多说了。因着那位小姑娘的启发，对于怎样做到工作好，我倒有点想法。小朋友们不但在家庭里和学校里有许多工作可做，而且在社会上也可以做许多工作。就像我看到的那个小姑娘，她在上学路上，就扶着一位老大爷走过一段难走的泥路；还说服了几个小孩子，要他们爱护绿化城市的树木；还帮助她的同学，要他爱护公共卫生和整洁的市容。她不知道我跟在她后面，她不是做给我看。她的这些良好的表现是从她所受过的良好的家庭、学校、社会教育里逐渐养成的。习惯成自然，她的良好的一言一行是多么自然，多么可爱。

小朋友，让我们都向她学习，一个小朋友每天做几件好事，那么两亿小朋友会做出多少好事呢？我们祖国面貌的日日更新，还会是一件很难的事情吗？

小朋友们一定会看到更多的像我所看到的这样闪光的儿童形象，不妨也写出来让我们互相学习吧！

再一次祝你们节日快乐！

你们的朋友 冰心

一九七九年五月十二日

通讯九

亲爱的小朋友：

当我拿起笔来的时候，正是北京晴空万里的秋天。窗外灿烂的阳光穿过杨柳的浓荫，射来一层层淡烟般的光雾！多么好的天气呵！我怀着无限欢悦和爽朗的心情，来给我的久违的小朋友们写这一封信。

这一夏天，我没有给你们写过一个字，但是我知道全国有许多小朋友，在祖国的山巅海隅过着夏令营的生活，既锻炼了身体，也丰富了知识。其他的小朋友也在此长期的休假中，做了些有益的户外活动或游戏，看了些长篇的小说或读物。我所看到和听到的关于小朋友假期生活中的一切，都使我满意、欢喜。

“四人帮”打倒了之后，在小朋友们的学习生活上，有了很大的转变。你们不但努力学习，还养成了爱看课外书籍的习惯，这是一个极好的现象。但同时我也觉察到有的小朋友比较重视读书而忽视体育，个别的还把文化学习和体育运动对立了起来。我觉得这是不应该的。健康的精神寓于健康的身体，你的身体柔弱，无论你书读得多好，学问多深，将来工作起来也没有精力。处顺境时既会感到力不从心，处逆境时更会感到消沉颓丧，这对于现在我国万众一心，励精图治的大好形势，是极不相宜的。

我不妨把我自己少年时代关于看书和室外活动的经验和教训，说给小朋友们听听。我从小是在山边海隅长大的，在山路上骑马或在浅海上划船，都给我以最大的快乐。就感到和大自然接触，在清新的空气中、灿烂的阳光下，总使人心胸开朗，精神振奋，学习起来头脑也加倍清醒，学得快也记得牢。但在风晨雨夕，我出不去的时候，就关起门来找书看。那时候社会上并没有多少儿童读物，我在大人书架上所能找到的小说，就是《三国演义》、《水浒传》以及英国作家迭更斯写林琴南翻译的《块肉余生述》，等等。我一口气看了下去，坐久了，眼力用多了，就觉得精神恍惚、天地异色！特别是看到书中人物受折磨、受苦难的时候，如《水浒》中“林教头风雪山神庙”，《块肉余生述》中，孤儿大卫受到后父凌虐的一段等等，我就伤感抑郁，不能自已。这时候，我就赶紧放下书本，跑到户外去，让天上的雨丝风片，来洗掉吹散我的愁绪，来恢复我的精神。

小朋友比我小时幸福多了，你们现在不但有许许多多的儿童读物，可供你们翻阅，而且也不像我小时没有过学校生活以前，只能单独地在户外活动。你们在学校里的体育课是集体活动，可以训练整齐严肃的组织性和纪律性，在班际、校际比赛中还可以培养出团结合作，勤学苦练的良好作风。这巨大的效果，在二十年后，你们做了我国四个现代化的主力军时，就会充分地显示出来。那时你们就会满意地说：亏得我们小时候，积极参加了健康有益的活动，使得我们胜利地对抗了资产阶级的东西，锻炼了意志，坚持了学习，才有这么多的精力，来为人民作出应有贡献！

话就讲到这里吧，祝小朋友们在新学年开始的时候身体健康，学习进步！

你们的朋友　冰心

一九七九年九月十三日

通讯十

亲爱的小朋友：

八十年代又过了三个星期了，日子过得多快！前些时候我忙于许多事务，不

愿在烦杂的心情之中，给你们写信。昨天，偶然在一位朋友家里，见到一位海外归来探亲的老人，谈了一个下午，他的谈话使我欢喜而又兴奋，我趁今天早起神清气爽的时光，来向你们报道我所听到的一切。

这位老人和我同岁，也是“世纪同龄人”了，他高兴而又慨叹地说：“从我离开祖国三十五年，我已经回来三次了。

“第一次是一九五九年秋天，我首先来到了天安门广场，环顾四周，天安门楼披上了庄丽的新装，两旁的高大建筑，是那样地端严肃穆，路上来往如织的行人，都是那样地健壮愉快，我高兴得落下了泪。中国人民站起来了，我又到海外去，我觉得我胸背也挺直了，说话的声音也洪亮了！第二次回来，是一九七六年的春天，那正是‘四人帮’横行的时候，周总理又逝世了，到处看到的都是伤心惨目的景象，我的心凉了下去，觉得似乎中国一下子又垮下来了。但是，这一年的清明节，我又到了天安门广场，看到那花山，那诗海，那愤激奋发的人潮，我的心血又沸腾了起来，我流着泪握着一个正在抄诗的少年的手说：‘好好干吧，希望寄托在你们身上！’

“但我还是怀着不安的心情回到海外去的。这次回来，是第三次了，我所看到的比我在海外所想象的或听到的好多了。只有您和我这么大岁数的人，才能体会到把‘四人帮’留下的烂摊子，收拾到现在这个样子，是多么不容易！当然我也看到了许多缺点，比方说，都市的大街上有一些青年人，穿着五颜六色的奇装异服，留着长发和胡子，嚼着口香糖，哼着海外六十年代流行的、有教养的外国人也不唱的小曲！但是，在我的亲戚和朋友家里，却看到了中华民族的精华，他们的第二代，也就是四十岁左右的人吧，这些人在他们工作的单位里，多半都是骨干。他们在吃和穿上都十分俭朴，最使我感动的是在他们居住的十几平方米的屋子里，小小的一张书桌上，他们还在认真地辅导他们孩子们的学习，直到孩子们睡了以后，他们才开始摊开图纸或拿出书本，专心致志地做自己的工作！而他们的孩子，也就是我们的第三代吧，大都是健康活泼的、大方有礼的。单就这些孩子们对我这个海外归来的陌生老人，那样的恭敬和温暖来说，我就觉得我们中国传统的人与人之间的良好亲密关系，并没有丢失。这使得我习惯于‘金钱第一’的社会空气的人，忽然闻到了一种健康清新的气息！

“我承认我们中国在科学技术上，是远远地落后于西方的，但是我们有这么多年轻有为的青年人少年人，只要大家万众一心，艰苦奋斗，迎头赶上，在本世纪内实现四个现代化是大有可能的。但一定要‘万众一心’，一定要‘艰苦奋斗’，不然的话就难说了，您说是不？

“至于我们海外华人呢，我们也有我们的第二代和第三代，他们也都是热爱祖国的。他们都愿意在科学技术上，尽上自己的所知所能，给祖国的社会主义大厦添砖添瓦……”

他的红光满面的笑脸，和恳挚洪亮的笑声，一直在我面前耳中荡漾。亲爱的小朋友，记得我小的时候，总喜欢坐在老人旁边，听他们谈着对过去的回忆，和对将来的憧憬。他们的话对我往往有很大的启发和鼓励。现在我把这位老人的这段谈话，珍重地告诉你们，希望你们知道了也记住：有多少我们海外的亲人们，把对祖国的一切希望都寄托在你们身上！你们的责任是多么重大呵！

此信到时，你们已经考完了学期考试，在欢度春假了，祝你们健康快乐！

你们的朋友　冰心

一九八〇年一月二十二日

小说卷

好妈妈

导读：

本篇小说最初发表于一九五五年七月一日第十三期的《儿童时代》，后收入作家出版社一九六〇年四月出版的小说、散文、诗歌合集《小桔灯》。在这篇小说里，作者从小孩子的视角描写小孩子眼中的妈妈。开始的时候，本文的主人公把妈妈当成万能的了，遇到什么事或是有了什么需要就叫妈妈，理所当然地把所有的家务事都丢给妈妈做，还时常抱怨妈妈不够好、不够能干、事情做得不够完美，忽略掉了妈妈一直忙碌的身影，从不曾想过妈妈或许还有其他的事情要做。她到隔壁李大娘家里去的时候，看到了李家的孩子都会帮着李大娘干事情，从他人口中听说妈妈还有其他重要的事情要做，她心中翻腾，决定回去当妈妈的帮手，并认可了她的妈妈是一位好妈妈。

冰心先生通过这篇文章让孩子们知道母亲的伟大、母爱的博大与包容，告诉小朋友们要爱自己的妈妈。

今天一早，小弟和小妹就把我吵醒了，小弟说小妹拿了他的袜子，小妹说小弟穿了她的衣服，两个人站在床上，乱拉乱扯的，把衣服都甩在地下了。我急得直喊："妈妈，您快来吧，他们又吵呢，星期日早上也不让人多睡一会儿！"

爸爸从外屋进来了，轻轻地说："别吵了，妈妈做着饭呢，你们总不让妈妈安静一会儿。"爸爸一面说一面就帮他们穿衣服，又把他们带了出去。

我又往被窝里一缩，使劲闭上眼，可是怎么也睡不着了。我想起我今天下午还要过队日呢，不知道妈妈把我的那件衣服洗好了没有？我的功课还拉下了许多，今天上午一定做不完。星期日总是我最忙的日子！

我越想越睡不着，赶紧穿衣服起来，把被窝往后一推，忙忙地出去梳头洗脸，从桌上拿起早饭就吃，一边问妈妈："昨天我脱下来的那件制服，您给我洗了没有？我今天下午过队日要穿。"

妈妈正在收拾屋子，听我这末一问就愣了一下，说："你那件衣服不是刚换的么？怎么又弄脏了？”

我急了，说：“换倒是刚换了的，可是袖子上让同学给弄上了些墨水，昨天晚上我脱下来，忘了告诉您了。反正我今天不能穿它去，多难看呀！”

妈妈叹口气说：“好吧，等我完了事，赶着给你洗，可是不一定干得了——你怎么又过队日了？我今天下午有事，还指着你给我看小弟小妹呢。”

我瞪着眼摇着头说：“不行，过队日不能不去！每星期日您总是有事，可是我也有我的事呀。您做事就是没有计划，老师说了，我们应该懂得怎样分配时间，凡是按着计划安排好，就不会忙了，我劝您以后也得订一下计划！”

爸爸走过来说：“你叫妈妈怎么订计划呀？你的衣服刚穿上就弄脏了，早也不告诉妈妈，今天过队日也不早告诉妈妈！”

我没有答话，丢下饭碗就到里屋去了，我必须得抓紧时间做点功课，下午就没有工夫了。

进屋一看，小弟和小妹正在翻我的书包呢，他们把我的书本呀，铅笔盒儿什么的，都拉出来了。我连忙把他们推开，把书本整理一下，发现我那本算术不见了，我急得又喊：“妈妈您看他们多讨厌，尽动我的东西，把我的那本算术也弄没啦！”妈妈走进来说：“你那本算术是你自己放在桌上的，我给收在抽屉里了。你自个的书总不归着好，书包也不挂起来，还老说小弟小妹动你的东西！”

这时候小弟和小妹已经溜到外屋，爸爸把他们带到外面玩去了。

我气呼呼地从抽屉里翻出那本算术来，想坐下来做几道习题，可是桌上堆得满满的，什么茶杯啦，热水瓶啦，书啦，一点地方都没有！

乱，乱，真是乱死了！妈妈整天抓起这个，扔下那个，也不知道忙些什么，家里总是乱七八糟的！我就是佩服隔壁的李大娘，她家里总是整整齐齐的，李永珍身上的衣服也总是干干净净的，他们家的孩子比我们家还多呢，人家李大娘怎么一点也不乱呢。

我想：我到李家做功课去吧，她们那里总是清静的，孩子们也不闹，李大爷喜欢我们，总和我们大说大笑的，永珍也会帮助我。我一边想着，一边就拿起书本往李家跑。

我一走进李家门，看见他们屋里早已收拾得干干净净的。永珍的姐姐永瑛是个中学生，今天也在家，正在抹桌子，永珍带着她的小弟小妹正在书桌上画画呢。李大爷和李大娘在里屋换着衣服，仿佛要出门去。李大娘看见我就笑着说：“早呀，小琴真是个好学生，星期日还用功。你妈妈做什么呢？”

我说：“我妈妈忙着收拾屋子呢，您这么早就出门呀？”李大娘说：“可不是，永珍她们说今天早场的电影好，你李大爷一早去买了票，说陪我去看。我说星期日家里人多事多，我就不去吧，可是他们一定要让我去。”李大爷笑着说：“人多就应该事少。本来星期日都应该休息嘛，我们工人星期日不上班，学生们星期日也不上课，只有你们家庭妇女，一年到头都没有休息。”李大爷回头又对永瑛笑着说：“你平常还总写信回家说‘亲爱的妈妈，那双新鞋子做好了没有？星期日我要带走，我的鞋子又破了。’要不然就说：‘亲爱的妈妈，我想吃饺子，这个星期日您给我预备点饺子吧。’好像在星期日我们都休息的时候，你们亲爱的妈妈就得加班似的，对不对？”

永瑛笑着说：“不对，我已经有一年多没让妈妈给我做鞋子了，我自己会做了！”永珍也笑着说：“不对，现在每天我们总是帮妈妈做事了！”李小弟和李小妹也跟着笑嚷嚷地说：“不对，不对，我们都乖了，都不闹了，都不要跟妈妈出门了。”李大爷说：“这就对了，你们不但在学校里要做好学生、好队员，在家里也要做个好孩子，这样才……”李大娘赶紧接着说：“她们现在可真都会帮忙啦，你也不必尽着说了。”永瑛和永珍都笑了说：“好了，亲爱的妈妈，你们快走吧，回头把电影也误了！”李大娘站起来说：“那我们就走啦，今天中午就吃炸酱面吧，肉和酱都在柜里呢。”永瑛笑说：“知道了，我们一定误不了，您中午回来准有面吃。”李大爷笑着就跟在李大娘后面出去了，李小弟和李小妹追出门外，笑着喊：“妈妈，再见！”

他们刚走出去，永瑛就问永珍：“昨晚上换下的那一堆脏衣服，妈都藏在哪儿去啦！趁早上没事拿给我洗了吧。”永珍说：“妈洗啦，你每星期才回来一天半天的，叫你休息休息，或者做上一点功课，那些衣服她明天有空洗，不让你洗呢。”永瑛说：“我的功课都做完了，替妈妈劳动，本是在我的计划里面的，一点也不耽误我的事。我一边洗衣服一边和你们谈话，也就是休息了。”永珍就进屋去，抱出一堆衣服来，水瑛就坐在屋角那边去洗。

这时候，永珍拉我在书桌边坐下，问我要温习什么。我说我要做算术习题，问她要不要和我一块儿做。永珍说：“我的算术习题都做完了，不过我可以帮助你。”说着她又从炉子上拿下烧着的烙铁来，一面熨着她自己下午过队日穿的衣服，一面回答我的问题。

我低着头做算术习题，心里却翻腾得厉害，耳朵里只听见永瑛洗衣服嚓嚓的声音，和永珍熨衣服嗤嗤的声音，这时屋里安静极了。我心里想：“我平常总是拿大娘和妈妈比，觉得李大娘比妈妈能干得多，今天才知道永瑛和永珍还替她们的妈妈做了这么多的事！现在永珍的妈妈出去看电影去了，而我的妈妈还在给我赶着洗衣服呢!”

我越想越坐不住，站起来就要走。永瑛叫住我说：“今天下午在你们家里开家属委员会，你又不在家，有什么事要我帮忙，就请陈大娘告诉我一声吧。”

我说：“我妈妈只说下午有事，并没有告诉我是家属委员会在家里开会，她本来叫我替她看着小弟和小妹，这样您就替我们看着吧。”

永瑛说：“陈大娘刚选上家属委员会的副主席，你不知道吗？她可积极啦！这些日子为着反对使用原子武器的签名运动啦，爱国卫生运动啦，一天到晚地忙，我妈妈说我们都得帮她点忙，别让她累坏了。”

我拿起书就往家跑，妈妈正要替我洗那件衣服呢，我连忙把衣服拿过来说：“您不用洗了，这件衣服我还可以穿。还有，您下午开会忙，我已经托了李永瑛替我看小弟小妹了，您放心吧!”说着我就跑进里屋去，急急忙忙地把床上的被窝都好好地叠起来，把桌子上的东西都归着好了，正要出来拿扫帚扫地，抬头看见妈妈正站在门口看着我呢，她满脸是惊讶高兴的笑容，说：“小琴，你今天怎么这样勤快呀?”

我反而不好意思了，我红着脸低着头说：“从今起我要天天帮您做事了，好——妈——妈。”

小桔灯

导读：

这篇小说初载于一九五七年一月三十一日的《中国少年报》。是冰心先生广为人知的作品之一。在这篇文章里，作者主要描写了一个小女孩，她在黑暗的年代里，遇到了困境，但是她并没有被种种厄运所打倒，她镇定地做事情，勇敢而又乐观地面对一切不幸。她用她灵巧的手和心中的光明做成了一盏小桔灯，小桔灯的光虽然微弱，但是在那样黑暗的夜里，它却照亮了行人脚下的路。小桔灯的光是用小姑娘心中的光明和希望做成的，是小姑娘在当时那暗沉沉的年月里，播下的光明的种子。小桔灯那微弱而朦胧的光带有无限的温暖人的力量，使人“似乎觉得眼前有无限光明”，使得人在层层黑暗里看到了希望，并坚信总有一天“我们大家也都好了”。

这是十几年以前的事了。

在一个春节前一天的下午，我到重庆郊外去看一位朋友。她住在那个乡村的乡公所楼上。走上一段阴暗的仄仄的楼梯，进到一间有一张方桌和几张竹凳、墙上装着一架电话的屋子，再进去就是我的朋友的房间，和外间只隔一幅布帘。她不在家，窗前桌上留着一张条子，说是她临时有事出去，叫我等着她。

我在她桌前坐下，随手拿起一张报纸来看，忽然听见外屋板门吱地一声开了。过了一会，又听见有人在挪动那竹凳子。我掀开帘子，看见一个小姑娘，只有八九岁光景，瘦瘦的苍白的脸，冻得发紫的嘴唇，头发很短，穿一身很破旧的衣裤，光脚穿一双草鞋，正在登上竹凳想去摘墙上的听话器，看见我似乎吃了一惊，把手缩了回来。我问她：“你要打电话吗？”她一面爬下竹凳，一面点头说：“我要××医院，找胡大夫，我妈妈刚才吐了许多血！”我问：“你知道××医院的电话号码吗？”她摇了摇头说：“我正想问电话局……”我赶紧从机旁的电话本子里找到医院的号码，就又问她：“找到了大夫，我请他到谁家去呢？”她说：“你只要说王春林家里病了，她就会来的。”

我把电话打通了，她感激地谢了我，回头就走。我拉住她问：“你的家远吗?”她指着窗外说：“就在山窝那棵大黄果树下面，一下子就走到的。”说着就登登登地下楼去了。

我又回到屋里去，把报纸前前后后都看完了，又拿起一本《唐诗三百首》来，看了一半，天色越发阴暗了，我的朋友还不回来。我无聊地站了起来，望着窗外浓雾里迷茫的山景，看到那棵黄果树下面的小屋，忽然想去探望那个小姑娘和她生病的妈妈。我下楼在门口买了几个大红的桔子，塞在手提袋里，顺着歪斜不平的石板路，走到那小屋的门口。

我轻轻地叩着板门，发出清脆的“咚咚”声，刚才那个小姑娘出来开了门，抬头看了我，先愣了一下，后来就微笑了，招手叫我进去。这屋子很小很黑，靠墙的板铺上，她的妈妈闭着眼平躺着，大约是睡着了，被头上有斑斑的血痕，她的脸向里侧着，只看见她脸上的乱发，和脑后的一个大髻。门边一个小炭炉，上面放着一个小沙锅，微微地冒着热气。这小姑娘把炉前的小凳子让我坐了，她自己就蹲在我旁边，不住地打量我。我轻轻地问：“大夫来过了吗?”她说：“来过了，给妈妈打了一针……她现在很好。”她又像安慰我似地说：“你放心，大夫明早还要来的。”我问：“她吃过东西吗？这锅里是什么?”她笑说：“红薯稀饭，我们的年夜饭。”我想起了我带来的桔子，就拿出来放在床边的小矮桌上。她没有作声，只伸手拿过一个最大的桔子来，用小刀削去上面的一段皮，又用两只手把底下的一大半轻轻地揉捏着。

我低声问：“你家还有什么人?”她说：“现在没有什么人，我爸爸到外面去了……”她没有说下去，只慢慢地从桔皮里掏出一瓤一瓤的桔瓣来，放在她妈妈的枕头边。

炉火的微光，渐渐地暗了下去，外面更黑了。我站起来要走，她拉住我，一面极其敏捷地拿过穿着麻线的大针，把那小桔碗四周相对地穿起来，像一个小筐似的，用一根小竹棍挑着，又从窗台上拿了一段短短的洋蜡头，放在里面点起来，递给我说：“天黑了，路滑，这盏小桔灯照你上山吧!”

我赞赏地接过，谢了她，她送我出到门外，我不知道说什么好，她又像安慰我似地说：“不久，我爸爸一定会回来的。那时我妈妈就会好了，一定!”她用小手在面前画一个圆圈，最后按到我的手上：“我们大家也都好了!”显然地，这“大家”也包括我在内。泪水在我眼中打转……

我提着这灵巧的小桔灯，慢慢地在黑暗潮湿的山路上走着。这朦胧的桔红的光，实在照不了多远，但这小姑娘的镇定、勇敢、乐观的精神鼓舞了我，我似乎觉得眼前有无限光明！

我的朋友已经回来了，看见我提着小桔灯，便问我从哪里来。我说："从……从王春林家来。"她惊异地说："王春林，那个木匠，你怎么认得他？去年山下医学院里，有几个学生，被当做共产党抓走了，以后王春林也失踪了，据说他常替那些学生送信……"

当夜，我就离开那山村，再也没有听见那小姑娘和她母亲的消息。

但是从那时起，每逢春节，我就想起那盏小桔灯。十二年过去了，那小姑娘的爸爸一定早回来了。她妈妈也一定好了吧？因为我们"大家"都"好"了！

写于一九五七年一月三日

分

导读：

这篇文章初载于一九三一年《新月》第三卷第十一期。文中写了两个婴孩儿，他们在差不多的时间里，懵懵懂懂地来到这个世界上。因为出生的家庭不同，他们的命运有了极大的差异，富裕人家的孩子会在充满鲜花的温室里被呵护着成长，劳动人民家的孩子需得在凛冽的寒风中凭借自己的力量长大。他们在初生时有过短暂的交集之后，会被他们各自不同的家庭带入两个迥然不同的世界。作者以童话的调子描述着这两个初生孩子之间的交流，劳动人民的孩子以自己生在劳动人民家里而自豪，他要坚毅勇敢地面对今后的人生，凭借自己双手的力量在这个世界上立足。他拥有着劳动人民那样健康的体魄与肤色，并立志长大后要继承他父亲的事业——做一个屠夫，不仅杀猪，还杀那些吃人的人。他的话语让出生在富裕家庭的那个孩子感到羞愧。冰心先生在这篇文章里通过那两个婴孩儿间的对话赞扬了劳动人民。

一个巨灵之掌，将我从郁闷痛楚的密网中打破了出来，我呱的哭出了第一声悲哀的哭。

睁开眼，我的一只腿仍在那巨灵的掌中倒提着，我看见自己红红的玲珑的两只小手，在我头上的空中摇舞着。

另一个巨灵之掌轻轻地托住我的腰，他笑着回头向仰卧在白色车床上的一个女人说："大喜呵，好一个胖小子！"一面轻轻地放我在一个铺着白布的小筐里。

我挣扎着向外看：看见许多白衣白帽的护士乱哄哄的，无声的围住那个女人。她苍白着脸，脸上满是汗。她微呻着，仿佛刚从恶梦中醒来。眼皮红肿着，眼睛失神的半开着。她听见了医生的话，眼珠一转，眼泪涌了出来。放下一百个心似的，疲乏地微笑着，闭上眼睛，嘴里说："真辛苦了你们了！"

我便大哭起来："母亲呀，辛苦的是我们呀，我们刚才都从死中挣扎出来的呀！"

白衣的护士们乱哄哄的，无声的将母亲的床车推了出去。我也被举了起来，出到门外。医生一招手，甬道的那端，走过一个男人来。他也像刚从恶梦中醒来，这时才欢欣地伸出两只手，要抱又不敢抱似的，用着怜惜惊奇的眼光，向我注视，医生笑了："这孩子好罢?"他不好意思似的，嗫嚅着："这孩子脑袋真长。"这时我猛然觉得我的头痛极了，我又哭起来了："父亲呀，您不知道呀，我的脑壳挤得真痛呀。"

医生笑了："可了不得，这么大的声音!"一个护士站在旁边，微笑的将我接了过去。

进到一间充满了阳光的大屋子里。四周壁下，挨排的放着许多的小白框床，里面卧着小朋友。有的两手举到头边，安稳的睡着；有的哭着说："我渴了呀!""我饿了呀!""我太热了呀!""我湿了呀!"抱着我的护士，仿佛都不曾听见似的，只飘速的，安详的，从他们床边走过，进到里间浴室去，将我头朝着水管，平放在水盆边的石桌上。

莲蓬管头里的温水，喷淋在我的头上，粘粘的血液全冲了下去。我打了一个寒噤，神志立刻清爽了。眼睛向上一看，隔着水盆，对面的那张石桌上，也躺着一个小朋友，另一个护士，也在替他洗着。他圆圆的头，大大的眼睛，黑黑的皮肤，结实的挺起的胸膛。他也醒着，一声不响地望着窗外的天空。这时我已被举起，护士轻轻地托着我的肩背，替我穿起白白长长的衣裳。小朋友也穿着好了，我们欠着身隔着水盆相对着。洗我的护士笑着对她的同伴说："你的那个孩子真壮真大啊，可不如我的这个白净秀气!"这时小朋友抬起头来注视着我，似轻似怜的微笑着。

我羞怯地轻轻地说："好呀，小朋友。"他也谦和的说："小朋友好呀。"这时我们已被放在相挨的两个小框床里，护士们都走了。

我说："我的周身好疼呀，最后四个钟头的挣扎，真不容易，你呢?"

他笑了，握着小拳："我不，我只闷了半个钟头呢。我没有受苦，我母亲也没有受苦。"

我默然，无聊的叹一口气，四下里望着。他安慰我说："你乏了，睡罢，我也要养一会儿神呢。"

我从浓睡中被抱了起来，直抱到大玻璃门边。门外甬道里站着好几个少年男女，鼻尖和两手都抵住门上玻璃，如同一群孩子，站在陈列圣诞节礼物的窗外，那种贪馋羡慕的样子。他们嬉笑着互相指点谈论，说我的眉毛像姑姑，眼睛像舅舅，鼻子像叔叔，嘴像姨，仿佛要将我零碎吞并了去似的。

我闭上眼，使劲的想摇头，却发觉了脖子在痛着，我大哭了，说："我只是我自己呀，我谁都不像呀，快让我休息去呀！"

护士笑了，抱着我转身回来，我还望见他们三步两回头的，彼此笑着推着出去。

小朋友也醒了，对我招呼说："你起来了，谁来看你？"我一面被放下，一面说："不知道，也许是姑姑舅舅们，好些个年轻人，他们似乎都很爱我。"

小朋友不言语，又微笑了："你好福气，我们到此已是第二天了，连我的父亲我还没有看见呢。"

我竟不知道昏昏沉沉之中，我已睡了这许久。这时觉得浑身痛得好些，底下却又湿了，我也学着断断续续的哭着说："我湿了呀！我湿了呀！"果然不久有个护士过来，抱起我。我十分欢喜，不想她却先给我水喝。

大约是黄昏时候，乱哄哄的三四个护士进来，硬白的衣裙哗哗的响着。她们将我们纷纷抱起，一一的换过尿布。小朋友很欢喜，说："我们都要看见我们的母亲了，再见呀。"

小朋友是和大家在一起，在大床车上推出去的。我是被抱起出去的。过了玻璃门，便走入甬道右边的第一个屋子。母亲正在很高的白床上躺着，用着渴望惊喜的眼光来迎接我。护士放我在她的臂上，她很羞涩地解开怀。她年纪仿佛很轻，很黑的秀发向后拢着，眉毛弯弯的淡淡的像新月。没有血色的淡白的脸，衬着很大很黑的眼珠，在床侧暗淡的一圈灯影下，如同一个石像！

我开口吮咂着奶。母亲用面颊偎着我的头发，又摩弄我的指头，仔细的端详我，似乎有无限的快慰与惊奇。

二十分钟过去了，我还没有吃到什么。我又饿了，舌尖又痛，就张开嘴让奶头脱落出来，烦恼的哭着。母亲很恐惶的，不住的摇拍我，说："小宝贝，别哭，别哭！"一面又赶紧按了铃，一个护士走了进来。母亲笑说："没有别的事，我没有奶，小孩子直哭，怎么办？"护士也笑着，说："不要紧的，早晚会有，孩子还小，他还不在乎呢。"一面便来抱我，母亲恋恋的放了手。

我回到我的床上时，小朋友已先在他的床上了，他睡得很香，梦中时时微笑，似乎很满足，很快乐。我四下里望着。许多小朋友都快乐的睡着了。有几个半醒着，哼着玩似的，哭了几声。我饿极了，想到母亲的奶不知何时才来，我是很在乎的，但是没有人知道。看着大家都饱足的睡着，觉得又嫉妒，又羞愧，就大声的哭起来，希望引起人们的注意。我哭了有半点多钟，才有个护士过来，娇痴的撅着嘴，抚拍着我，说："真的！你妈妈不给你吃饱呵，喝点水罢！"她将水瓶的奶头塞在我嘴里，我呜咽地含着，一面慢慢地也睡着了。

第二天洗澡的时候，小朋友和我又躺在水盆的两边谈话。他精神很饱满。在被按洗之下，他摇着头，半闭着眼，笑着说："我昨天吃了一顿饱奶！我母亲黑黑圆圆的脸，很好看的。我是她的第五个孩子呢。她和护士说她是第一次进医院生孩子，是慈幼会介绍来的，我父亲很穷，是个屠户，宰猪的。"——这时一滴硼酸水忽然洒上他的眼睛，他厌烦地喊了几声，挣扎着又睁开眼，说："宰猪的！多痛快，白刀子进去，红刀子出来！我大了，也学我父亲，宰猪，——不但宰猪，也宰那些猪一般的尽吃不做的人！"

我静静的听着，到了这里赶紧闭上眼，不言语。

小朋友问："你呢？吃饱了罢？你母亲怎样？"

我也兴奋了："我没有吃到什么，母亲的奶没有下来呢，护士说一两天就会有的。我母亲真好，她会看书，床边桌上堆着许多书，屋里四面也摆满了花。"

"你父亲呢？"

"父亲没有来，屋里只她一个人。她也没有和人谈话，我不知道关于父亲的事。"

"那是头等室，"小朋友肯定的说，"一个人一间屋子吗！我母亲那里却热闹，放着十几张床呢。许多小朋友的母亲都在那里，小朋友们也都吃得饱。"

又过了一天，看见父亲了。在我吃奶的时候，他侧着身，倚在母亲的枕旁。他们的脸紧挨着，注视着我。父亲很清癯的脸。皮色淡黄。很长的睫毛，眼神很好。仿佛常爱思索似的，额上常有微微的皱纹。

父亲说："这回看得细，这孩子美得很呢，像你！"

母亲微笑着，轻轻的摩我的脸："也像你呢，这么大的眼睛。"

父亲立起来，坐到床边的椅上，牵着母亲的手，轻轻的拍着："这下子，我们可不寂寞了，我下课回来，就帮助你照顾他，同他玩；放假的时候，就带他游山玩水去。——这孩子一定要注意身体，不要像我。我虽不病，却不算强壮……"

母亲点头说："是的——他也要早早的学音乐，绘画，我自己不会这些，总觉得生活不圆满呢！还有……"

父亲笑了："你将来要他成个什么'家'？文学家？音乐家？"

母亲说："随便什么都好——他是个男孩子呢。中国需要科学，恐怕科学家最好。"

这时我正咂不出奶来，心里烦躁得想哭。可是听他们谈的那么津津有味，我也就不言语了。

父亲说："我们应当替他储蓄教育费了，这笔款越早预备越好。"

母亲说："忘了告诉你，弟弟昨天说，等孩子到了六岁，他送孩子一辆小自行车呢！"

父亲笑说："这孩子算是什么都有了，他的摇篮，不是妹妹送的么？"

母亲紧紧的搂着我，亲我的头发，说："小宝贝呵，你多好，这么些个人疼你！你大了，要做个好孩子……"

挟带着满怀的喜气，我回到床上，也顾不得饥饿了，抬头看小朋友，他却又在深思呢。

我笑着招呼说："小朋友，我看见我的父亲了。他也极好。他是个教员。他和母亲正在商量将来教育我的事。父亲说凡他所能做到的，对于我有益的事，他都努力去做。母亲说我没有奶吃不要紧，回家去就吃奶粉，以后还吃橘子汁，还吃……"我一口气说了下去。

小朋友微笑了，似怜悯又似鄙夷："你好幸福呵，我是回家以后，就没有奶吃了。今天我父亲来了，对母亲说有人找她当奶妈去。一两天内我们就得走了！我回去跟着六十多岁的祖母。我吃米汤，糕干……但是我不在乎！"

我默然，满心的高兴都消失了，我觉得惭愧。

小朋友的眼里，放出了骄傲勇敢的光："你将永远是花房里的一盆小花，风雨不侵的在划一的温度之下，娇嫩的开放着。我呢，是道旁的小草。人们的践踏和狂风暴雨，我都须忍受。你从玻璃窗里，遥遥的外望，也许会可怜我。然而在我的头上，有无限阔大的天空；在我的四围，有呼吸不尽的空气。有自由的蝴蝶和蟋蟀在我的旁边歌唱飞翔。我的勇敢的卑微的同伴，是烧不尽割不完的。在人们脚下，青青的点缀遍了全世界！"

我窘得要哭，"我自己也不愿意这样的娇嫩呀！……"我说。

小朋友惊醒了似的，缓和了下来，温慰我说："是呀，我们谁也不愿意和谁不一样，可是一切种种把我们分开了，——看后来罢！"

窗外的雪不住的在下，扯棉搓絮一般，绿瓦上匀整的堆砌上几道雪沟。母亲和我是要回家过年的。小朋友因为他母亲要去上工，也要年前回去。我们只有半天的聚首了，茫茫的人海，我们从此要分头消失在一片纷乱的城市叫嚣之中，何时再能在同一的屋瓦之下，抵足而眠？

我们恋恋的互视着。暮色昏黄里，小朋友的脸，在我微晕的眼光中渐渐的放大了。紧闭的嘴唇，紧锁的眉峰，远望的眼神，微微突出的下颏，处处显出刚决和勇毅。"他宰猪——宰人？"我想着，小手在衾底伸缩着，感出自己的渺小！

从母亲那里回来，互相报告的消息，是我们都改成明天——一月一日——回去了！我的父亲怕除夕事情太多，母亲回去不得休息。小朋友的父亲却因为除夕自己出去躲债，怕他母亲回去被债主包围，也不叫她离院。我们平空又多出一天来！

自夜半起便听见爆竹，远远近近的连续不断。绵绵的雪中，几声寒犬，似乎告诉我们说人生的一段恩仇，至此又告一小小结束。在明天重戴起谦虚欢乐的假面具之先，这一夜，要尽量的吞噬，怨詈，哭泣。万千的爆竹声里，阴沉沉的大街小巷之中，不知隐伏着几千百种可怖的情感的激荡……

我栗然，回顾小朋友。他咬住下唇，一声儿不言语。——这一夜，缓流的水一般，细细的流将过去。将到天明，朦胧里我听见小朋友在他的床上叹息。

天色大明了。两个护士脸上堆着新年的笑，走了进来，替我们洗了澡。一个护士打开了我的小提箱，替我穿上小白绒紧子，套上白绒布长背心和睡衣。外面又穿戴上一色的豆青绒线褂子，帽子和袜子。穿着完了，她抱起我，笑说："你多美啊，看你妈妈多会打扮你！"我觉得很软适，却又很热，我暴躁得想哭。

小朋友也被举了起来。我愣然，我几乎不认识他了！他外面穿着大厚蓝布棉袄，袖子很大很长，上面还有拆改补缀的线迹；底下也是洗得褪色的蓝布的围裙。他两臂直伸着，头面埋在青棉的大风帽之内，臃肿得像一只风筝！我低头看着地上堆着的，从我们身上脱下的两套同样的白衣，我忽然打了一个寒噤。我们从此分开了，我们精神上，物质上的一切都永远分开了！

小朋友也看见我了，似骄似惭地笑了一笑说："你真美呀，这身美丽温软的衣服！我的身上，是我的铠甲，我要到社会的战场上，同人家争饭吃呀！"

护士们匆匆的捡起地上的白衣，扔入筐内，又匆匆的抱我们出去。走到玻璃门边，我不禁大哭起来。小朋友也忍不住哭了，我们乱招着手说："小朋友呀！再见呀！再见呀！"一路走着，我们的哭声，便在甬道的两端消失了。

母亲已经打扮好了，站在屋门口。父亲提着小箱子，站在她旁边。看见我来，母亲连忙伸手接过我，仔细看我的脸，拭去我的眼泪，偎着我，说："小宝贝，别哭！我们回家去了，一个快乐的家，妈妈也爱你，爸爸也爱你！"

一个轮车推了过来，母亲替我围上小豆青绒毯，抱我坐上去。父亲跟在后面。和相送的医生护士们道过谢，说过再见，便一齐从电梯下去。

从两扇半截的玻璃门里，看见一辆汽车停在门口。父亲上前开了门，吹进一阵雪花，母亲赶紧遮上我的脸。似乎我们又从轮车中下来，出了门，上了汽车，车门砰的一声关上了。母亲掀起我脸上的毯子，我看见满车的花朵。我自己在母亲怀里，父亲和母亲的脸夹偎着我。

这时车已徐徐的转出大门。门外许多洋车拥挤着，他们纷纷让路的当儿，猛抬头我看见我的十日来朝夕相亲的小朋友！他在父亲的臂里。他母亲提着青的布包袱。两人一同侧身站在门口，背向着我们。他父亲头上是一顶宽檐的青毡帽，身上是一件大青布棉袍。就在这宽大的帽檐下，小朋友伏在他的肩上，面向着我，雪花落在他的眉间，落在他的颊上。他紧闭着眼，脸上是凄傲的笑容……他已开始享乐他的奋斗！……

车开出门外，便一直的飞驰。路上雪花飘舞着。隐隐的听得见新年的锣鼓。母亲在我耳旁，紧偎着说："宝贝呀，看这一个平坦洁白的世界呀！"

我哭了。

一九三一年八月五日，海淀

冬儿姑娘

导读：

本篇文章最初发表于一九三四年一月一日《文学季刊》创刊号，后收入小说集《冬儿姑娘》。在这篇小说里，我们通过一位母亲的讲述了解到了一位女儿——冬儿姑娘。在冬儿姑娘四岁的时候父亲就离家了，至今未回，母亲忙于挣钱糊口，缺少时间来过多地约束她的性格。由于当时生活环境的需要，冬儿形成了异于一般女子的性格：她很勤劳，小小年纪就上街去卖这卖那，帮助母亲养家；她脱离了上代人那样逆来顺受的性格，受了欺负就以骂的方式来发泄心中的不满；她聪明机智，与大兵周旋从没吃过亏；她的身上有一股不亚于男子的"蛮"劲，使得她能在那样动乱的社会中立足；她的那股悍劲并没有抹煞掉她的孝心，她心痛于母亲所受的苦，她爱她的母亲。

冰心先生塑造的冬儿姑娘这个率真、机智、勇敢的劳动者形象，深深地印在了读者的脑海里，久久感怀，不能忘记。

"是呵，谢谢您，我喜，您也喜，大家同喜！太太，您比在北海养病，我陪着您的时候，气色好多了，脸上也显着丰满！日子过的多么快，一转眼又是一年了。提起我们的冬儿，可是有了主儿了，我们的姑爷在清华园当茶役，这年下就要娶。姑爷岁数也不大，家里也没有什么人。可是您说的'大喜'，我也不为自己享福，看着她有了归着，心里就踏实了，也不枉我吃了十五年的苦。

"说起来真像故事上的话，您知道那年庆王爷出殡……那是哪一年？……我们冬儿她爸爸在海淀大街上看热闹，这么一会儿的工夫就丢了。那天我们两个人倒是拌过嘴，我还当是他赌气进城去了呢，也没找他。过了一天，两天，三天，还不来，我才慌了，满处价问，满处价打听，也没个影儿。也求过神，问过卜，后来一个算命的，算出说他是往西南方去了，有个女人绊住他，也许过了年会回来的。我稍微放点心，我想，他又不是小孩子，又是本地人，哪能说丢就丢了呢，没想到……如今已是十五年了！

“那时候我们的冬儿才四岁。她是‘立冬’那天生的，我们就这么一个孩子。她爸爸本来在内务府当差，什么杂事都能做，糊个棚呀干点什么的，也都有碗饭吃。自从前清一没有了，我们就没了落儿了。我们十几年的夫妻，没红过脸，到了那时实在穷了，才有时急得彼此抱怨几句，谁知道这就把他逼走了呢？

“我抱着冬儿哭了三整夜，我哥哥就来了，说：‘你跟我回去，我养活着你。’太太，您知道，我哥哥家那些个孩子，再加上我，还带着冬儿，我嫂子嘴里不说，心里还能喜欢么？我说：‘不用了，说不定你妹夫他什么时候也许就回来，冬儿也不小了，我自己想想法子看。’我把他回走了。以后您猜怎么着，您知道圆明园里那些大柱子，台阶儿的大汉白玉，那时都有米铺里雇人来把它砸碎了，掺在米里，好添分量，多卖钱。我那时就天天坐在那漫荒野地里砸石头。一边砸着石头，一边流眼泪。冬天的风一吹，眼泪都冻在脸上。回家去，冬儿自己爬在炕上玩，有时从炕上掉下来，就躺在地下哭。看见我，她哭，我也哭，我那时哪一天不是眼泪拌着饭吃的！

“去年北海不是在‘霜降’那天下的雪么？我们冬儿给我送棉袄来了，太太您记得？傻大黑粗的，眼梢有点往上吊着？这孩子可是厉害，从小就是大男孩似的，一直到大也没改。四五岁的时候，就满街上和人抓子儿，押摊，耍钱，输了就打人，骂人，一街上的孩子都怕她！可是有一样，虽然蛮，她还讲理。还有一样，也还孝顺，我说什么，她听什么，我呢，只有她一个，也轻易不说她。

“她常说：‘妈，我爸爸撇下咱们娘儿俩走了，你还想他呢？你就靠着我得了。我卖鸡子，卖柿子，卖萝卜，养活着你，咱们娘儿俩厮守着，不比有他的时候还强么？你一天里淌眼抹泪的，当的了什么呀？’真的，她从八九岁就会卖鸡子，上清河贩鸡子去，来回十七八里地，挑着小挑子，跑的比大人还快。她不打价，说多少钱就多少钱，人和她打价，她挑起挑儿就走，头也不回。可是价钱也公道，海淀这街上，谁不是买她的？还有一样，买了别人的，她就不依，就骂。

“不卖鸡子的时候，她就卖柿子，花生。说起来还有可笑的事呢，您知道西苑常驻兵，这些小贩子就怕大兵，卖不到钱还不算，还常挨打受骂的。她就不怕大兵，一早晨就挑着柿子什么的，一直往西苑去，坐在那操场边上，专卖给大兵。一个大钱也没让那些大兵欠过。大兵凶，她更凶，凶的人家反笑了，倒都让着她。等会儿她卖够了，说走就走，人家要买她也不给。那一次不是大兵追上门来了？我在院子里洗衣裳，她前脚进门，后脚就有两个大兵追着，吓得我们一跳，我们一院子里住着的人，都往屋里跑，大兵直笑直嚷着说：‘冬儿姑娘，冬儿姑娘，再卖给我们两个柿子。’她回头把挑儿一放，两只手往腰上一叉说：“不卖给你，偏

不卖给你，买东西就买东西，谁和你们嬉皮笑脸的！你们趁早给我走！’我吓得直哆嗦！谁知道那两个大兵倒笑着走了。您瞧这孩子的胆！

“那一年她有十二三岁，张宗昌败下来了，他的兵就驻在海淀一带。这张宗昌的兵可穷着呢，一个个要饭的似的，袜子鞋都不全，得着人家儿就拍门进去，翻箱倒柜的，还管是住着就不走了。海淀这一带有点钱的都跑了，大姑娘小媳妇儿的，也都走空了。我是又穷又老，也就没走，我哥哥说：‘冬儿倒是往城里躲躲罢。’您猜她说什么，她说：‘大舅舅，您别怕，我妈不走，我也不走，他们吃不了我，我还要吃他们呢！’可不是她还吃上大兵么？她跟他们后头走队唱歌的，跟他们混得熟极了，她哪一天不吃着他们那大笼屉里蒸的大窝窝头？

“有一次也闯下祸——那年她是十六岁了——有几个大兵从西直门往西苑拉草料，她叫人家把草料卸在我们后院里，她答应晚上请人家喝酒。我是一点也不知道，她在那天下午就躲开了。晚上那几个大兵来了，吓得我要死！知道冬儿溜了，他们恨极了，拿着马鞭子在海淀街上找了她三天。后来亏得那一营兵开走了，才算没有事。

“冬儿是躲到她姨儿，我妹妹家去了。我的妹妹家住在蓝旗，有个菜园子，也有几口猪，还开个小杂货铺。那次冬儿回来了，我就说：‘姑娘你岁数也不小了，整天价和大兵捣乱，不但我担惊受怕，别人看着也不像一回事，你说是不是？你倒是先住在你姨儿家去，给她帮帮忙，学点粗活，日后自然都有用处……’她倒是不刁难，笑嘻嘻的就走了。

“后来，我妹妹来说：‘冬儿倒是真能干，真有力气。浇菜，喂猪，天天一清早上西直门取货，回来还来得及做饭。做事是又快又好，就是有一样，脾气太大！稍微的说她一句，她就要回家。’真的，她在她姨儿家住不上半年就回来过好几次，每次都是我劝着她走的，不过她不在家，我也有想她的时候。那一回我们后院种的几棵老玉米，刚熟，就让人拔去了，我也没追究。冬儿回来知道了，就不答应说：‘我不在家，你们就欺负我妈了！谁拔了我的老玉米，快出来认了没事，不然，谁吃了谁嘴上长疔！’她坐在门槛上直直骂了一下午，末后有个街坊老太太出来笑着认了，说：‘姑娘别骂了，是我拔的，也是闹着玩。’这时冬儿倒也笑了说：‘您吃了就告诉我妈一声，还能不让您吃吗？明人不做暗事，您这样叫我们小孩子瞧着也不好！’一边说着，这才站起来，又往她姨儿家里跑。

“我妹妹没有儿女。我妹夫就会要钱，不做事。冬儿到他们家，也学会了打牌，白天做活，晚上就打牌，也有一两块钱的输赢。她打牌是许赢不许输，输了就骂。可是她打的还好，输的时候少，不然，我的这点儿亲戚，都让她给骂断了！

“在我妹妹家两年，我就把她叫回来了，那就是去年，我跟您到北海去，叫她回来看家。我不在家，她也不做活，整天里自己做了饭吃了，就把门锁上，出去打牌。我听见了，心里就不痛快。您从北海一回来，我就赶紧回家去，说了她几次，勾起胃口疼来，就躺下了。我妹妹来了，给我请了个瞧香的，来看了一次，她说是因为我那年为冬儿她爸爸许的愿，没有还，神仙就罚我病了。冬儿在旁边听着，一声儿也没言语。谁知道她后脚就跟了香头去，把人家家里神仙牌位一顿都砸了，一边还骂着说：‘还什么愿！我爸爸回来了么？就不还愿！我砸了他的牌位，他敢罚我病了，我才服！’大家死劝着，她才一边骂着，走了回来。我妹妹和我知道了，又气，又害怕，又不敢去见香头。谁知后来我倒也好了，她也没有什么。真是，‘神鬼怕恶人’……

“我哥哥来了，说：‘冬儿年纪也不小了，赶紧给她找个婆家罢，恶事传千里，她的厉害名儿太出远了，将来没人敢要！’其实我也早留心了，不过总是高不成低不就的。有个公公婆婆的，我又不敢答应，将来总是麻烦，人家哪能像我似的，什么都让着她？那一次有人给提过亲，家里也没有大人，孩子也好，就是时辰不对，说是犯克。那天我合婚去了，她也知道，我去了回来，她正坐在家里等我，看见我就问：‘合了没有？’我说：‘合了，什么都好，就是那头命硬，说是克丈母娘。’她就说：‘那可不能做！’一边说着又拿起钱来，出去打牌去了。我又气，又心疼。这会儿的姑娘都脸大，说话没羞没臊的！

“这次总算停当了，我也是一块石头落了地！

“谢谢您，您又给这许多钱，我先替冬儿谢谢您了！等办过了事，我再带他们来磕头。……您自己也快好好的保养着，刚好别太劳动了，重复了可不是玩的！我走了，您，再见。”

一九三三年十一月二十八日夜

国旗

导读：

本篇小说初载于一九二一年一月三十一日《晨报》。作者描写了小孩子之间那种真挚的友谊和人们对祖国之爱的冲突。小孩子的感情是发自内心的，少了大人们那固有的观念和积累下来的偏执，他们发自心灵的愿望代表了人类最本真最真实的愿望。在大人的世界里，那样的愿望被层层包裹住了，只有在人们内心的深处才能找到。人类生活在这样一个为大家所共有的世界上，原本是应该互相友爱、和平共处的，但是人们的眼睛往往被一些过分的欲望与偏执的意念所蒙蔽，看不到内心最真实的想法，以至于这个世界上纷乱不断，很多国家之间形成了很强的对立关系，给这个世界带来莫大的苦难。小小的国旗和概念化的国界，围成了一个一个圈，将人们放在了里面，使得人们在这样一个小小的圈子里面产生爱，但是这种爱是有限的是狭隘自私的，它迟早会被人们心中的大爱所取代。作者盼望着无疆界的大爱时代的到来。

笔筒里的一幅小小的国旗，低低的垂拂着，——无论什么时候，我抬起头来看见他，总觉得有一种庄严兴奋的感情。世界上也只有这样小小的巾儿，才能触动这种不可抵抗的感觉！

夕阳到了地平了，霞光漾进窗里来，墙外隐隐的听见跳跃笑语。膝上的一本书，正看到很费解的一段，不禁抬头凝想着。忽然看见小弟弟，自己呆呆的，坐在对面椅子上发怔。我便放下书，笑着问道，“你一个人，进来坐着做什么？谁和你怄气了？”他慢慢的挪了过来，倚着椅背儿，生着气说，“二哥哥说我了……”我问：“他说你什么了？”他说：“他不许我和武男玩，他说我要和武男玩，人家就要笑话我；从前我和杰蒙玩，也是他给……他说杰蒙是德国人，我们同他们是什么交战国，他不许我理他，现在他又不许……”正说着二弟连忙从外面进来，哄着小弟弟说，“我劝你不要和武男玩，不是说你，是怕你叫同学们笑话。”小弟弟牵着二弟的手，低着头说，“你平日也有朋友，怎么人家都不笑话你？”二弟笑了，说，“我的朋友都是中国孩子，武男却是……小弟弟！你忘了上次我们听的演说么？学生要爱国！”小弟弟想了一会儿说，“他也爱我们的国，我们也爱他们的国，不是更好么？各人爱各人的国，闹的朋友都好不成！我们索性都不要国了，大家合拢来做一国，再连上杰蒙……”

二弟忽然从笔筒里，拿出那一柄国旗来，放在小弟弟的手里，凝视着他说，“小弟弟，你爱这国旗么？”小弟弟低低的说，“我——我爱这国旗！”二弟说，“你还小呢，你只懂得爱朋友，不懂得爱国。也罢，现在你爱这国旗罢，不要再出去了！”小弟弟也不言语了，接过旗儿来，两个弟兄牵着手儿，并着肩儿站着。

我看着他们，一声儿不响，心中起了一种异样的热烈的感觉。

细碎的木屐声音近了，一个白胖的小脸儿，露在外院的门边，小头儿点着，小手儿拿着小旗儿招着，二弟指给小弟弟看，说，“你看武男也拿着他们的旗儿呢，人家都懂得爱国！”小弟弟看着二弟，看了一会儿，也便摇着头儿，招着旗儿。

一样可爱的小脸儿，一样漆黑的头发，一样黯寂可怜的神儿！

两个孩子，隔着窗户，挥着旗子，却都凝立不动。

我看着他们，一声儿不响，心中另起了一种异样伟大的感觉！

国旗呵，你这一块人造的小小的巾儿，竟能隔开了这两个孩子天真的朋友的爱！

这小小的巾儿，百千万面，帐幕般零零碎碎的隔开了世界上的，天真的，伟大的爱！人类呢，都蒙蔽在这百千万面的旗影里，昏天黑地的，过那无同情，不互助的生活！

“小弟弟，你出去和你的朋友玩罢，国旗算什么？”

两个旗儿，并在一处，幻成了一种新的和平的标帜。两个孩子拉着手，并着肩，向着晚霞边的草场走去。

我拊着二弟的肩，目送着这两个孩子，走入光影里，还隐约听见他们说，“我们索性都不要国了，大家合拢来，再连上杰蒙……”

二弟慢慢的回过头来，看着我说，“姊姊——大家合拢来……朋友的爱，是比国家的爱，更……我的话说错了！”

书还在桌子上，刚才凝想的那一段，又跳上眼帘来：

“因为我们现在所知道的有限……等那完全的来到，这有限的必归于无有了！”

去国

导读：

本篇小说最初连载于一九一九年十一月二十二日至二十六日的《晨报》，是冰心先生创作的第一篇短篇小说。小说中的英士怀抱凌云壮志从美国回来，想以自己的所学贡献祖国。在回国后，他的满腔热忱一点点被祖国的现状所蚕食。他一颗心饱经打击，最后只得怀揣着失望和沉痛踏上了离开的路途。

文中那些逐渐堕落的年轻人，最是令人心痛，他们并不是从来都没有理想和抱负，但在当时的社会里却没办法实现，最后他们的一切计划都沦为空谈。于是心灰意懒的年轻人开始了对自己的放逐，他们学会了随波逐流，学会了过蛀虫般的腐败生活。当时的中国，热血的青年有志难酬，那是一个吞噬激情与梦想的社会，在当时统治阶级的统治下，那样的社会眼看是无望了。英士的父亲朱衡曾经是革命的中坚分子，面对当时的统治者，他早就失掉了信心。英士离开的时候，仅期盼着下次回来的时候能见着一个有希望的中国。

从这篇小说中，我们可以看出：作者对祖国前途的忧思。

英士独自一人凭在船头阑干上，正在神思飞越的时候。一轮明月，照着太平洋浩浩无边的水，一片晶莹朗澈。船不住的往前走着，船头的浪花，溅卷如雪。舱面上还有许多的旅客，三三两两的坐立谈话，或是唱歌。

他心中都被快乐和希望充满了，回想八年以前，十七岁的时候，父亲朱衡从美国来了一封信，叫他跟着自己的一位朋友，来美国预备学习土木工程，他喜欢得什么似的。他年纪虽小，志气极大，当下也没有一点的犹豫留恋，便辞了母亲和八岁的小妹妹，乘风破浪的去到新大陆。

那时还是宣统三年九月，他正走到太平洋的中央，便听得国内已经起了革命。朱衡本是革命党中的重要分子，得了党中的命令，便立刻回到中国。英士绕了半个地球，也没有拜见他的父亲，只由他父亲的朋友，替他安顿清楚，他便独自在美国留学了七年。

年限满了，课程也完毕了，他的才干和思想，本来是很超绝的，他自己又肯用功，因此毕业的成绩，是全班的第一，师友们都是十分夸羡，他自己也喜欢的了不得。毕业后不及两个礼拜，便赶紧收拾了，回到祖国。

这时他在船上回头看了一看，便坐下，背靠在阑干上，口里微微的唱着国歌。心想："中国已经改成民国了，虽然共和的程度还是幼稚，但是从报纸上看见说袁世凯想做皇帝，失败了一次，宣统复辟，又失败了一次，可见民气是很有希望的。以我这样的少年，回到少年时代大有作为的中国，正合了'英雄造时势，时势造英雄'那两句话。我何幸是一个少年，又何幸生在少年的中国，亲爱的父母姊妹！亲爱的祖国！我英士离着你们一天一天的近了。"

想到这里，不禁微笑着站了起来，在舱面上走来走去，脑中生了无数的幻象，头一件事就想到慈爱的父母，虽然那温煦的慈颜，时时涌现目前，但是现在也许增了老态。他们看见了八年远游的爱子，不知要怎样的得意喜欢！"娇小的妹妹，当我离家的时候，她送我上船，含泪拉着我的手说了'再见'，就伏在母亲怀里哭了，我本来是一点没有留恋的，那时也不禁落了几点的热泪。船开了以后，还看见她和母亲，站在码头上，扬着手巾，过了几分钟，她的影儿，才模模糊糊的看不见了。这件事是我常常想起的，今年她已经——十五——十六了，想是已经长成了一个聪明美丽的女郎，我现在回去了，不知她还认得我不呢？——还有几个意气相投的同学小友，现在也不知道他们都建树了什么事业？"

他脑中的幻象，顷刻万变，直到明月走到天中，舱面上玩月的旅客，都散尽了。他也觉得海风锐厉，不可少留，才慢慢的下来，回到自己房里，去做那"祖国庄严"的梦。

两个礼拜以后，英士提着两个皮包，一步一步的向着家门走着，淡烟暮霭里，看见他家墙内几株柳树后的白石楼屋，从绿色的窗帘里，隐隐的透出灯光，好像有人影在窗前摇漾。他不禁乐极，又有一点心怯！走近门口，按一按门铃，有一个不相识的仆人，走出来开了门，上下打量了英士一番，要问又不敢问。英士不禁失笑，这时有一个老妈子从里面走了出来，看见英士，便走近前来，喜得眉开眼笑道："这不是大少爷么？"英士认出她是妹妹芳士的奶娘，也喜欢的了不得，便道："原来是吴妈，老爷太太都在家么？"一面便将皮包递与仆人，一同走了进去。吴妈道："老爷太太都在楼上呢，盼得眼都花了。"英士笑了一笑，便问道："芳姑娘呢？"吴妈道："芳姑娘还在学堂里，听说她们今天赛网球，所以回来得晚些。"一面说着便上了楼，朱衡和他的夫人，都站在梯口，英士上前鞠了躬，彼此都喜欢得不知说什么好。进到屋里，一同坐下，吴妈打上洗脸水，便在一旁看着。

夫人道，“英士！你是几时动身的，怎么也不告诉一声儿，芳士还想写信去问。”英士一面洗脸，一面笑道，“我完了事，立刻就回来，用不着写信。就是写信，我也是和信同时到的。”朱衡问道：“我那几位朋友都好么？”英士说：“都好，吴先生和李先生还送我上了船，他叫我替他们问你二位老人家好。他们还说请父亲过年到美国去游历，他们都很想望父亲的风采。”朱衡笑了一笑。

这时吴妈笑着对夫人说：“太太！看英哥去了这几年，比老爷还高了，真是长的快。”夫人也笑着望着英士。英士笑道：“我和美国的同学比起来，还不算是很高的！”

仆人上来问道：“晚饭的时候到了，等不等芳姑？”吴妈说：“不必等了，少爷还没有吃饭呢！”说着他们便一齐下楼去，吃过了饭，就在对面客室里，谈些别后数年来的事情。

英士便问父亲道：“现在国内的事情怎么样呢？”朱衡笑了一笑，道：“你看报纸就知道了。”英士又道：“关于铁路的事业，是不是积极进行呢？”朱衡说：“没有款项，拿什么去进行！现在国库空虚如洗，动不动就是借款。南北两方，言战的时候，金钱都用在硝烟弹雨里，言和的时候，又全用在应酬疏通里，花钱如同流水一般，哪里还有工夫去论路政？”英士呆了一呆，说：“别的事业呢？”朱衡道：“自然也都如此了！”夫人笑对英士说：“你何必如此着急？有了才学，不怕无事可做，政府里虽然现在是穷得很，总不至于长久如此的，况且现在工商界上，也有许多可做的事业，不是一定只看着政府……”英士口里答应着，心中却有一点失望，便又谈到别的事情上去。

这时听得外面院子里，有说笑的声音。夫人望了一望窗外，便道：“芳士回来了！”英士便站起来，要走出去，芳士已经到了客室的门口，刚掀开帘子，猛然看见英士，觉得眼生，又要缩回去，夫人笑着唤道：“芳士！你哥哥回来了。”芳士才笑着进来，和英士点一点头，似乎有一点不好意思，便走近母亲身旁。英士看见他妹妹手里拿着一个球拍，脚下穿着白帆布的橡皮底球鞋，身上是白衣青裙，打扮得非常素淡，精神却非常活泼，并且儿时的面庞，还可以依稀认出，便笑着问道：“妹妹！你们今天赛球么？”芳士道：“是的。”回头又对夫人说：“妈妈！今天还是我们这边胜了，他们说明天还要决最后的胜负呢！”朱衡笑道：“是了！成天里只玩球，你哥哥回来，你又有了球伴了。”芳士说，“哥哥也会打球么？”英士说，“我打得不好。”芳士道：“不要紧的，天还没有大黑，我们等一会儿再打球去。”说着，他兄妹两人，果然同向球场去了。屋里只剩了朱衡和夫人。

夫人笑道：“英士刚从外国回来，兴兴头头的，你何必尽说那些败兴的话，我看他似乎有一点失望。”朱衡道：“这些都是实话，他以后都要知道的，何必瞒他呢?”夫人道：“我看你近来的言论和思想，都非常的悲观，和从前大不相同，这是什么缘故呢?”

这时朱衡忽然站起来，在屋里走了几转，叹了一口气，对夫人说：“自从我十八岁父亲死了以后，我便入了当时所叫做‘同盟会’的。成天里废寝忘食，奔走国事，我父亲遗下的数十万家财，被我花去大半。乡里戚党，都把我看作败子狂徒，又加以我也在通缉之列，都不敢理我了，其实我也更不理他们。二十年之中，足迹遍天涯，也结识了不少的人，无论是中外的革命志士，我们都是一见如故，‘剑外惟余肝胆在，镜中应诧头颅好’便是我当日的写照了……”

夫人忽然笑道：“我还记得从前有一个我父亲的朋友，对我父亲说，‘朱衡这个孩子，闹的太不像样了，现在到处都挂着他的相片，缉捕得很紧，拿着了就地正法，你的千金终于是要吃苦的。’便劝我父亲解除了这婚约，以后也不知为何便没有实现。”

朱衡笑道：“我当日满心是‘匈奴未灭何以家为’的热气，倒是很愿意解约的。不过你父亲还看得起我，不肯照办就是了。”

朱衡又坐下，端起茶杯来，喝了一口茶，点上雪茄，又说道：“当时真是可以当得‘热狂’两个字，整年整月的，只在刀俎网罗里转来转去，有好几回都是已濒于危。就如那次广州起事，我还是得了朋友的密电，从日本赶回来的，又从上海带了一箱的炸弹，雍容谈笑的进了广州城。同志都会了面，起事那一天的早晨，我们都聚在一处，预备出发，我结束好了，端起酒杯来，心中一阵一阵的如同潮卷，也不是悲惨，也不是快乐。大家似笑非笑的都照了杯，握了握手，慷慨激昂的便一队一队的出发了。”

朱衡说到这里，声音很颤动，脸上渐渐的红起来，目光流动，少年时候的热血，又在他心中怒沸了。

他接着又说：“那天的光景，也记不清了，当时目中耳中，只觉得枪声刀影，血肉横飞。到了晚上，一百多人雨打落花似的，死的死，走的走，拿的拿，都散尽了。我一身的腥血，一口气跑到一个僻静的地方，将带去的衣服换上了，在荒草地里，睡了一觉。第二天一清早，又进城去，还遇见几个同志，都改了装，彼此只惨笑着打个照会。以后在我离开广州以先，我去到黄花岗上，和我的几十位同志，洒泪而别。咳！‘战场白骨艳于花’，他们为国而死，是有光荣的，只可怜大事未成，吾党少年，又弱几个了。——还有那一次奉天汉阳的事情，都是你所知道的。当时那样蹈汤火，冒白刃，今日海角，明日天涯，不过都当他是做了几场恶梦。现在追想起来，真是叫人啼笑不得，这才是‘始而拍案，继而抚髀，终而揽镜’了。”说到这里，不知不觉的，便流下两行热泪来。

夫人笑说：“那又何苦。横竖共和已经造成了，功成身隐，全始全终的，又有什么缺憾呢?”

朱衡猛然站起来说：“要不是造成这样的共和，我还不至于这样的悲愤。只可惜我们洒了许多热血，抛了许多头颅，只换得一个匾额，当年的辛苦，都成了虚空。数千百的同志，都做了冤鬼。咳！那一年袁皇帝的刺客来见我的时候，我后悔不曾出去迎接他……”夫人道：“你说话的终结，就是这一句，真是没有意思!”

朱衡道：“我本来不说，都是你提起英士的事情来，我才说的。英士年纪轻，阅历浅，又是新从外国回来，不知道这一切的景况，我想他那雄心壮志，终久要受打击的。”

夫人道：“虽然如此，你也应该替他打算。”

朱衡道：“这个自然，现在北京政界里头的人，还有几个和我有交情可以说话的，但是只怕支俸不做事，不合英士的心……”

这时英士和芳士一面说笑着走了进来，他们父子母女又在一处，说着闲话，直到夜深。

第二天早晨，英士起得很早。看了一会子的报，心中觉得不很痛快；芳士又上学去了，家里甚是寂静。英士便出去拜访朋友，他的几个朋友都星散了，只见着两个：一位是县里小学校的教员，一位是做报馆里的访事，他们见了英士，都不像从前那样的豪爽，只客客气气的谈话，又恭维了英士一番。英士觉着听不入耳，便问到他们所做的事业，他们只叹气说：“哪里是什么事业，不过都是‘饭碗主义’罢了，有什么建设可言呢?”随后又谈到国事，他们更是十分的感慨，便一五一十的将历年来国中情形都告诉了。英士听了，背上如同浇了一盆冷水，便也无话可说，坐了一会，就告辞回来。

回到家里，朱衡正坐在写字台边写着信。夫人坐在一边看书，英士便和母亲谈话。一会子朱衡写完了信，递给英士说：“你说要到北京去，把我这封信带去，或者就可以得个位置。”夫人便跟着说道：“你刚回来，也须休息休息，过两天再去罢。”英士答应了，便回到自己卧室，将那信放在皮包里，凭在窗前，看着楼下园子里的景物，一面将回国后所得的印象，翻来覆去的思想，心中觉得十分的抑郁。想到今年春天在美国的时候，有一个机器厂的主人，请他在厂里做事，薪水很是丰厚，他心中觉得游移不决；因为他自己新发明了一件机器，已经画出图样来，还没有从事制造，若是在厂里做事，正是一个制造的好机会。但是那时他还没有毕业，又想毕业以后赶紧回国，不愿将历年所学的替别国效力，因此便极力的推辞。那厂主还留恋不舍的说：“你回国以后，如不能有什么好机会，还请到我们这里来。”英士姑且答应着，以后也就置之度外了。这时他想，“如果国内真个没有什么可做的，何不仍去美国，一面把那机器制成了，岂不是完了一个心愿。”忽然又转念说：“怪不得人说留学生一回了国，便无志了。我回来才有几时，社会里的一切状况，还没有细细的观察，便又起了这去国的念头。总是我自己没有一点毅力，所以不能忍耐，我如再到美国，也叫别人笑话我，不如明日就到北京，看看光景再说罢。”

这时芳士放学回来，正走到院子里，抬头看见哥哥独自站在窗口出神，便笑道，“哥哥今天没有出门么?”英士猛然听见了，也便笑道，“我早晨出门已经回来了，你今日为何回来得早?”芳士说，“今天是礼拜六，我们照例是放半天学。哥哥如没有事，请下来替我讲一段英文。”英士便走下楼去。

第二天的晚车，英士便上北京了，火车风驰电掣的走着，他还嫌慢，恨不得一时就到！无聊时只凭在窗口，观看景物。只觉过了长江以北，气候渐渐的冷起来，大风扬尘，惊沙扑面，草木也渐渐的黄起来，人民的口音也渐渐的改变了。还有两件事，使英士心中可笑又可怜的，就是北方的乡民，脑后大半都垂着发辫。每到火车停的时候，更有那无数的叫化子，向人哀哀求乞，直到开车之后，才渐渐的听不见他们的悲声。

英士到了北京，便带着他父亲的信去见某总长，去了两次，都没有见着。去得太早了，他还没有起床，太晚了又碰着他出门了，到了第三回，才出来接见，英士将那一封信呈上，他看完了先问：“尊大人现在都好么？我们是好久没有见面了。”接着便道：“现在部里人浮于事，我手里的名条还有几百，实在是难以安插。外人不知道这些苦处，还说我不照顾戚友，真是太难了。但我与尊大人的交情，不比别人，你既是远道而来，自然应该极力设法，请稍等两天，一定有个回信。”

英士正要同他说自己要想做点实事，不愿意得虚职的话，他接着说：“我现在还要上国务院，少陪了。”便站了起来，英士也只得起身告辞。一个礼拜以后，还没有回信，英士十分着急，又不便去催。又过了五天，便接到一张委任状，将他补了技正。英士想技正这个名目，必是有事可做的，自己甚是喜欢，第二天上午，就去部里到差。

这时钟正八点。英士走进部里，偌大的衙门，还静悄悄的，没有一个办公的人员，他真是纳闷，也只得在技正室里坐着，一会儿又站起来，在屋里走来走去。过了十点钟，才陆陆续续的又来了几个技正，其中还有两位是英士在美国时候的同学，彼此见面都很喜欢。未曾相识的，也介绍着都见过了，便坐下谈起话来。英士看表已经十点半，便道："我不耽搁你们的时候了，你们快办公事罢!"他们都笑了道："这便是公事了。"英士很觉得怪讶，问起来才晓得技正原来是个闲员，无事可做，技正室便是他们的谈话室，乐意的时候来画了到，便在一处闲谈，消磨光阴；否则有时不来也不要紧的。英士道："难道国家自出薪俸，供养我们这般留学生?"他们叹气说："哪里是我们愿意这样。无奈衙门里实在无事可做，有这个位置还算是好的，别的同学也有做差遣员的，职位又低，薪水更薄，那没有人情的，便都在裁撤之内了。"英士道："也是你们愿意株守，为何不出去自己做些事业?"他们惨笑说："不用提了，起先我们几个人，原是想办一个工厂。不但可以振兴实业，也可以救济贫民。但是办工厂先要有资本，我们都是妙手空空，所以虽然章程已经订出，一切的设备，也都安排妥当，只是这股本却是集不起来，过了些日子，便也作为罢论了。"这一场的谈话，把英士满心的高兴完全打消了。时候到了，只得无精打采的出来。

英士的同学同事们，都住在一个公寓里，英士便也搬进公寓里面去。成天里早晨去到技正室，谈了一天的话，晚上回来，同学便都出去游玩，直到夜里一两点钟，他们才陆陆续续的回来。有时他们便在公寓里打牌闹酒，都成了习惯，支了薪水，都消耗在饮博闲玩里。英士回国的日子尚浅，还不曾沾染这种恶习，只自己在屋里灯下独坐看书阅报，却也觉得凄寂不堪。有时睡梦中醒来，只听得他们猜拳行令，喝雉呼卢，不禁悲从中来。然而英士总不能规劝他们，因为每一提及，他们更说出好些牢骚的话。以后英士便也有时出去疏散，晚凉的时候，到中央公园茶桌上闲坐，或是在树底下看书，礼拜日便带了照相匣独自骑着驴子出城，去看玩各处的名胜，照了不少的风景片，寄与芳士。有时也在技正室里，翻译些外国杂志上的文章，向报馆投稿去，此外就无事可干了。

有一天，一个同学悄悄的对英士说，"你知道我们的总长要更换了么?"英士说："我不知道，但是更换总长，与我们有什么相干?"同学笑道："你为何这样不明白世故，衙门里头，每换一个新总长，就有一番的更动。我们的位置，恐怕不牢，你自己快设法运动罢。"英士微微的笑了一笑，也不说什么。

那夜正是正月十五，公寓里的人，都出去看热闹，只剩下英士一人，守着寂寞的良宵，心绪如潮。他想，"回国半年以后，差不多的事情，我都已经明白了，但是我还留恋不舍的不忍离去，因为我八年的盼望，总不甘心落个这样的结果，还是盼着万一有事可为。半年之中，百般忍耐，不肯随波逐流，卷入这恶社会的旋涡里去。不想如今却要把真才实学，撇在一边，拿着昂藏七尺之躯，去学那奴颜婢膝的行为，壮志雄心，消磨殆尽。咳！我何不幸是一个中国的少年，又何不幸生在今日的中国……”他想到这里，神经几乎错乱起来，便回头走到炉边，拉过一张椅子坐下，凝神望着炉火。看着它从炽红渐渐的昏暗下去，又渐渐的成了死灰。这时英士心头冰冷，只扶着头坐着，看着炉火，动也不动。

忽然听见外面敲门，英士站起来，开了门，接进一封信来。灯下拆开一看，原来是芳士的信，说她今年春季卒业，父亲想送她到美国去留学，又说了许多高兴的话。信内还夹着一封美国工厂的来信，仍是请他去到美国，并说如蒙允诺，请他立刻首途等等。他看完了，呆立了半天，忽然咬着牙说：“去罢！不如先去到美国，把那件机器做成了，也正好和芳士同行。只是……可怜呵！我的初志，决不是如此的，祖国呵！不是我英士弃绝了你，乃是你弃绝了我英士啊！”这时英士虽是已经下了这去国的决心，那眼泪却如同断线的珍珠一般滚了下来。耳边还隐隐的听见街上的笙歌阵阵，满天的爆竹声声，点缀这太平新岁。

第二天英士便将辞职的呈文递上了，总长因为自己也快要去职，便不十分挽留。当天的晚车，英士辞了同伴，就出京去了。

到家的时候，树梢雪压，窗户里仍旧透出灯光，还听得琴韵铮铮。英士心中的苦乐，却和前一次回家大不相同了。走上楼去，朱衡和夫人正在炉边坐着，寂寂无声的下着棋，芳士却在窗前弹琴。看见英士走了上来，都很奇怪。英士也没说什么，见过了父母，便对芳士说：“妹妹！我特意回来，要送你到美国去。”芳士喜道：“哥哥！是真的么？”英士点一点头。夫人道：“你为何又想去到美国？”英士说：“一切的事情，我都明白了，在国内株守，太没有意思了。”朱衡看着夫人微微的笑了一笑。英士又说：“前天我将辞职呈文递上了，当天就出京的，因为我想与其在国内消磨了这少年的光阴，沾染这恶社会的习气，久而久之，恐怕就不可救药。不如先去到外国，做一点实事，并且可以照应妹妹，等到她毕业了，我们再一同回来，岂不是一举两得？”朱衡点一点首说：“你送妹妹去也好，省得我自己又走一遭。”芳士十分的喜欢道：“我正愁父亲虽然送我去，却不能长在那里，没有亲人照看着，我难免要想家的，这样是最好不过的了！”

太平洋浩浩无边的水，和天上明明的月，还是和去年一样。英士凭在阑干上，心中起了无限的感慨。芳士正在那边和同船的女伴谈笑，回头看见英士凝神望远，似乎起了什么感触，便走过来笑着唤道：“哥哥！你今晚为何这样的怅怅不乐？”英士慢慢的回过头来，微微笑说：“我倒没有什么不乐，不过今年又过太平洋，却是我万想不到的。”芳士笑道：“我自少就盼着什么时候，我能像哥哥那样‘扁舟横渡太平洋’，那时我才得意喜欢呢，今天果然遇见这光景了。我想等我学成归国的时候，一定有可以贡献的，也不枉我自己切望了一场。”这时英士却拿着悲凉恳切的目光，看着芳士说：“妹妹！我盼望等你回去时候的那个中国，不是我现在所遇见的这个中国，那就好了！”

两个家庭

导读：

本篇小说被收入北新书局一九三三年十月出版的小说集《去国》。家庭是一个人的后盾，是人在展翅高飞前的那一块踏脚使力之地，家庭的幸福与否对每个人都有直接的影响。在同样的社会环境之下，拥有着同样求学经历的两个男子，他们各自的家庭却演绎着不同的悲喜。陈先生的家里，妻子只会出去与人应酬，不理会家里的大小事情，使得他们的家处于一种无序混乱的状态，而陈先生面对这一切亦无能为力。这使得本来就有志难酬的他更加抑郁、痛苦，从此他到外面去麻痹自己，追求暂时的解脱，并最终把自己的身体损毁，将自己的生命引入绝境，从而造成了这个家庭更深的悲剧。“三哥”和陈先生是同学，他并没有因为在当时的社会中不能实现自己的理想而放弃美好的生活，他与他的妻子儿女组成一个温馨的小家庭，他们做自己喜欢的事情，为那个社会尽绵薄之力，并以他们自己的幸福方式生活着。

家庭的幸福与痛苦，对男子从事事业的能力有相应的影响，然而影响家庭幸福的是——人的心态。

前两个多月，有一位李博士来到我们学校，演讲“家庭与国家关系”。提到家庭的幸福和苦痛，与男子建设事业能力的影响，又引证许多中西古今的故实，说得痛快淋漓。当下我一面听，一面速记在一个本子上，完了会已到下午四点钟，我就回家去了。

路上车上，我还是看那本笔记。忽然听见有一个小姑娘的声音叫我说：“姐姐！来我们家里坐坐。”抬头一看，已经走到舅母家门口，小表妹也正放学回来；往常我每回到舅母家，必定说一两段故事给她听，所以今天她看见我，一定要拉我进去。我想明天是星期日，今晚可以不预备功课，无妨在这里玩一会儿，就下了车，同她进去。

舅母在屋里做活，看见我进来，就放下针线，拉过一张椅子，叫我坐下。一面笑说："今天难得你有工夫到这里来，家里的人都好么？功课忙不忙？"我也笑着答应一两句，还没有等到说完，就被小表妹拉到后院里葡萄架底下，叫我和她一同坐在椅子上，要我说故事。我一时实在想不起来，就笑说："古典都说完了。只有今典你听不听？"她正要回答，忽然听见有小孩子啼哭的声音。我要乱她的注意，就问说："妹妹！你听谁哭呢？"她回头向隔壁一望说："是陈家的大宝哭呢，我们看一看去。"就拉我走到竹篱旁边，又指给我看说："这一个院子就是陈家，那个哭的孩子，就是大宝。"

舅母家和陈家的后院，只隔一个竹篱，本来篱笆上面攀缘着许多扁豆叶子，现在都枯落下来；表妹说是陈家的几个小孩子，把豆根拔去，因此只有几片的黄叶子挂在上面，看过去是清清楚楚的。

陈家的后院，对着篱笆，是一所厨房，里面看不清楚，只觉得墙壁被炊烟熏得很黑。外面门口，堆着许多什物，如破瓷盆之类。院子里晾着几件衣服。廊子上有三个老妈子，廊子底下有三个小男孩。不知道他们弟兄为什么打吵，那个大宝哭的很厉害，他的两个弟弟也不理他，只管坐在地下，抓土捏小泥人玩耍。那几个老妈子也咕咕哝哝的不知说些什么。

表妹悄悄地对我说："他们老妈子真可笑，各人护着各人的少爷，因此也常常打吵。"

这时候陈太太从屋里出来，挽着一把头发，拖着鞋子，睡眼惺忪，容貌倒还美丽，只是带着十分娇惰的神气。一出来就问大宝说："你哭什么？"同时那两个老妈子把那两个小男孩抱走，大宝一面指着他们说："他们欺负我，不许我玩！"陈太太啐了一声："这一点事也值得这样哭，李妈也不劝一劝！"

李妈低着头不知道说些什么，陈太太一面坐下，一面摆手说：

"不用说了，横竖你们都是不管事的，我花钱雇你们来作什么，难道是叫你们帮着他们打架么？"说着就从袋里抓出一把铜子给了大宝说："你拿了去跟李妈上街玩去罢，哭的我心里不耐烦，不许哭了！"大宝接了铜子，擦了眼泪，就跟李妈出去了。

陈太太回头叫王妈，就又有一个老妈子，拿着梳头匣子，从屋里出来，替她梳头。当我注意陈太太的时候，表妹忽然笑了，拉我的衣服，小声说："姐姐！看大宝一手的泥，都抹到脸上去了！"

过一会子，陈太太梳完了头。正在洗脸的时候，听见前面屋里电话的铃响。王妈去接了，出来说："太太，高家来催了，打牌的客都来齐了。"陈太太一面擦粉，一面说："你说我就来。"随后也就进去。

我看得忘了神，还只管站着，表妹说："他们都走了，我们走罢。"我摇手说："再等一会儿，你不要忙！"

十分钟以后，陈太太打扮得珠围翠绕的出来，走到厨房门口，右手扶在门框上，对厨房里的老妈说："高家催得紧，我不吃晚饭了，他们都不在家，老爷回来，你告诉一声儿。"说完了就转过前面去。

我正要转身，舅母从前面来了，拿着一把扇子，笑着说：

"你们原来在这里，树荫底下比前院凉快。"我答应着，一面一同坐下说些闲话。

忽然听有皮鞋的声音，穿过陈太太屋里，来到后面廊子上。表妹悄声对我说："这就是陈先生。"只听见陈先生问道：

"刘妈，太太呢?"刘妈从厨房里出来说："太太刚到高家去了。"

陈先生半天不言语。过一会儿又问道："少爷们呢?"刘妈说：

"上街玩去了。"陈先生急了，说："快去叫他们回来。天都黑了还不回家。而且这街市也不是玩的去处。"

刘妈去了半天，不见回来。陈先生在廊子上踱来踱去，微微的叹气，一会子又坐下。点上雪茄，手里拿着报纸，却抬头望天凝神深思。

又过了一会儿，仍不见他们回来，陈先生猛然站起来，扔了雪茄，戴上帽子，拿着手杖径自走了。

表妹笑说："陈先生又生气走了。昨天陈先生和陈太太拌嘴，说陈太太不像一个当家人，成天里不在家，他们争辩以后，各自走了。他们的李妈说，他们拌嘴不止一次了。"

舅母说："人家的事情，你管他作什么，小孩子家，不许说人！"表妹笑着说："谁管他们的事，不过学舌给表姊听听。"

舅母说："陈先生真也特别，陈太太并没有什么大不好的地方，待人很和气，不过年轻贪玩，家政自然就散漫一点，这也是小事，何必常常动气！"

谈了一会儿，我一看表，已经七点半，车还在外面等着，就辞了舅母，回家去了。

第二天早起，梳洗完了，母亲对我说："自从三哥来到北京，你还没有去看看，昨天上午亚茜来了，请你今天去呢。"——三哥是我的叔伯哥哥，亚茜是我的同学，也是我的三嫂。我在中学的时候，她就在大学第四年级，虽只同学一年，感情很厚，所以叫惯了名字，便不改口。我很愿意去看看他们，午饭以后就坐车去了。

他们住的那条街上很是清静，都是书店和学堂。到了门口，我按了铃，一个老妈出来，很干净伶俐的样子，含笑的问我："姓什么？找谁？"我还没有答应，亚茜已经从里面出来，我们见面，喜欢的了不得，拉着手一同进去。六年不见，亚茜更显得和蔼静穆了，但是那活泼的态度，仍然没有改变。

院子里栽了好些花，很长的一条小径，从青草地上穿到台阶底下。上了廊子，就看见苇帘的后面藤椅上，一个小男孩在那里摆积木玩。漆黑的眼睛，绯红的腮颊，不问而知是闻名未曾见面的侄儿小峻了。

亚茜笑说："小峻，这位是姑姑。"他笑着鞠了一躬，自己觉得很不自然，便回过头去，仍玩他的积木，口中微微的唱歌。进到中间的屋子，窗外绿荫遮满，几张洋式的椅桌，一座钢琴，几件古玩，几盆花草，几张图画和照片，错错落落的点缀得非常静雅。右边一个门开着，里面几张书橱，垒着满满的中西书籍。三哥坐在书桌旁边正写着字，对面的一张椅子，似乎是亚茜坐的。我走了进去，三哥站起来，笑着说："今天礼拜！"我道："是的，三哥为何这样忙？"三哥说："何尝是忙，不过我同亚茜翻译了一本书，已经快完了，今天闲着，又拿出来消遣。"我低头一看，桌上对面有两本书，一本是原文，一本是三哥口述亚茜笔记的，字迹很草率，也有一两处改抹的痕迹。在桌子的那一边，还垒着几本也都是亚茜的字迹，是已经翻译完了的。

亚茜微微笑说，"我哪里配翻译书，不过借此多学一点英文就是了。"我说："正合了梁任公先生的一句诗'红袖添香对译书'了。"大家一笑。

三哥又唤小峻进来。我拉着他的手，和他说话，觉得他应对很聪明，又知道他是幼稚生，便请他唱歌。他只笑着看着亚茜。亚茜说："你唱罢，姑姑爱听的。"他便唱了一节，声音很响亮，字句也很清楚，他唱完了，我们一齐拍手。

随后，我又同亚茜去参观他们的家庭，觉得处处都很洁净规则，在我目中，可以算是第一了。

下午两点钟的时候，三哥出门去访朋友，小峻也自去睡午觉。我们便出来，坐在廊子上，微微的风，送着一阵一阵的花香。亚茜一面织着小峻的袜子，一面和我谈话。一会儿三哥回来了，小峻也醒了，我们又在一处游玩。夕阳西下，一抹晚霞，映着那灿烂的花，青绿的草，这院子里，好像一个小乐园。

晚餐的菜肴，是亚茜整治的，很是可口。我们一面用饭，一面望着窗外，小峻已经先吃过了，正在廊下捧着沙土，堆起几座小塔。

门铃响了几声，老妈子进来说："陈先生来见。"三哥看了名片，便对亚茜说："我还没有吃完饭，请我们的小招待员去领他进来罢。"亚茜站起来唤道，"小招待员，有客来了！”

小峻抬起头来说：“妈妈，我不去，我正盖塔呢！”亚茜笑着说：“这样，我们往后就不请你当招待员了。”小峻立刻站起来说：“我去，我去。”一面抖去手上的尘土，一面跑了出去。

陈先生和小峻连说带笑的一同进入客室——原来这位就是住在舅母隔壁的陈先生——这时三哥出去了，小峻便进来。天色渐渐的黑暗，亚茜捻亮了电灯，对我说：“请你替我说几段故事给小峻听。我要去算账了。”说完了便出去。

我说着“三只熊”的故事，小峻听得很高兴，同时我觉得他有点倦意，一看手表，已经八点了。我说：“小峻，睡觉去罢。”他揉一揉眼睛，站了起来，我拉着他的手，一同进入卧室。

他的卧房实在有趣，一色的小床小家具，小玻璃柜子里排着各种的玩具，墙上挂着各种的图画，和他自己所画的剪的花鸟人物。

他换了睡衣，上了小床，便说：“姑姑，出去罢，明天见。”

我说：“你要灯不要？”他摇一摇头，我把灯捻下去，自己就出来了。

亚茜独坐在台阶上，看见我出来，笑着点一点头。我说：“小峻真是胆子大，一个人在屋里也不害怕，而且也不怕黑。”

亚茜笑说：“我从来不说那些神怪悲惨的故事，去刺激他的娇嫩的脑筋。就是天黑，他也知道那黑暗的原因，自然不懂得什么叫做害怕了。”

我也坐下，看着对面客室里的灯光很亮，谈话的声音很高。这时亚茜又被老妈子叫去了，我不知不觉的就注意到他们的谈话上面去。

只听得三哥说：“我们在英国留学的时候，觉得你很不是自暴自弃的一个人，为何现在有了这好闲纵酒的习惯？我们的目的是什么，希望是什么，你难道都忘了么？”陈先生的声音很低说：“这个时势，不游玩，不拼酒，还要做什么，难道英雄有用武之地么？”三哥叹了一口气说：“这话自是有理，这个时势，就有满腔的热血，也没处去洒，实在使人灰心。但是大英雄，当以赤手挽时势，不可为时势所挽。你自己先把根基弄坏了，将来就有用武之地，也不能做个大英雄，岂不是自暴自弃？”

这时陈先生似乎是站起来，高大的影子，不住的在窗前摇漾，过了一会说：“也难怪你说这样的话，因为你有快乐，就有希望。不像我没有快乐，所以就觉得前途非常的黑暗了！”

这时陈先生的声音里，满含愤激悲惨。

三哥说：“这又奇怪了，我们一同毕业，一同留学，一同回国。要论职位，你

还比我高些，薪俸也比我多些，至于素志不偿，是彼此一样的，为何我就有快乐，你就没有快乐呢?”

陈先生就问道：“你的家庭什么样子？我的家庭什么样子?”三哥便不言语。陈先生冷笑说：“大概你也明白……我回国以前的目的和希望，都受了大打击，已经灰了一半的心，并且在公事房终日闲坐，已经十分不耐烦。好容易回到家里，又看见那凌乱无章的家政，儿啼女哭的声音，真是加上我百倍的不痛快。我内人是个宦家小姐，一切的家庭管理法都不知道，天天只出去应酬宴会，孩子们也没有教育，下人们更是无所不至。我屡次的劝她，她总是不听，并且说我‘不尊重女权’、‘不平等’、‘不放任’种种误会的话。我也曾决意不去难为她，只自己独力的整理改良。无奈我连米盐的价钱都不知道，并且也不能终日坐在家里，只得听其自然。因此经济上一天比一天困难，儿女也一天比一天放纵，更逼得我不得不出去了！既出去了，又不得不寻那剧场酒馆热闹喧嚣的地方，想以猛烈的刺激，来冲散心中的烦恼。这样一天一天的过去，不知不觉的就成了习惯。每回到酒馆的灯灭了，剧场的人散了，更深夜静，踽踽归来的时候，何尝不觉得这些事不是我陈华民所应当做的？然而……咳！峻哥呵！你要救救我才好!”这时已经听见陈先生呜咽的声音。三哥站起来走到他面前。

门铃又响了，老妈进来说我的车子来接我了，便进去告辞了亚茜，坐车回家。

两个月的暑假又过去了，头一天上学从舅母家经过的时候，忽然看见陈宅门口贴着“吉屋招租”的招贴。

放学回来刚到门口，三哥也来了，衣襟上缀着一朵白纸花，脸上满含着凄惶的颜色，我很觉得惊讶，也不敢问，彼此招呼着一同进去。

母亲不住的问三哥：“亚茜和小峻都好吗？为什么不来玩玩?”这时三哥脸上才转了笑容，一面把那朵白纸花摘下来，扔在字纸篮里。

母亲说：“亚茜太过于精明强干了，大事小事，都要自己亲手去做，我看她实在太忙。但我却从来没有看见过她有一毫勉强慌急的态度，匆忙忧倦的神色，总是喜喜欢欢从从容容的。这个孩子，实在可爱!”三哥说：“现在用了一个老妈，有了帮手了，本来亚茜的意思还不要用。我想一切的粗活，和小峻上学放学路上的照应，亚茜一个人是决然做不到的。并且我们中国人的生活程度还低，雇用一个下人，于经济上没有什么出入，因此就雇了这个老妈，不过在粗活上，受亚茜的指挥，并且亚茜每天晚上还教她念字片和《百家姓》，现在名片上的姓名和账上的字，也差不多认得一多半了。”

我想起了一件事，便说：“是了，那一天陈先生来见，给她名片，她就知道是姓陈。我很觉得奇怪，却不知是亚茜的学生。”

三哥忽然叹了一口气说：“陈华民死了，今天开吊，我刚从那里回来。”——我才晓得那朵白纸花的来历，和三哥脸色不好的缘故——母亲说：“是不是留学的那个陈华民?”三哥说：“是。”母亲说：“真是奇怪，像他那么一个英俊的青年，也会死了，莫非是时症?”三哥说：“哪里是时症，不过因为他这个人，太聪明了，他的目的希望，也太过于远大。在英国留学的时候养精蓄锐的，满想着一回国，立刻要把中国旋转过来。谁知回国以后，政府只给他一名差遣员的缺，受了一月二百块钱无功的俸禄，他已经灰了一大半的心了。他的家庭又不能使他快乐，他就天天的拚酒，那一天他到我家里去，吓了我一大跳。从前那种可敬可爱的精神态度，都不知丢在哪里去了，头也垂了，眼光也散了，身体也虚弱了，我十分的伤心，就恐怕不大好，因此劝他常常到我家里来谈谈解闷，不要再拚酒了，他也不听。并且说：‘感谢你的盛意，不过我一到你家，看见你的儿女和你的家庭生活，相形之下，更使我心中难过，不如……’以下也没说什么，只有哭泣，我也陪了许多眼泪。以后我觉得他的身子，一天一天的软弱下去，便勉强他一同去到一个德国大夫那里去察验身体。大夫说他已得了第三期肺病，恐怕不容易治好。我更是担心，勉强他在医院住下，慢慢的治疗，我也天天去看望他。谁知上礼拜一晚上，我去看他就是末一次了。……”说到这里，三哥的声音颤动得很厉害，就不再往下说。

母亲叹了一口气说：“可惜可惜！听说他的才干和学问，连英国的学生都很妒羡的。”三哥点一点头，也没有说什么。

这时我想起陈太太来了，我问：“陈先生的家眷呢?”三哥说：“要回到南边去了。听说她的经济很拮据，债务也不能清理，孩子又小，将来不知怎么过活!”母亲说：“总是她没有受过学校的教育，否则也可以自立。不过她的娘家很有钱，她总不至于十分吃苦。”三哥微笑说：“靠弟兄总不如靠自己!”

三哥坐一会儿，便回去了，我送他到门口，自己回来，心中很有感慨。随手拿起一本书来看看，却是上学期的笔记，末页便是李博士的演说，内中的话就是论到家庭的幸福和苦痛，与男子建设事业能力的影响。

斯人独憔悴

导读：

本篇小说收入小说集《去国》。冰心先生在这篇小说里揭示了旧家庭制度的腐败，她希望当时的人们可以意识到这样的家庭问题，进而寻求改良之方。文中的颖铭、颖石在动乱的年月里出生在封建式的旧家庭之中。拥有着满腔报国热血的兄弟俩，在学校里加入了学生会，因不满侵略者对待中国人民的行为，他们参加游行发表演讲，不怕流血，希望能用他们自己的热血来为中国做一些事情。但是他们的行为惹得他们的父亲很不高兴，甚至还限制他们的行动自由。最后父亲决定不让他们去学校继续学业，准备帮他们谋份闲差，这使得兄弟俩报国的热心被生生地扼杀了，想到从此他们再也不能跟着同学们一起为祖国尽一份力，兄弟俩无比伤心绝望。从文中我们可以看出，在旧家庭制度的约束之下，人们的生活已如一潭死水，他们奴颜婢膝，只求苟活。新一代的年轻人是祖国得以振兴的希望，而那样的旧家庭却试图灭掉这希望。

一个黄昏，一片极目无际茸茸的青草，映着半天的晚霞，恰如一幅图画。忽然一缕黑烟，津浦路的晚车，从地平线边蜿蜒而来。

头等车上，凭窗立着一个少年。年纪约有十七八岁。学生打扮，眉目很英秀，只是神色非常的沉寂，似乎有重大的忧虑，压在眉端。他注目望着这一片平原，却不像是看玩景色，一会儿微微的叹口气，猛然将手中拿着的一张印刷品，撕得粉碎，扬在窗外，口中微吟道："安邦治国平天下，自有周公孔圣人。"

站在背后的刘贵，轻轻的说道："二少爷，窗口风大，不要尽着站在那里！"他回头一看，便坐了下去，脸上仍显着极其无聊。刘贵递过一张报纸来，他摇一摇头，却仍旧站起来，凭在窗口。

天色渐渐的暗了下来，火车渐渐的走近天津，这二少爷的颜色，也渐渐的沉寂。车到了站，刘贵跟着下了车，走出站外，便有一辆汽车，等着他们。呜呜的响声，又送他们到家了。

家门口停着四五辆汽车，门楣上的电灯，照耀得明如白昼。两个兵丁，倚着枪站在灯下，看见二少爷来了，赶紧立正。他略一点头，一直走了进去。

客厅里边有打牌说笑的声音，五六个仆役，出来进去的伺候着。二少爷从门外经过的时候，他们都笑着请了安，他却皱着眉，摇一摇头，不叫他们声响，悄悄的走进里院去。

他姊姊颖贞，正在自己屋里灯下看书。东厢房里，也有妇女们打牌喧笑的声音。

他走进颖贞屋里，颖贞听见帘子响，回过头来，一看，连忙站起来，说："颖石，你回来了，颖铭呢?"颖石说："铭哥被我们学校的干事部留下了，因为他是个重要的人物。"颖贞皱眉道："你见过父亲没有?"颖石道："没有，父亲打着牌，我没敢惊动。"颖贞似乎要说什么，看着他弟弟的脸，却又咽住。

这时化卿先生从外面进来，叫道："颖贞，他们回来了么?"

颖贞连忙应道："石弟回来了，在屋里呢。"一面把颖石推出去。颖石慌忙走出廊外，迎着父亲，请了一个木强不灵的安。

化卿看了颖石一眼，问："你哥哥呢?"颖石吞吞吐吐的答应道："铭哥病了，不能回来，在医院里住着呢。"化卿咄的一声道："胡说！你们在南京做了什么代表了，难道我不晓得!"

颖石也不敢做声，跟着父亲进来。化卿一面坐下，一面从怀里掏出一封信来，掷给颖石道："你自己看罢!"颖石两手颤动着，拿起信来。原来是他们校长给他父亲的信，说他们两个都在学生会里，做什么代表和干事，恐怕他们是年幼无知，受人胁诱；请他父亲叫他们回来，免得将来惩戒的时候，玉石俱焚，有碍情面，等等的话。颖石看完了，低着头也不言语。化卿冷笑说："还有什么可辩的么?"颖石道："这是校长他自己误会，其实没有什么大不了的事情。就是因为近来青岛的问题，很是紧急，国民却仍然沉睡不醒。我们很觉得悲痛，便出去给他们演讲，并劝人购买国货，盼望他们一齐醒悟过来，鼓起民气，可以做政府的后援。这并不是作奸犯科……"化卿道："你瞒得过我，却瞒不过校长，他同我是老朋友，并且你们去的时候，我还托他照应，他自然得告诉我的。我只恨你们不学好，离了我的眼，便将我所嘱咐的话，忘在九霄云外，和那些血气之徒，连在一起，便想犯上作乱，我真不愿意有这样伟人英雄的儿子!"颖石听着，急得脸都红了，眼泪在眼圈里乱转，过一会子说："父亲不要误会！我们的同学，也不是血气之徒，不过国家危险的时候，我们都是国民一分子，自然都有一分热肠。并且这爱国运动，绝对没有一点暴乱的行为，极其光明正大；中外人士，都很赞美的。至于说我们要做英雄伟人，这也不是一件容易的事！现在学生们，在外面运动的多着呢，他们的才干，胜过我们百倍，就是有伟人英雄的头衔，也轮不到……”这时颖石脸上火热，眼泪也干了，目光奕奕的一直说下去。颖贞看见她兄弟热血喷薄，改了常态，话语渐渐的激烈起来，恐怕要惹父亲的盛怒，十分的担心着急，便对他使个眼色。

忽然一声桌子响，茶杯花瓶都摔在地下，跌得粉碎。化卿先生脸都气黄了，站了起来，喝道：“好！好！率性和我辩驳起来了！这样小小的年纪，便眼里没有父亲了，这还了得！”

颖贞惊呆了。颖石退到屋角，手足都吓得冰冷。厢房里的姨娘们，听见化卿声色俱厉，都搁下牌，站在廊外，悄悄的听着。

化卿道：“你们是国民一分子，难道政府里面，都是外国人？若没有学生出来爱国，恐怕中国早就灭亡了！照此说来，亏得我有你们两个爱国的儿子，否则我竟是民国的罪人了！”

颖贞看父亲气到这个地步，慢慢地走过来，想解劝一两句。化卿又说道：“要论到青岛的事情，日本从德国手里夺过的时候，我们中国还是中立国的地位，论理应该归与他们。况且他们还说和我们共同管理，总算是仁至义尽的了！现在我们政府里一切的用款，哪一项不是和他们借来的？像这样缓急相通的朋友，难道便可以随随便便的得罪了？眼看着这交情便要被你们闹糟了，日本兵来的时候，横竖你们也只是后退，仍是政府去承当。你这会儿也不言语了，你自己想一想，你们做的事合理不合理？是不是以怨报德？是不是不顾大局？”颖石低着头，眼泪又滚了下来。

化卿便一迭连声叫刘贵，刘贵慌忙答应着，垂着手站在帘外。化卿骂道：“无用的东西！我叫你去接他们，为何只接回一个来？难道他的话可听，我的话不可听么？”刘贵也不敢答应。化卿又说：“明天早车你再走一遭，你告诉大少爷说，要是再不回来，就永远不必回家了。”刘贵应了几声“是”，慢慢的退了出去。

四姨娘走了进来，笑着说：“二少爷年纪小，老爷也不必和他生气了，外头还有客坐着呢。”一面又问颖石说：“少爷穿得这样单薄，不觉得冷么？”化卿便上下打量了颖石一番，冷笑说：“率性连白鞋白帽，都穿戴起来，这便是‘无父无君’的证据了！”

一个仆人进来说：“王老爷要回去了。”化卿方站起走出，姨娘们也慢慢的自去打牌，屋里又只剩姊弟二人。

颖贞叹了一口气，叫：“张妈，将地下打扫了，再吩咐厨房开一桌饭来，二少爷还没有吃饭呢。”张妈在外面答应着。

颖石摇手说：“不用了。”一面说：“哥哥真个在医院里，这一两天恐怕还不能回来。”颖贞道：“你刚才不是说被干事部留下么?”颖石说：“这不过是一半的缘由，上礼拜六他们那一队出去演讲，被军队围住，一定不叫开讲。哥哥上去和他们讲理，说得慷慨激昂。听的人愈聚愈多，都大呼拍手。那排长恼羞成怒，拿着枪头的刺刀，向哥哥的手臂上扎了一下，当下……哥哥……便昏倒了。那时……”颖石说到这里，已经哭得哽咽难言。颖贞也哭了，便说：“唉，是真……”颖石哭着应道：“可不是真的么?”

明天一清早，刘贵就到里院问道：“张姐，你问问大小姐有什么话吩咐没有。我要走了。”张妈进去回了，颖贞隔着玻璃窗说：“你告诉大少爷，千万快快的回来，也千万不要穿白帆布鞋子，省得老爷又要动气。”

两天以后，颖铭也回来了，穿着白官纱衫，青纱马褂，脚底下是白袜子，青缎鞋，戴着一顶小帽，更显得面色惨白。进院的时候，姊姊和弟弟，都坐在廊子上，逗小狗儿玩。颖石看见哥哥这样打扮着回来，不禁好笑，又觉得十分伤心，含着眼泪，站起来点一点头。颖铭反微微的惨笑。姊姊也没说什么，只往东厢房努一努嘴。颖铭会意，便伸了一伸舌头，笑了一笑，恭恭敬敬的进去。

化卿正卧在床上吞云吐雾，四姨娘坐在一旁，陪着说话。

颖铭进去了，化卿连正眼也不看，仍旧不住的抽烟。颖铭不敢言语，只垂手站在一旁，等到化卿慢慢的坐起来，方才过去请了安。化卿道：“你也肯回来了么？我以为你是‘国尔忘家’的了!”颖铭红了脸道：“孩儿实在是病着，不然……”化卿冷笑了几声，方要说话。四姨娘正在那里烧烟，看见化卿颜色又变了，便连忙坐起来，说：“得了！前两天就为着什么‘青岛’‘白岛’的事，和二少爷生气，把小姐屋里的东西都摔了，自己还气得头痛两天，今天才好了，又来找事。他两个都已经回来了，就算了，何必又生这多余的气?”一面又回头对颖铭说：“大少爷，你先出去歇歇罢，我已经吩咐厨房里，替你预备下饭了。”化卿听了四姨娘一篇的话，便也不再说什么，就从四姨娘手里，接过烟枪来，一面卧下。颖铭看见他父亲的怒气，已经被四姨娘压了下去，便悄悄的退了出来，径到颖贞屋里。

颖贞问道：“铭弟，你的伤好了么?”颖铭望了一望窗外，便卷起袖子来，臂上的绷带裹得很厚，也隐隐的现出血迹。颖贞满心的不忍，便道：“快放下来罢！省得招了风要肿起来。”

颖石问：“哥哥，现在还痛不痛?”颖铭一面放下袖子，一面笑道：“我要是怕

痛，当初也不肯出去了!”颖贞问道：“现在你们干事部里的情形怎么样？你的缺有人替了么?”颖铭道：“刘贵来了，告诉我父亲和石弟生气的光景，以及父亲和你吩咐我的话，我哪里还敢逗留，赶紧收拾了回来。他们原是再三的不肯，我只得将家里的情形告诉了，他们也只得放我走。至于他们进行的手续，也都和别的学校大同小异的。”颖石道：“你还算侥幸，只可怜我当了先锋，冒冒失失的正碰在气头上。那天晚上的光景，真是……从我有生以来，也没有挨过这样的骂！唉，处在这样黑暗的家庭，还有什么可说的，中国空生了我这个人了。”说着便滴下泪来。颖贞道：“都是你们校长给送了信，否则也不至于被父亲知道。其实我在学校里，也办了不少的事。不过在父亲面前，总是附和他的意见，父亲便拿我当做好人，因此也不拦阻我去上学。”说到此处，颖铭不禁好笑。

颖铭的行李到了，化卿便亲自出来逐样的翻检，看见书籍堆里有好几束的印刷品，并各种的杂志；化卿略一过目，便都撕了，登时满院里纸花乱飞。颖铭颖石在窗内看见，也不敢出来，只急得悄悄的跺脚，低声对颖贞说：“姊姊！你出去救一救罢!”颖贞便出来，对化卿陪笑说：“不用父亲费力了，等我来检看罢。天都黑了，你老人家眼花，回头把讲义也撕了，岂不可惜。”一面便弯腰去检点，化卿才慢慢的走开。

他们弟兄二人，仍旧住在当初的小院里，度那百无聊赖的光阴。书房里虽然也垒着满满的书，却都是制艺、策论和古文、唐诗等等。所看的报纸，也只有《公言报》一种，连消遣的材料都没有了。至于学校里朋友的交际和通信，是一律在禁止之列。颖石生性本来是活泼的，加以这些日子，在学校内很是自由，忽然关在家内，便觉得非常的不惯，背地里唉声叹气。闷来便拿起笔乱写些白话文章，写完又不敢留着，便又自己撕了，撕了又写，天天这样。颖铭是一个沉默的人，也不显出失意的样子，每天临几张字帖，读几遍唐诗，自己在小院子里，浇花种竹，率性连外面的事情，不闻不问起来。有时他们也和几个姨娘一处打牌，但是他们所最以为快乐的事情，便是和姊姊颖贞，三人在一块儿，谈话解闷。

化卿的气，也渐渐的平了，看见他们三人，这些日子，倒是很循规蹈矩的，心中便也喜欢；无形中便把限制的条件，松了一点。

有一天，颖铭替父亲去应酬一个饭局，回来便悄悄的对颖贞说：“姊姊，今天我在道上，遇见我们学校干事部里的几个同学，都骑着自行车，带着几卷的印刷品，在街上走。我奇怪他们为何都来到天津，想是请愿团中也有他们，当下也不及打个招呼，汽车便走过去了。”颖石听了便说：“他们为什么不来这里，告诉我们一点学校里的消息？想是以为我们现在不热心了，便不理我们了，唉，真是委屈!”说着觉得十分激切。颖贞微笑道：“这事我却不赞成。”颖石便问道：“为什么不赞成?”颖贞道：“外交内政的问题，先不必说。看他们请愿的条件，哪一条是办得到的？就是都办得到，政府也决然不肯应许，恐怕启学生干政之渐。这样日久天长的做下去，不过多住几回警察厅，并且两方面都用柔软的办法，回数多了，也都觉得无意思，不但没有结果，也不能下台。我劝你们秋季上学以后，还是做一点切实的事情，颖铭，你看怎样?”颖铭点一点头，也不说什么。颖石本来没有成见，便也赞成兄姊的意思。

一个礼拜以后，南京学堂来了一封公函，报告开学的日期。弟兄二人，都喜欢得吃不下饭去，都催着颖贞去和父亲要了学费，便好动身。颖贞去说时，化卿却道：“不必去了，现在这风潮还没有平息，将来还要捣乱。我已经把他两个人都补了办事员，先做几年事，定一定性子。求学一节，日后再议罢!”颖贞呆了一呆，便说：“他们的学问和阅历，都还不够办事的资格，倘若……”化卿摇头道：“不要紧的，哪里便用得着他们去办事？就是办事上有一差二错，有我在还怕什么!”颖贞知道难以进言，坐了一会，便出来了。

走到院子里，心中很是游移不决，恐怕他们听见了，一定要难受。正要转身进来，只见刘贵在院门口，探了一探头，便走近前说：“大少爷说，叫我看小姐出来了，便请过那院去。”

颖贞只得过来。颖石迎着姊姊，伸手道：“钞票呢?”颖贞微微的笑了一笑，一面走进屋里坐下，慢慢的一五一十都告诉了。兄弟二人听完了，都半天说不出话来，过了一会，颖石忍不住哭倒在床上道：“难道我们连求学的希望都绝了么?”颖铭眼圈也红了，便站起来，在屋里走了几转，仍旧坐下。颖贞也想不出什么安慰的话来，坐了半天，便默默的出来，心中非常的难过，只得自己在屋里弹琴散闷。等到黄昏，还不见他们出来，便悄悄的走到他们院里，从窗外往里看时，颖石蒙着头，在床上躺着，想是睡着了。颖铭斜倚在一张藤椅上，手里拿着一本唐诗“心不在焉”的只管往下吟哦。到了“出门搔白首，若负平生志，冠盖满京华，斯人独憔悴……”似乎有了感触，便来回的念了几遍。颖贞便不进去，自己又悄悄的回来，走到小院的门口，还听见颖铭低徊欲绝的吟道：“冠盖满京华，斯人独憔悴!”

秋雨秋风愁煞人

导读：

在这篇小说里面，作者主要写了一个女子——云英，她是一个道德与学问俱佳的女子，性情高洁活泼，志向十分远大，人长得很美，拥有一种自然的超群神韵。就是这样一个美好的女子，却被她的父母用婚姻的枷锁锁在了一个封建旧家庭里面。她有过挣扎，想过要改变那个家庭的现状，但是在那样的家庭里，她的力量竟是那么的薄弱。那样的家庭，痼疾已深，整个空气都是浑浊的，充溢着腐败的气息。但是生活在那个家庭里的人却因自己拥有富裕的生活而沾沾自喜，从来不认为他们那样的生活会有消亡的一天。他们不知那样消极颓靡的生活迟早会引来毁灭。自从进入了那个家庭之后，云英的梦想破灭了，她的心形同死灰。往日的神采不再，她只如行尸走肉般地活着，将她的全部希望寄托在和她有着共同梦想的往日好友身上。云英的遭遇，令人打心底里发出声声叹息。

一

秋风不住的飒飒的吹着，秋雨不住滴沥滴沥的下着，窗外的梧桐和芭蕉叶子一声声的响着，做出十分的秋意。墨绿色的窗帘，垂得低低的。灯光之下，我便坐在窗前书桌旁边，寂寂无声的看着书。桌上瓶子里几枝桂花，似乎太觉得幽寂不堪了，便不时的将清香送将过来。要我抬头看它。又似乎对我微笑说："冰心呵！窗以外虽是'秋雨秋风愁煞人'，窗以内却是温煦如春呵！"

我手里拿着的是一本《绝妙好词笺》，是今天收拾书橱，无意中捡了出来的，我同它已经阔别一年多了。今天晚上拿起来阅看，竟如同旧友重逢一般的喜悦。看到一首《木兰花慢》："故人知健否，又过了一番秋……更何处相逢，残更听雁，落日呼鸥……"到这里一页完了，便翻到那篇去。忽然有一个信封，从书页里，落在桌上。翻过信面一看，上面写着"冰心亲启"四个字。我不觉呆了。莫非是眼花了吗？这却分明是许久不知信息的同学英云的笔迹啊！是什么时候夹在这本书里呢？满腹狐疑地拆开信，从头到尾看了一遍。看完了以后，神经忽然错乱起来。一年前一个悲剧的印象，又涌现到眼前来了。

英云是我在中学时候的一个同班友，年纪不过比我大两岁，要论到她的道德和学问，真是一个绝特的青年。性情更是十分的清高活泼，志向也极其远大。同学们都说英云长得极合美人的态度。以我看来，她的面貌身材，也没有什么特别美丽的地方。不过她天然的自有一种超群旷世的丰神，便显得和众人不同了。

她在同班之中，同我和淑平最合得来。淑平又比英云大一岁，性格非常的幽娴静默。资质上虽然远不及英云，却是极其用功。因此功课上也便和英云不相上下，别的才干却差得远了。

前年冬季大考的时候，淑平因为屡次的半夜里起来温课，受了寒，便咳嗽起来，得了咯血的病。她还是挣扎着日日上课，加以用功过度，脑力大伤，病势便一天一天的沉重。她的家又在保定，没有人朝夕的伺候着，师长和同学都替她担心，便赶紧地将她从宿舍里迁到医院。不到一个礼拜，便死了。

淑平死的那一天的光景，我每回一追想，就如同昨日事情一样的清楚。那天上午还出了一会子的太阳，午后便阴了天，下了几阵大雪。饭后我和英云从饭厅里出来，一面说着话便走到球场上。树枝上和地上都压满了雪，脚底下好像踏着雨后的青苔一般，英云一面走着，一面拾起一条断枝，便去敲那球场边的柳树。枝上的积雪，便纷纷的落下来，随风都吹在我脸上。我连忙回过头去说道："英云！你不要淘气。"

她笑了一笑，忽然问道："你今天下午去看淑平吗？"我说："还不定呢，要是她已经好一点，我就不必去了。"这时我们同时站住。英云说："昨天雅琴回来，告诉我说淑平的病恐怕不好，连说话都不清楚了。她站在淑平床前，淑平拉着她的手，只哭着叫娘，你看……"我就呆了一呆便说："哪里便至于……少年人的根基究竟坚固些，这不过是发烧热度太高了，信口胡言就是了。"英云摇头道："大夫说她是脑膜炎。盼她好却未必是容易呢。"我叹了一口气说："如果……我们放了学再告假出去看看罢。"这时上堂铃已经响了，我们便一齐走上楼去。

二

四点钟以后，我和英云便去到校长室告假去看淑平。校长半天不言语。过了一会，便用很低的声音说："你们不必去了，今天早晨七点钟，淑平已经去世了。"这句话好像平地一声雷，我和英云都呆了，面面相觑说不出话来。以后还是英云说道："校长！能否许可我们去送她一送。"校长迟疑一会，便道："听说已经装殓起来，大夫还说这病招人，还是不去为好，她们的家长也已经来到。今天晚车就要走了。”英云说：“既然已经装殓起来，况且一会儿便要走了，去看看料想不妨事，也不枉我们和她同学相好了一场。”说着便滚下泪来，我一阵心酸也不敢抬头。校长只得允许了，我们退了出来，便去到医院。

灵柩便停在病室的廊子上，我看见了，立刻心头冰冷，才信淑平真是死了。难道这一个长方形的匣子，便能够把这个不可多得的青年，关在里面，永远出不来了吗！这时反没有眼泪，只呆呆的看着这灵柩。一会子抬起头来，只见英云却拿着沉寂的目光，望着天空，一语不发。直等到淑平的家长出来答礼，我们才觉得一阵的难过，不禁流下泪来，送着灵柩，出了院门，便一同无精打采地回来。

我也没有用晚饭，独自拿了几本书，踏着雪回到宿舍。地下白灿灿的，好像月光一般。一面走着，听见琴室里，有人弹着钢琴，音调却十分的凄切。我想：“这不是英云吗？”慢慢地走到琴室门口听了一会，便轻轻地推门进去。灯光之下，她回头看我一眼，又回过头去。我将书放在琴台上，站了一会，便问道：“你弹的是什么谱？”英云仍旧弹着琴，一面答道：“这调叫做‘风雪英雄’，是一个撒克逊的骑将，雪夜里逃出敌堡，受伤很重，倒在林中雪地上，临死的时候做的。”

说完了这话，我们又半天不言语。我便坐在琴椅的那边，一面翻着琴谱，一面叹口气说：“有志的青年，不应当死去。中国的有志青年，更不应当死。你看像淑平这样一个人物，将来还怕不是一个女界的有为者，却又死了，她的学问才干志向都灰没了，一向的预备磨砺，却得了这样的收场，真是叫人灰心。”英云慢慢地住了琴，抬起头来说：“你以为肉体死了，是一件悲惨的事情。却不知希望死了，更是悲惨的事情呵！”我点一点头，也不知道她是什么意思。英云又说道：“率性死了，一切苦痛，自己都不知道不觉得了。只可怜那肉体依旧是活着，希望却如同是关闭在坟墓里。那个才叫做……”这时她又低下头去，眼泪便滴在琴上。我十分的惊讶，因为她这些话，却不是感悼淑平，好像有什么别的感触，便勉强笑劝道：“你又来了，好好的又伤起心来，都是我这一席话招的。”英云无精打采地站起来，擦了眼泪说：“今夜晚上我也不知为何非常的烦恼焦躁，本来是要来弹琴散心，却不知不觉弹起这个凄惨的调来。”我便盖上琴盖，拿起书籍道：“我们走罢，不要太抱悲观了。”我们便一同步出琴室，从雪花隙里，各自回到宿舍。

三

春天又来了，大地上蓬蓬勃勃地充满了生意。我们对于淑平的悲感，也被春风扇得渐渐的淡下去了，依旧快快乐乐地过那学校的生活。

春季的大考过去了，只等甲班的毕业式行过，便要放暑假。

毕业式是那一天下午四点钟的。七点钟又有本堂师生的一个集会。也是话别，也是欢送毕业生。预备有游艺等等，总是终业娱乐的意思。那天晚上五点钟，同学们都在球场上随意的闲谈游玩。英云因为今晚要扮演游艺，她是剧中的一个希腊的女王，便将头发披散了，用纸条卷得鬈曲着。不敢出来，便躲在我的屋里倚在床上看书。我便坐在窗台上，用手摘着藤萝的叶子，和英云谈话。楼下的青草地上玫瑰花下，同学们三三两两的坐着走着，黄金似的斜阳，笼住这一片花红柳绿的世界。中间却安放着一班快乐活泼的青年，这斜阳芳草是可以描画出来的，但是青年人快乐活泼的心胸，是不能描画的呵！

晚上的饯别会，我们都非常的快乐满意。剧内英云的女王，尤其精彩。同学们都异口同声地夸奖，说她有“婉若游龙、翩若惊鸿”的态度。随后有雅琴说了欢送词，毕业生代表的答词，就闭了会。那时约有九点多钟，出得礼堂门来，只见月光如水，同学们便又在院子里游玩。我和英云一同坐在台阶上，说着闲话。

这时一阵一阵的凉风吹着，衣袂飘举。英云一面用手撩开额上的头发，一面笑着说着：“冰心！要晓得明年这时候，便是我们毕业了。”我不禁好笑，便道：“毕了业又算得了什么。”英云说：“不是说算得什么，不过离着服务社会的日子，一天一天的近了。要试试这健儿好身手了。”我便问道：“毕业以后，你还想入大学么？”英云点首道：“这个自然，现在中学的毕业生，车载斗量，不容易得社会的敬重。而且我年纪还小，阅历还浅，自然应当再往下研究高深的学问，为将来的服务上，岂不更有益处吗！”

我和英云一同站了起来，在廊子上来回地走着谈话。廊下的玫瑰花影，照在廊上不住的动摇。我们行走的时候，好像这廊子是活动的，不敢放心踏着，这月也正到了十分圆满的时节，清光激射，好像是特意照着我们。英云今晚十分的喜悦，时时的微笑，也问我道：“世界上的人，还有比我们更快乐的吗？”我也笑道：“似乎没有。”英云说：“最快乐的时代，便是希望的时代。希望愈大，快乐也愈大。”我点一点头，心中却想到：“希望愈大，要是遇见挫折的时候，苦痛也是愈大的。”

这时忽然又忆起淑平来，只是不敢说出，恐怕打消了英云的兴趣。唉！现在追想起来，也深以当时不说为然。因为那晚上英云意满志得的莞然微笑，在我目中便是末一次了。

暑假期内，没有得着英云的半封信，我十分的疑惑，又有一点怪她。

秋季上学的头一天，同学都来了，还有许多的新学生，礼堂里都坐满了。我走进礼堂，便四下里找英云，却没有找着。

正要问雅琴，忽然英云从外面走了进来，容光非常的消瘦，我便站起来，要过去同她说话。这时有几个同学笑着叫她道："何太太来了。"我吃了一惊。同时看见英云脸红了，眼圈也红了。雅琴连忙对那几个同学使个眼色，她们不知所以，便都止住不说。我慢慢地过去，英云看见我只惨笑着，点一点头，颜色更见凄惶。我也不敢和她说话，回到自己座上，心中十分疑讶。行完了开学礼，我便拉着雅琴，细细的打听英云的事情。雅琴说："我和她的家离的不远，所以知道一点。暑假以后，英云回到天津，不到一个礼拜，就出阁了，听说是聘给她的表兄，名叫士芝的，她的姨夫是个司令，家里极其阔绰。英云过去那边，上上下下没有一个不夸她好的。对于英云何以这般的颓丧，我却不知道，只晓得她很不愿意人提到这件事。"

从此英云便如同变了一个人，不但是不常笑，连话都不多说了。成天里沉沉静静地坐在自己座上，足迹永远不到球场，读书作事，都是孤孤零零的。也不愿意和别人在一处，功课也不见得十分好。同学们说："英云出阁以后，老成的多了。"

又有人说："英云近来更苗条了。"我想英云哪里是老成，简直是"心死"。哪里是苗条，简直是形销骨立。我心中常常的替她难过，但是总不敢和她做长时的谈话。也不敢细问她的境况，恐怕要触动她的悲伤。因此外面便和她生分了许多，并且她的态度渐渐的趋到消极，我却仍旧是积极，无形中便更加疏远了。

一年的光阴又过去了。这一年中因为英云的态度大大的改变了，我也受了不少的损失，在功课一方面少得许多琢磨切磋的益处。并且别的同学，总不能像英云这样的知心，便又少了许多的乐趣。然而那一年我便要毕业，心中总是存着快乐和希望，眼光也便放到前途上去，目前一点的苦痛，也便不以为意了。

四

我们的毕业式却在上午十点钟举行，事毕已经十二点多钟。吃过了饭，就到雅琴屋里。还有许多的同学，也在那里，我们便都在一处说笑。三点钟的时候，天色忽然昏黑，一会儿电光四射，雷声便隆隆地震响起来，接着下了几阵大雨。水珠都跳进屋里来，我们便赶紧关了窗户，围坐在一处，谈起古事来。这雨下到五点钟，便渐渐地止住了。开起门来一看，球场旁边的雨水还没有退去，被微风吹着，好像一湖春水。树下的花和叶子，都被雨水洗得青翠爽肌，娇红欲滴。夕阳又出来了，晚霞烘彩，空气更是非常的清新。我们都喜欢道："今天的饯别会，决不至于减了兴趣了。"

开会的时候，同学都到齐了。毕业生里面，却没有英云。

主席便要叫人去请，雅琴便站起来，替她向众人道歉，说她有一点不舒服，不能到会。众人也只得罢了。那晚上扮演的游艺，很有些意思。会中的秩序，也安排得很整齐，我们都极其快乐。满堂里都是欢笑的声音，只是我忽然觉得头目眩晕。我想是这堂里，人太多了，空气不好的缘故。便想下去换一换空气，就悄悄的对雅琴说："我有一点头晕，要去疏散一会子，等到毕业生答词的时候，再去叫我罢。"她答应了。

我便轻轻的走下楼去。

我站在廊子上，凉风吹着，便觉清醒了许多。这时月光又从云隙里转了出来。因为是雨后天气，月光便好似加倍的清冷。我就想起两句诗："冷月破云来，白衣坐幽女。"不禁毛骨悚然。这时忽然听见廊子下有吁叹的声音，低头一看玫瑰花下草垫上，果然坐着一个白衣幽女。我吃了一惊，扶住阑干再看时，月光之下，英云抬着头微笑着："不要紧的，是我在这里坐着呢。"我定了神便走下台阶，一面悄悄的笑道："你一个人在这里做什么？雅琴说你病了，现在好了吗？"英云道："我何尝是病着，只为一人向隅满座不乐，不愿意去搅乱大家的兴趣就是了。"我知道她又生了感触，便也不言语，拉过一个垫子来，坐在她旁边。住了一会，英云便叹一口气说："月还是一样的月，风还是一样的风，为何去年今夜的月，便十分的皎洁，去年今夜的风，便吹面不寒，好像助我们的兴趣。今年今夜的月，却十分的黯淡，这风也一阵一阵的寒侵肌骨，好像助我们的凄感呢？"我说："它们本来是无意识的，千万年中，偶然的和我们相遇。虽然有时好像和我们很有同情，其实都是我们自己的心理作用，它们却是绝对没有感情的。"英云点首道："我也知道的，我想从今以后，我永远不能再遇见好风月了。"说话的声音，满含着凄惨。我心中十分的感动，便恳切地对她说道："英云——这一年之中，我总没有和你谈过心，你的事情，虽然我也知道一点，到底为何便使你颓丧到这个地步，我是始终不晓得的，你能否告诉我，或者我能以稍慰你的苦痛。"这时英云竟呜呜咽咽地哭将起来。我不禁又难受又后悔，只得慢慢地劝她。过了一会，她才渐渐的止住了，便说："冰心！你和我疏远的缘故，我也深晓得的，更是十分的感激。我的苦痛，是除你以外，也无处告诉了。去年回家以后，才知道我的父母，已经在半年前，将我许给我的表兄士芝。便是淑平死的那一天下的聘，婚期已定在一个礼拜后。我知道以后，所有的希望都绝了。因为我们本来是亲戚，姨母家里的光景，我都晓得，是完完全全的一个旧家庭。但是我的父母总是觉得很满意，以为姨母家里很从容，我将来的光景，是决没有差错的，并且已经定聘，也没有反复

的余地了。”这时英云暂时止住了，一阵风来，将玫瑰花叶上的残滴，都洒在我们身上。我觉得凉意侵人，便向英云说：“你觉得凉吗？我们进去好不好？”她摇一摇头，仍旧翻来覆去的弄那一块湿透的手巾，一面便又说：“姨母家里上上下下有五六十人，庶出的弟妹，也有十几个，都和士芝一块在家里念一点汉文，学做些诗词歌赋，新知识上是一窍不通。几乎连地图上的东西南北都不知道，别的更不必说了。并且纨绔公子的习气，沾染的十足。我就想到这并不是士芝的过错，以他们这样的家庭教育，自然会陶冶出这般高等游民的人材来。处在今日的世界和社会，是危险不过的，便极意的劝他出去求学。他却说：‘难道像我们这样的人家，还用愁到衣食吗?’仍旧洋洋得意的过这养尊处优的日子。我知道他积锢太深，眼光太浅，不是一时便能以劝化过来的。我姨母更是一个顽固的妇女，家政的设施，都是可笑不过的。有一天我替她记账，月间的出款内，奢侈费，应酬费，和庙寺里的香火捐，几乎占了大半。家庭内所叫做娱乐的，便是宴会打牌听戏。除此之外便不知道世界上还有什么乐境。姨母还叫我学习打牌饮酒，家里宴会的时候，方能做个主人。不但这个，连服饰上都有了限制，总是不愿意我打扮得太素淡，说我也不怕忌讳。必须浓装艳裹，抹粉涂脂，简直是一件玩具。而且连自己屋里的琐屑事情，都不叫我亲自去做，一概是婢媪代劳。‘戏罢曾无理曲时，妆成只是熏香坐。’便是替我写照了。有时我烦闷已极，想去和雅琴谈一谈话，但是我每一出门，便是车马呼拥，比美国总统夫人还要声势。这样的服装，这样的侍从，实在叫我羞见故人，也只得终日坐在家里。五月十五我的生日，还宴客唱戏，做的十分热闹。我的父母和姨母想，这样的待遇，总可以叫我称心满意的了。哪知我心里比囚徒还要难受，因为我所要做的事情，都要消极的摒绝，我所不要做的事情，都要积极的进行。像这样被动的生活，还有一毫人生的乐趣吗?”

五

我听到这里，觉得替她痛惜不过。却不得不安慰她，便说：“听说你姨母家里的人，都和你很有感情的，你如能想法子慢慢的改良感化，也未必便没有盼望。”英云摇头道：“不中用的，他们喜欢我的缘由：第一是说我美丽大方，足以夸耀戚友。第二便是因为我的性情温柔婉顺，没有近来女学生浮嚣的习气。假如我要十分的立异起来，他们喜悦我的心，便完全的推翻了，而且家政也不是由我主持，便满心的想改良，也无从下手。有时我想到‘天生我材必有用’和‘大丈夫勉为其难者’这两句话，就想或者是上天特意的将我安置在这个黑暗的家庭里，要我去整顿去改造。虽然家政不在我手里，这十几个弟妹的教育，也更是一件要紧的事情。因此我便想法子和他们联络，慢慢的要将新知识，灌输在他们的小脑子里。无奈我姨父很不愿意我们谈到新派的话。弟妹们和我亲近的时候很少，他们对于‘科学游戏’的兴味，远不如听戏游玩。我的苦心又都付与东流，而且我自己也卷入这酒食征逐的旋涡，一天到晚，脑筋都是昏乱的。要是这一天没有宴会的事情，我还看一点书，要休息清净我的脑筋，也没有心力去感化他们。日久天长，不知不觉地渐渐衰颓下来。我想这家里一切的现象，都是衰败的兆头，子弟们又一无所能，将来连我个人，都不知是落个什么结果呢。”这时英云说着，又泪如雨下。我说：“既然如此，为何又肯叫你再来求学？”英云道：“姨母原是十分的不愿意，她说我们家里，又不靠着你教书挣钱，何必这样的用功，不如在家里和我作伴。孝顺我，便更胜于挣钱养活我了。我说：‘就是去也不过是一年的工夫，中学毕业了就不再去了，这样学业便也有个收束。并且同学们也阔别了好些日子，去会一会也好。我侍奉你老人家的日子还长着呢。’以后还是姨夫答应了，才叫我来的。我回到学校，和你们相见，真如同隔世一般，又是喜欢，又是悲感，又是痛惜自己，又是羡慕你们。虽然终日坐在座上，却因心中百般的纠纷，也不能用功。因为我本来没有心肠来求学，不过是要过这一年较快乐清净的日子，可怜今天便是末一天了。冰心呵！我今日所处的地位，真是我做梦也想不到的。”说到这里，英云又幽咽无声。我的神经都错乱了，便站起来拉着她说：“英云！你不要……”这时楼上的百叶窗忽然开了一扇，雅琴凭在窗口唤道：“冰心！你在哪里？到了你答词的时候了。”

我正要答应，英云道：“你快上去罢，省得她又下来找你。”我只得撇了英云走上楼去。

我聆了英云这一席话，如同听了秋坟鬼唱一般，心中非常的难过。到了会中，只无精打采地说了几句，完了下得楼来，英云已经走了。我也不去找她，便自己回到宿舍，默默的坐着。

第二天早晨七点钟，英云便叩门进来，面色非常的黯淡。手里拿着几本书，说：“这是你的《绝妙好词笺》，我已经看完了，谢谢你！”说着便将书放在桌子上，我看她已经打扮好了，便说：“你现在就要走吗？”英云说：“是的。冰心！我们再见罢。”说完了，眼圈一红，便转身出去。我也不敢送她，只站在门口，直等到她的背影转过大楼，才怅怅的进来。咳！

数年来最知心的同学，从那一天起，不但隔了音容，也绝了音信。如今又过了一年多了，我自己的功课很忙，似乎也渐渐的把英云淡忘了，但是我还总不敢多忆起她的事情。因为一想起来，便要伤感。想不到今天晚上，又发现了这封信。

这时我慢慢地拾起掉在地上的信，又念了一遍。以下便是她信内的话。

敬爱的冰心呵！我心中满了悲痛，也不能多说什么话。淑平是死了，我也可以算是死了。只有你还是生龙活虎一般的活动着！我和淑平的责任和希望，都并在你一人的身上了。你要努力，你要奋斗，你要晓得你的机会地位，是不可多得的，你要记得我们的目的是“牺牲自己服务社会”。

二十七夜三点钟　英云

淑平呵！英云呵！要以你们的精神，常常的鼓励我。要使我不负死友，不负生友，也不负我自己。

秋风仍旧飒飒的吹着，秋雨也依旧滴沥滴沥的下着，瓶子里的桂花却低着头，好像惶惶不堪的对我说：“请你饶恕我，都是我说了一句过乐的话。如今窗以内也是‘秋雨秋风愁煞人’的了。”

诗歌卷

繁星

（节选）

导读：

《繁星》出版于1923年，收录了164首小诗，是冰心创作的第一部诗集，作品中多是歌颂自然、母爱、童真、人类之爱的隽丽晶莹小诗。小诗均无单独标题，只按序号编排。本篇节选了其中部分诗篇。

这些诗是诗人生活、感情、思想的自然酿造。冰心的童年是依偎在自然的怀抱里成长的。她纯洁的灵魂在蓝天大海和母爱中浸泡过，少女时代又经中国传统的教育和西方教会学校的深刻感化，于是母爱、人类之爱和自然之爱的爱的哲学，便得到了强化和神化，而狂风暴雨般的“五四”爱国运动和新文化运动，又使她受到一次全新意识的“政治”洗礼。东西方文化的碰撞，自然会在她生活和思想里产生火花。

冰心的诗内容非常丰富，远非“爱的哲学”全能包容。她的这些无韵小诗有向往的，追求的，爱的，憎的，梦一般朦胧的、幻灭的，每题小诗对于不同的读者，给予的感受会因不同的经验、知识、阅历、艺术修养而不同。因此，她的诗给人的审美享受是不同的。只有真正的诗才有这样的艺术力量。

一

繁星闪烁着——
　深蓝的太空，
　何曾听得见他们对语？
沉默中，
　微光里，
　他们深深的互相赞颂了。

二

童年呵！
是梦中的真，
　是真中的梦，
　是回忆时含泪的微笑。

一〇

嫩绿的芽儿
　和青年说
　“发展你自己！”

淡白的花儿
　和青年说
　“贡献你自己！”

深红的果儿
　和青年说
　“牺牲你自己！”

一二

人类呵！
相爱罢，
　我们都是长行的旅客，
　　向着同一的归宿。

一四

我们都是自然的婴儿，
　卧在宇宙的摇篮里。

一五

小孩子！

你可以进我的园，
　你不要摘我的花——
看玫瑰的刺儿，
　刺伤了你的手。

一六

青年人呵！
为着后来的回忆，
　小心着意的描你现在的图画。

二三

心灵的灯，
　在寂静中光明，
　　在热闹中熄灭。

三四

创造新陆地的，
　不是那滚滚的波浪，
　却是他底下细小的泥沙。

四五

言论的花儿
　开的愈大，
行为的果子
　结得愈小。

四八

弱小的草呵！
骄傲些罢，
　只有你普遍地装点了世界。

五三

我的心呵！

警醒着，
　不要卷在虚无的旋涡里！

五五

成功的花，
　人们只惊慕她现时的明艳！
　　然而当初她的芽儿，
　　浸透了奋斗的泪泉，
　　　洒遍了牺牲的血雨。

六九

春天的早晨，
　怎样的可爱呢！
融洽的风，
　飘扬的衣袖，
　　静悄的心情。

七四

婴儿
是伟大的诗人，
　在不完全的言语中，
　吐出最完全的诗句。

八八

冠冕？
　是暂时的光辉，
　　是永久的束缚。

一一六

海波不住的问着岩石，
　岩石永久沉默着不曾回答；
然而他这沉默，

　　已经过百千万回的思索。

一二七

流星，
　　飞走天空，
　　可能有一秒时的凝望？
然而这一瞥的光明，
　　已长久遗留在人的心怀里。

一四四

　　阶边，
　　　花底，
　　　　　微风吹着发儿，
　　　　　　　是冷也何曾冷！
这古院——
这黄昏——
　　这丝丝诗意——
　　　绕住了斜阳和我。

一五六

清晓的江头，
　　白雾濛濛
是江南天气，
　　雨儿来了——
　　　我只知道有蔚蓝的海，
　　　却原来还有碧绿的江，
　　　　这是我父母之乡！

一五九

　　母亲呵！
　天上的风雨来了，
　　鸟儿躲到它的巢里；
　心中的风雨来了，
　　　我只躲到你的怀里。

春 水

导读：

《春水》是《繁星》的姊妹篇，共收录了182首小诗。同样是在《晨报副镌》上最先发表，只比《繁星》晚三个月。在《春水》里，冰心虽然仍旧在歌颂母爱，歌颂亲情，歌颂童心，歌颂大自然，但是，她却用了更多的篇幅，含蓄地表述她本人和她那一代青年知识分子的烦恼和苦闷。她用微带着忧愁的温柔的笔调，讲述着心中的感受，同时也在探索着生命的意义，表达了要认知世界本相的愿望。

一

春水！
　又是一年了，
　还这般的微微吹动。
可以再照一个影儿么？

春水温静的答谢我说：
　“我的朋友！
　　我从来未曾留下一个影子
　　　不但对你是如此。”

二

四时缓缓地过去——
百花互相耳语说：
“我们都只是弱者！
甜香的梦
　轮流着做罢，
憔悴的杯

　　也轮流着饮罢，
上帝原是这样安排的呵！”

三

青年人！
你不能像风般飞扬，
　　便应当像山般静止。
浮云似的
　　无力的生涯，
只做了诗人的资料呵！

五

一道小河
　　平平荡荡的流将下去，
只经过平沙万里——
　　自由的，
　　　　沉寂的，
它没有快乐的声音。

一道小河
　　曲曲折折的流将下去，
只经过高山深谷——
　　险阻的，
　　　　挫折的，
他也没有快乐的声音。

我的朋友！
感谢你解答了
　　我久闷的问题，
平荡而曲折的水流里，
　　青年的快乐
　　　　在其中荡漾着了！

一八

冰雪里的梅花呵！
　你占了春先了
看遍地的小花
　随着你零星开放。

一九

诗人！
　笔下珍重罢！
众生的烦闷
　要你来慰安呢。

二〇

山头独立，
　宇宙只一人占有了么？

二一

只能提着壶儿
　看她憔悴——
同情的水
　从何灌溉呢？
她原是栏内的花呵！

二二

先驱者！
　你要为众生开辟前途呵，
　束紧了你的心带吧！

二三

平凡的池水——
　临照了夕阳，

　便成金海！

三三

墙角的花！
你孤芳自赏时，
　天地便小了。

四三

春何曾说话呢？
　但她那伟大潜隐的力量，
　　　已这般的
　温柔了世界了！

四七

人在廊上，
　书在膝上，
拂面的微风里
　　知道春来了。

九四

什么是播种者的喜悦呢？
　倚锄望——
　到处有青青之痕了！

一一二

浪花愈大，
　凝立的磐石
　在沉默的持守里，
　快乐也愈大了。

一一三

星星——

只能白了青年人的发，
不能灰了青年人的心。

一二五

修养的花儿
在寂静中开过去了，
成功的果子
便要在光明里结实。

一五二

先驱者！
绝顶的危峰上
可曾放眼？
便是此身解脱，
也应念着山下
劳苦的众生！

一五八

先驱者！
前途认定了
切莫回头！
一回头——
灵魂里潜藏的怯弱，
要你停留。

一七四

青年人！
珍重的描写罢，
时间正翻着书页，
请你着笔！

一八二

别了！

　春水，
感谢你一春潺潺的细流，
　带去我许多意绪。

向你挥手了，
　缓缓地流到人间去罢。
　我要坐在泉源边，
　静听回响。